ある女の遠景

SeiIChi
FunAhaShi

JN100689

舟橋聖一

P+D BOOKS
小学館

目次

ある女の遠景

1

彼岸の入りになると、維子《つなこ》は叔母の墓詣りに、東京から二、三時間、のろい汽車に乗って、古風な城下町の小さい寺をたずねる。維子は、スピードのある電車や自動車に乗るよりも、一駅一駅、とまってゆくような乗物が好きだった。それに、維子は汽車に乗ったら、雑誌を読み漁《あさ》ったり、毛糸の編みものをやったりしないで、只一心不乱に、窓外の景色を眺める。それには、天気のいい日にかぎる。速度のある急行に乗って眺めた景色と、普通列車の窓から見た景色とでは、同じ田畑でも森のある村社でも、小川の上にかかった土橋でも、小高い山の遠景でも、またその天地自然の中で、自転車のペダルをふんでいる若い男でも、三人連れの学校帰りの女生徒でも、まるっきり印象がちがうものである。維子はそういう車窓の印象を、一つ一つ、克明に楽しんでゆきたい。汽車が急に徐行し出すと、線路の近くを、ヒラヒラ舞っている蝶々とか蜻蛉とかが、何んと可愛らしく見えるものか。また、生きものではなくとも、線路のきわの黒土から、モヤモヤ炎《も》え上っている陽炎《かげろう》などがいかにもノビノビと、心をなごめてくれる。

そういう汽車の機関車は、少し上り坂になると、喘ぎ出す。ガッタン・ゴットン、ガッタン・ゴットンとやり出す。苦し気な音を立てて、何輛かの客車を引っぱってゆく機関車のリズムは、聞き飽きるということがない。そのほうが、野や山や澄んだ川のある田園風景には、ぴったりだ。目まぐるしい世間からは、半世紀ほどおくれている感である。また、そういう汽車のとまってゆく小駅は、至って旅情がこまかい。駅員の官舎が、ホームのはずれにつづいていて、その前に花壇があったり、棕櫚《しゅろ》の木が植えてあったりする。黒焼に焼いた古枕木を利用して、溝に小橋を架けてみたり、錆びて役に立たなくなったレールを二本束ねたのを塀代りに使ってみたりしている。地下道も、跨線橋《こせんきょう》もない駅は、汽車が出ていってから、乗客は線路へ下りて、ホームからホームへ横断しなければならぬ。そういう山あいの小駅は、駅全体、一日に何本しかとまらない上り下りの発着を、みんなで働く楽しみにしているのがわかる。

——維子は伊勢子《いせこ》という叔母が、真実の母よりも、好きだった。それに伊勢子は、母の妹でなくて、父方の叔母である。母の姉妹は三人もいたが、維子にはなじめない。それに母方の伯叔母は、みな円満な家庭の主婦であって、子供も大ぜい出来、不自由のない暮しをしているが、伊勢子は三十そこそこで、あの世の人となってしまったからである——。維子とは十三年のひらきがあった。維子がまだ小学生の頃、伊勢子は、九谷の家の玄関口を入りながら、歯ぎれのいい声で、

「つウちゃん、つウちゃん」
と呼んだ。その声を聞きつける維子の耳も敏《さと》かった。伊勢子の声なら、一町先からでも、聞きそこねない自信があった。維子が八ツで、伊勢子は二十すぎだったから、ほかの女は維子の眼中にはいらなかった。伊勢子だけが、女の粋とも見えたのである。

「つウちゃんは、お伊勢さんに、段々よく似てくるようね」

と、母が父に話しているのを聞いたときは、うそ、うそ、あたいなんぞ、伊勢叔母さまに似る筈もない。あんな綺麗な叔母さまにと、否定はするものの、うそでもそう云われたのがうれしくって、その夜はいつまでも眠りつけなかった。

維子の父はもと、県庁の内政部の役人だったが、その後新しく出来た図書館長に就任して、気楽な勤人生活を送っていた。いくつになっても、肥らないで、鼻下髭をたくわえていた。九谷脩吉《しゆうきち》といった。九谷家の総領で、若い時は、竹刀をもたせたら、滅多に人にゆずらなかった。父は妹の伊勢子を、眼の中へ入れても痛くないほど、可愛がっていた。母がときどき、妬《や》いたほどだったという。母が維子のことで、

「お伊勢さんに似てきたから、いいでしょう」

と、父をからかっているのを、聞いたこともある。父が身の上の大事を、母に相談する前に、伊勢子に話したと云って、母がカンカンになっていたこともある。然《しか》し、母は町家の出で、女

学校も中退で、ろくな勉強もしていなかったから、父からその点で疎外されても、ほんとうは文句が云えなかったのである。父と伊勢子が、伊勢子の名の由来に関して、日本の古い歌物語や三十六歌仙の話などに興じると、母はシュンとなって、押黙っているほかはなかった。それに母は中年で、耳を患ってから、父の話が聞きとれず、父に欲しいものを取ってくれと云われても、間違ったものを出して渡して、父に剣突《けんつく》をくっている場面が度々あった。母は辛抱強いタチで、少々の剣突には、ビクともしなかったが、時々父が東京へ出かけ、文部省へ行ったり、図書の購入をしたりする帰り、土産に買ってくる呉服物とか手提類が、母のよりも伊勢子のものが多いのには、さすがに不満をかくせなかった。然し正直なところ、伊勢子に似合うものは沢山あったが、年よりずっと老けて見える母に丁度いいものは少なかった。そう云う母が、街の中央にある松山百貨店へ行くと、これもあれも、伊勢さんに似合いそうだというものばかりで、自分のにといって買ったのを、見たことがない。

伊勢子は父に似て、瘦ぎすで、首は細いが、胸から下は、ふっくりしている。維子とすれば、母のお供で歩くよりも、伊勢子のお供がしたかった。

よく、伊勢子に手をひかれて、一の堀にかけた大手橋を渡って、二の丸にはいると、桜並木のある道を、本丸のほうへ、ぶらぶら歩いたものだが、八ツの春の維子は、まだ伊勢子の胸のへんにも、背丈がとどかない。いつでも、伊勢子の手は、ひいやりしていた。その手へ、美しい翅《はね》の蝶々が飛んでくることもあった。蝶々は伊勢子の肩へ、翅を休めることもある。それを払おうともしなかった。そういうときは、何かジッと考えこみながら、その並木道を歩いていたのだろう。

伊勢子は何ンでも、すぐ維子にくれた。ハンケチでも、手鏡でも、香水瓶でも、爪切鋏でも……。

「つウちゃん、これ欲しい?」

と訊き、維子がウンとうなずくと、惜し気もなかった。母には、ずい分、ねだっても、なかなか、くれない。ハンケチだけでも、伊勢子から貰うほうがずっと多くて、抽斗《ひきだし》にいっぱいだった。その中には、「いせ」の二字を縫取りしたものもあった。母はそれを見て、人の名前のついたハンケチを使うのは、およしなさいと、咎め立てた。維子は母にかくれて、伊勢子のハンケチを、今でもこっそり、袂に入れることがある。

古い城廓の一部に、図書館があり、県庁があり、裁判所や商工会館があり、また陸軍の聯隊本部があったりするが、本丸付近から北西の一帯は、所々、小動物を入れた丸型の檻のある子供の遊び場になっていた。維子は父のために、弁当を届けに行った帰り、よくそこで遊んできた。本丸の中に、瓢箪形の小さい池があって、緋鯉が泳いでいた。池の汀《みぎわ》に、ふと、伊勢子が立っていることがあると、維子はずっと下の、猿のいる丸檻のあたりからでも、

「ああ、叔母さま」

と、高い声で呼びつつ、その急な勾配を走り上って、息を切らした。なぜ伊勢子が、そんな汀などに、一人で立っているのか、その意味は知らなかった。

「図書館へ行きましょう」

「今、お弁当を届けてきたばかりよ」

「もう一度、行きましょう」

伊勢子は汀をはなれて、青い苔のある坂を降りた。父のいる館長室の窓からは、いくつかの城門の甍《いらか》をこして、その下に、城下街の南側の全貌が望まれた。父は気むずかしいので、届けた弁当が、カラになっていることもあれば、一箸もつけずにあることもある。フタをあけるなり、すぐしめてしまうのだろう。これには母が散々泣かされた。母もずい分気を遣うのだが、父が一ト目で、食慾を失うのも、わかる気がする。然し、母のつくった弁当が、箸もつけず、そのままになっているのを見るのは、つらかった。

「紋哉《もんや》さんが、今までここにいたのだ」

と、そのとき父が云った。

「あら、そうなの。私は又、一時間も待ち呆《ぼ》けよ」

二人の対話は、維子の頭の上を、通りぬけた。維子はわざと、大人の話の圏外にいた。まだ自分は子供だから、大人の話はそらとぼけて、聞いても聞かない振りをするほうがいいと、子供は子供で、大人の気のつかぬ保身を心得ているものだ。それでも、紋哉という男の名を耳にしたのは、そのときが最初だった。子供心に、紋哉何者ぞと思ったのは、忘れもしない。

それから十数年後の今日、維子を乗せた下り列車は、天保の頃、古い藩主がこしらえたという名高い公園の下を、西から東へ走っている。維子は窓の外へ首を出して、思い出の残っている公園下の小道や、細い小川や段々に水の涸れてゆくS沼などを、うっとりと眺めずにはいられなかった——。汽車はこの沼のほとりを走るのが合図で、線路は街に近づき、やがてM駅の構内へはいるのである。

2

伊勢子の墓のある誓山寺は、街の北側を流れている那珂川のほとりにあった。そこまではバスも行かないので、維子は街の中央道路を走っている路面電車に乗り、広小路で降りて、そこから鉄砲町をぬけ、俗称風呂下《ふろした》といっている部落から万代橋へ道を取ると、誓山寺の山門が見えた。山門の手前には早咲きの椿が五輪ほど花をつけていた。

そこをくぐると、十メートルばかりの石だたみがあって、もう一つ、中門がある。それをくぐって左へ折れると、一郭の墓地である。維子は、墓地の入口にある涌き井戸の前にしゃがんで、東京から手に持ってきた洋花を、一度水にひたした。井筒は低くて、緑美しい苔がついていた。向う側に、丸い穴がぬいてあって、涌いてくる水はそこから外へ流れてゆくから、井筒のへりを越すことはない。フリージヤ、アネモネ、チューリップ、ヒヤシンス、君子蘭《くんしらん》、スノー・ドロップなどの花々が、気のせいか、水に濡れると、パッチリと目をあけたように見えた。

それから、袂をくわえて、維子は白い手を洗った。伊勢子の手も白かったが、維子もそれに負けない位だ。水に濡れたフリージヤの白も、みごとに冴えている。花をさげ、墓地と墓地のせまい小径をぬけると、

九谷家代々之墓

それにつづいて、半分ほどの大きさで、万成花崗の墓石に、

九谷伊勢子

とだけ書いてあるのは、父脩吉の筆蹟だった。彼岸の入りとて、その界隈は、墓の手入れが行届いているが、九谷家の墓所は、荒れるにまかせて、掃除も一つ出来ていない。維子は花々を供える前に、ほこりにまみれた二つの墓を、洗わねばならなかった。伊勢子の墓に、花をおき、再び墓地の出口から、中門横の庫裡《くり》の勝手口へ顔を出して、

「ちょっと、手桶を拝借させて下さいな」

と頼みこむ。何か手仕事をしていたその寺の肥った大黒《だいこく》さんが、手を休めて、眼鏡ごしに、

「どなたでしたっけか」

「九谷の家の者ですわ」

「あれまア……お見それして……お墓さ、よごれて居りますけか」

「大分ね」

「そりゃ申訳ありませんけ……一昨日、どえらい風さ吹いてね。その前の日に、一度、きれいにしましたけが、またすっかり元通りになりましただ。今、水さ持って行きますべ」

「これさえ拝借すれば、いいンですよ」

「お嬢さまには、重くて持てますまいによ」

「ホホホ。そんなことないわ」

大黒さんが、やっこらさと立上る前に、維子は手桶をとって、もう一度、涌き井戸の前へもどると、口きり一ぱい、水を掬《く》んだ。が、さて重い。維子は着物の裾をまくらねばならなかった。裾をまくれば、その下は、一越《ひとこし》の長襦袢だが、旅に出るので、少し気が早いものの、袷《あわせ》をぬいで、ひとえにしてきたのである。その長襦袢までは、まくれない。となると、形ばかりは威勢がいいが、手桶の水をひっかけては何ンにもならないのだ。右の手に手桶を提げたら、左手を宙にうかしてバランスをとるのだと、母に教わったことがある。それで維子は、右肩ばかりさげないで、左の肩もふりながら、墓地の間を歩き出したが、二、三歩で、やっぱり、ビッショリ水を浴びた。長襦袢が濡れ、その下も濡れまたその下も濡れた。草履にも水をかぶり、足袋まで濡らした。

「ナンセンス」

と、彼女は云った。そのとき、大黒さんが追いついた。

「あれ、あれ、あれ。お嬢さまよ……長襦袢が濡れただか。だから、およしなと云ったにさ……あれ、足袋も——」

「足袋ぬぐわ」

維子は手桶を土におろし、墓の柵に手をかけて、足袋をぬいだ。片方だけぬぐわけにもいかないので、両方こはぜをはずして、素足になった。大黒さんの云う通り、墓守の爺さんにでも、水をはこんでもらえば何ンでもなかったのに。

「慾ばって、口きりいっぱい掬んだのが、悪かったのね」

「いっそ、両手にさげるほうが、こぼれんけ」

維子は伊勢子の墓から洗い出した。こんなに、泥やほこりを被っていては、さぞいやだろうと思うと、お先祖の墓より先に、洗い浄めたいのである。大黒さんも裾をまくり、短い腰巻をのぞかせた股をひらいて、墓のてっぺんから、水をかけた。その勢いで、墓は忽《たちま》ち洗われていく。花立や香立《こうたて》の穴からは、水と一しょに、小虫の死骸や枯れっ葉が、ブクブク浮いてきた。

この分では、一昨日の颪の前に、一度きれいに掃除したという話は、眉唾だが、こうして洗い出せば、そんなことはどうでもよかった。とうとう、維子も跣足《はだし》になって、墓を洗った水が、自分の足の甲を濡らすのが、却ってこころよいほどだった。大黒さんが維子の素足に目をとめて、

「冷くねえけ。そんな跣足さ、なって」

「寒さ暑さも、彼岸まででしょ」

「そう云いますけな」

彼女は濡れた墓標を、雑巾で拭きながら、背中合せの人の墓に、火のついた太い束の香を供えている檀家の老人にも、挨拶をした。その間に、維子は、掃除のすんだ墓から、洋花を供えていった。こんな素晴らしい花々に埋まると、早死した伊勢子が、この世に未練を出して、迷って出てきそうな気もした。

もう一ぱい宛《ずつ》、手桶に水を運んできた大黒さんは、

「まア何て、美事な花け」

と、目をむいて見せながら、花立の中へ、溢れ出るばかり、水を注いだ。

ひとりになると、維子は裾をおろした。足袋はまだ乾かないが、最後に濡れた足のうらを拭いて、草履をはき、水を流したあとの石だたみにしゃがんで、合掌した。どこからか汽車の音

が聞えてきた。この汽車は、東京とM市をつなぐ幹線ではなくて、八溝《やみぞ》山脈に沿って、隣接するF県へ抜ける支線の音である。その鉄道は、いくつかの峠を上り、いくつかのトンネルに入らなければならない。この沿線には沢山の温泉がある。なぜ知ってるかというと、伊勢子がそこで病気になり、かなり重くなってから知らせがあったので、父と一緒に、維子が引取りに行った。そのとき、のろのろ走る汽車が、N郡からK郡にはいり、瓜連《うりづら》とか山方宿《やまがたじゆく》とか大子《だいご》とかいう珍しい名前の小駅を沢山みた。そこから矢祭山《やまつりやま》の水源まで、蛇のようにくねるのが久慈川上流で、所謂《いわゆる》奥久慈渓谷の風景は、小心な少女の胸を、ときめかした。矢祭山の向うが、東白川郡で、それより北へ、名も知れぬ温泉が、点在している。矢祭温泉、湯岐《ゆじまた》温泉、松の湯、湯の田、猫啼《ねこなき》、母畑《ぼばた》などと云うのの一つに、伊勢子が病み臥していた。

「どうして、こんな遠くまで、逃げこんでいったりするのだ。伊勢のために、みんな、どんなに心配したか。手数をかけるのも、ほどほどにしなさい」

と、そのときだけは、父もいつにない怒声を放った。然し、そんな山の中の心細い温泉宿に寝ていても、伊勢子の様子は、いつもと同じ、貴《あて》やかさを喪ってはいないのである。髪も束ねてあって、紫地のうずら縮緬《ちりめん》の寝巻の袖から、さすがに痩せて、陶器のような二の腕が見えた。見舞に来た父の脩吉が、なぜ怒るのか、維子にはわからなかった。

「すみません。もう大丈夫ですから、兄さんと一緒におとなしく帰りますよ。大好きなつウちゃんまで迎えに来てくれたのだもの……これでは、御託《ごたく》は云えないわ」

「維子も来月から三年生でね」

「そうね。もう幾つ寝ると、三年生――」

お正月といわないで、三年生と替え、少し節付けて云った。夕方、床上げして、維子と二人で、名のみ囲いのある女湯へはいった。温泉は天然の岩かげから、こんこんと涌き、うす暗い電燈が一つともっていた。その岩に靠《もた》れて、山のほうを仰ぐと、大笹山、取上峠、花瓶山、明神峠などが見え、伊勢子がそれを一山一山指さしては教えてくれた。

裸になった伊勢子を、維子は前にも知っていたが、この矢祭山麓の温泉場で見た白い裸が、一番心にのこっている。あんまり、凝《じ》っと瞶《みつ》めたので、

「何を見てンの？　つウちゃんは」

と、伊勢子は云った。維子は恥かしくなって、顔から火が出そうだった。何も云わずに、湯気の立つ温泉に身を投じて、向う岸へ行き、もう一度、八溝山の遠景へ、瞳を逸らした。

このときの伊勢子の病気が何ンであったか、むろんそのときは知らなかったが、あとで訊くと、それが最初の自殺未遂であったようだ。死の翳は、この頃から、彼女の五体を匍いまつわったのである。

三人で食卓を囲むとき、宿の古いどてらを着込んだ父は、一ト癖ある浪人者のように見えた。

片膝を立てて、酒をのみ、

「伊勢……わしは泉中紋哉のような道楽者に、伊勢は勿体ないと思っているンだ。紋哉さんが、二郎丸と、きっぱり手を切って来ないことには、わしは伊勢を渡さんぞ……」

脩吉は図書館長になった頃から、酒が進み、酔うと搦みっぽくなった。維子は黙って、二人の話を聞いているうちに、伊勢子の好きな人が、道楽者ではあるが泉中紋哉というパリパリの軍需会社の社長だということが、呑みこめた。

3

三年生になっても、伊勢子は時々維子の送り迎えをしてくれた。髪を結ってくれたり、爪を剪《き》ってくれたりもした。泉中紋哉に逢ったのも、この学校の送り迎えの途中だった。東京から着いたばかりの泉中が、街外れの工場まで迎えのプリムスを走らせてくるとき、大手橋の近くで、維子の手をひいた伊勢子を見かけて、車をとめさせた。

「送って上げよう。サア乗りなさい」

「いいンですよ、そんな」

と、伊勢子はためらった。

「遠慮しないで……この子が、君の何か……大好きな姪っこか」

「ホホホ。つウちゃん……泉中の小父さまよ……乗る」

「乗りたい」

と維子は答えた。登校の途中なので、維子はセーラー服を着ていた。維子が乗りたいというのを機《しお》に、ドアがひらかれ、二人は泉中の掛けている席《シート》の隣りに吸いこまれた。車はすぐまた、エンジンをおこして走った。

「なるほど、別嬪《べっぴん》さんだな」

泉中は維子のアゴに手をかけるようにして、顔を覗いたので、維子は気持が悪かった。しつっこい小父さんのような気がした。

「そうでしょ。私に似てる?」

「似てるかな……誰が云うの」

「兄さんも、嫂《ねえ》さんも……」

「そうして、君が一々、送り迎えか。兄さんの命令かな」

「とんでもない。私が可愛くってたまらないから、送り迎えするのよ……兄さんって人は、そういう筋の通らない命令なんて、しません」

「わかった。つウちゃんも、この姉さんが好きなの?」

「一番好き――」

と、維子は泉中にふと敵意を炎やしながら答えた。伊勢子が訂正した。

「姉さんじゃなくて、叔母ですよ」

「そうか、そうか。然し、姉妹といったほうが、似つかわしいじゃないか」

「こんど一度、つウちゃんも、御馳走してね」

「よし、よし」

小学校は近かったから、車は走るせきもなかった。そこで降りた。

「明日の昼はどうだ。公園で逢おう。それから、いつもの鰻屋で、御飯をたべる。つウちゃんも一緒に——」

車の中から、泉中はそんな約束をした。伊勢子は校門の脇に立ったまま、泉中の車が、北三の丸から、田見小路のほうへ走り去るのを見送っていた。

「今日のこと、家の人に黙っているのよ」

「はい」

「泉中の小父さんのこと、どう思う?」

「知らない」

泉中は伊勢子が結婚する相手なのだろうと思うと、維子はいいとも悪いとも云わなかったが、別れてからも、泉中に対する敵愾心は捨てかねた。それでいて、明日公園でまた逢って、鰻を食べにゆくという約束には、心が亢ぶった。然し、ほんとうに連れてってくれるのだろうか。そして最後まで疎外されずに、いられるのだろうか。

校門を入ると、維子は泉中のことも、その泉中を慕っている伊勢子のこともすっかり忘れて、唱歌をうたい、遊戯に興じたが、あとになって思うと、維子がいたので思うことを話せなかった伊勢子は、明日の約束を待っているのも、もどかしく、維子を教室へ送りこむと、すぐ工場へ電話して、その日の逢瀬《おうせ》の段取りをしないではいられなかったろう。第一回の自殺未遂は、結婚の相手である泉中紋哉に、東京の赤坂芸者で、二郎丸という女がいて、向うもいずれは、商売をやめ、女房になる気でいると聞いたのが、動機だった。それがどうやら脩吉の斡旋で、二郎丸が手をひくことになるとやら、ならぬとやらのゴタゴタの最中だったにちがいない。

いつも、迎えに来てくれる伊勢子が、その日は迎えに来られず、女中のすぎが、校門に立っていた。維子はまた伊勢子に、凶変でもあったように、ふさぎこんだ。どう考えても、苦み走った泉中が、伊勢子をいじめつけるような気がしてならない。伊勢子が、白い細い首をふるわして逃げ廻るのを、泉中がどうしても、逃がさない。子とろ、子とろで、年嵩の鬼が、いくらみんなで庇っても、最後には一番うしろの子をつかまえてしまうように、結局、伊勢子はつかまって、維子の知らないどこか遠くへ連れ去られてしまう。伊勢子はそんな遠い知らぬ土地へ行けば、死んでしまうかもしれないと思った。こんどこそ、矢祭山や取上峠のような高い山の頂上へのぼって、その雪渓に身を横たえていれば、霊魂はひとりでに、大空へのぼってしまう。そうしたら、伊勢子のあとを追って死ぬために、自分もあの奥久慈の山へのぼってゆく……。

さて翌日。維子は伊勢子につれられて、公園の崖下の、古い噴泉のほとりで、紋哉を待っていた。そこは老杉《ろうさん》に囲まれた幽邃《ゆうすい》な感じのする場所である。維子は何ンとなく薄暗い、そういう場所を好まなかった。伊勢子の冷たい手をにぎりしめていた。

紋哉が杉と杉の間の道を降りてきた。珍しく、着流しで、畳の白い雪踏《せった》をはいていた。あとで考えても、よく、あんな風俗で、昼日中、公園を歩けたものだと思うが、戦闘機の重要部分を作っている軍需会社の社長だとすると、普通の市民が守らねばならぬ戦中の掟は、彼には必ずしもあてはまらなかったのだろう。それにまだ、戦争の様相は、末期的とは云えない頃だった。

泉中は細面で、姿がよく、着物がよく似合ったから、老杉を背景の書割にした新派の舞台のようにも見えた。伊勢子を見て、ニッコリした。

「待ったかい」

「ええ、少し……」

「よく来ましたね、つウちゃん」

と、彼は子供に対しては、却って少し、よそよそしくした。

「少し歩こう」

と云って、紋哉は先に立って、杉の中の小径をのぼったり下ったりした。公園の一番下には、やや広い道が、東京からくる汽車の線路と平行し、またその向うに、S川という小さい川が流れていて、その先がS沼になるのだった。泉が間断なく涌いている位だから、その辺はしめっぽく、土も草も、濡れていた。それでも、水たまりが出来るほどではないので、草履をはいた三人の散歩に不都合はなかった。——およそ二十分ほど、紋哉と伊勢子は、愉しそうに笑い興じ、またその間にも、小さい維子を、時々話題の中へ連れこんだ。が、いくらそのように気づかってくれても、維子はやはり、二人の世界からは、縁遠く置かれた小さい第三者であった。

「さアそろそろ、腹がへった。つウちゃんはどうだい」

踏切のところまで降りてきたとき、紋哉は維子のお下げをいたずらしながら云った。維子は黙って、その手を払いのけた。踏切には、遮断機が下りた。維子はここで、汽車が見たいと云った。それで三人は、遮断機のすぐそばに立って、汽車の通過を待った。

「下りか、上りか」

と、紋哉が問いを設定した。維子はすぐ、

「上りよ」

と云った。それに対して、二人は下りだと云い、どっちの方角に音がするかと、耳を聳立《そばだ》てた。

「お嬢さんのほうが勝ちですよ」

と、白い旗を出している踏切番のおかみさんが、相好を崩した。

「ほんとだ」

と、紋哉は上り列車の機関車が、すでに遠く見えだした東側を指さした。維子は、賭《ギャンブル》に勝っても、まだ気が重かった。いつもなら、三尺ほども飛上って喜ぶところなのに。轟音が近づき、枕木を揺りふるわせて、機関車の大きな前輪が踏切へかかった。青い帯が一輛、赤い帯が七輛半。そのあと先に、半郵便車と手荷物車がついていて、全部で十輛連結だった。その帯の中央に、上野行という方向札が見えた。

「小父さま、こんど東京へつれてって……ねえ……お願い」

「今の賭に負けたからな……ほんとに行くなら、連れてって上げるよ」

「うれしい」

東京へ行けると思うと、維子は漸《や》っと、さっきからの不機嫌が直ったのである。

三人はまた連立って、T神社の鳥居をくぐり、高い石段をのぼり出した。紋哉がまン中で、彼は二人の手を曳いていた。途中で一度ふりかえった。S沼が、ここまでくると一眸《いちぼう》に見渡せた。この神社には、古い二人の藩公の霊が祀られていた。神前に額《ぬか》ずいた泉中は、大きな音たてて、柏手をうった。伊勢子は並ばずに、少し背《うし》ろに立ったまま、合掌したので、維子も倣《なら》った。

伊勢子が彼の耳に話しかけた。

「何を祈りごとしたか知ってて？」

「何ンだろう」

「心細いのね。二人が一緒になれますようにって、祈る外のことはないじゃありませんか」

「それに気がつかないとは、鈍かったな」

二人はさも幸福そうに笑い合った。

4

街のどまん中に、この市で比較的上級の花柳界があって、その置屋や待合の重なり合うように繁昌している、これも中心地帯に、樺焼のうまい鰻屋があって、そこへ紋哉は二人をつれていった。父も鰻は好物なので、近所から、樺焼や丼をとることはあったが、ここの家のは食べたことがなかったし、まして維子は、箱も入る料理屋などへ上ったのは、生れてはじめてだった。その日も、三人の上った二階座敷の真下では、昼から芸者に三味線を弾かせている客があった。もっとも、三味線といっても、静かに清元の権上《ごんじょう》を弾かせているのだが、紋哉は東京で、清元を習っているところから、すぐそれが、権上だとわかる風であった。然し伊勢子は、紋哉のそういう趣味を、あまり歓迎しなかった。

「今、弾いているのは、ありゃア権上だ」

と云っても、

「あらそう」

と答える程度で、その音締《ねじめ》に聞き入る様子もない。維子のほうが、却っていいなアと思った。

「こんな鰻屋さんでも、芸者衆がはいるンですかね」

と、伊勢子は怪訝な顔をした。やがて、樺焼が焼けてきた。黒塗の大きな重箱に三側に入っているのを紋哉は三つの皿にとりわけてくれた。

「私はこの通り、世話好きなんだよ、つウちゃん」

と紋哉は云った。鰻は肉があつくて、樺色に美しく焼け上り、テラテラ光っていた。まったくうまかった。この美味は忘れられなかった。舌の上へのせると、とろとろに溶けてくるようだった。

「おいしいだろう」

「おいしいわ」

「よかったね」

紋哉は、維子が忽ち一くし、食べてしまうのを、満足そうに見ながら、自分はお銚子の酒を、チビチビやった。女中が気をきかして、維子の分だけ、御飯を丼に盛ってはこんでくれたので、維子はよけい助かった。樺焼を上手にとって、丼の白い飯の上へおくと、うなぎ丼のようになった。それが食慾をそそると見えて、

「あたしも、そうして食べようかしら」

と、伊勢子が云った。然し、伊勢子も泉中の相伴で一ぱい二はいと、重ねるうち、いい色になった。それがまた子供の目には、何んと、あだっぽい色に見えたことか。

下の座敷では、仕置場の権八の台詞を、何度もくりかえしている。そこがよほど好きと見えてそこばかりやっていた。伊勢子が、

「つウちゃんは、食べ終ったら、その梯子段のところで、おハジキでもしていらッしゃいな」

と云った。おハジキなら、一人でも結構あそべる。鰻のあぶらで、テカテカに黒光りしている梯子段の上り口に坐って、維子は暫くの間、硝子玉《ガラス》のおハジキに余念がなかった。

やがて下の座敷の三味線が止み、芸者が時間切れで帰ってゆく吾妻下駄《あずまげた》の音がした。維子もさすがにおハジキに飽きて、もとの座敷へ戻ろうとすると、さっきはあけてあった障子がしまっていた。然し、まだ中の二人に気がねする年頃ではないので、すぐ引手に手をかけた。障子

があくと、座敷の中では、維子の足音にびっくりして、身体をはなし、伊勢子が立上ろうとする一瞬だった。維子はギョッとして立止った。が、次の瞬間、立った伊勢子が何ンにも云わずに、維子の横をすりぬけると、一段下った中二階の手水場《ちょうずば》のほうへ急いで出て行った。維子は茫然として立っていた。手にもったおハジキが、二つ三つと、畳の上へ落ちる音がした。

「つゥちゃんか……ソラ、おハジキが落ちたよ」

と泉中が云った。鰻の皿が、カラになっている。お銚子も三本ほど、横ざまにおいてある。

維子は云われるままに、おハジキを拾いながら、

「伊勢叔母さまは?」

「今、お手水……それから御帳場へいって、すぐ帰ってくるよ。その背ろの障子をおしめ……」

「はい」

維子は何ンの気なしに、障子をしめた。

「ここへおいで」

紋哉はあぐらをかいた自分の膝の間を指さした。維子は、さすがに、躇われた。もっとも誰かが、傍にいたら、維子は平気で、紋哉の膝に抱かれただろう。

「ここへおいでったら」

ややゝ、きつく紋哉が促すので、維子はいつも父の膝に抱かれるときと同じように、小さいお臀《しり》をのせた。

「つウちゃんは、可愛くって、いい子だね。いくつだ」

「早生れの九つよ」

「そうか。大きくなったら、さぞ綺麗なお嬢さんになるだろうな」

「いやだわ」

「伊勢叔母さんによく似て、絶世の美人になるぜ」

絶世という言葉はわからなかったが、子供心にも、賞められると顔が火照った。

「伊勢叔母さま、どうなすったの」

「今すぐだよ。お土産をたのんでいるのさ。つウちゃんのお父さんやお母さんに……脩吉さんは、うなぎが大好物だそうじゃないか」

「大好きよ」

「ここのうちは特別うまいから、きっとお口に合うだろう」

「どうもありがとう」

「つウちゃんは、お父さん子だって、ほんとう？」

「伊勢叔母さまが云ったの？」

「外に云う人もないからな……そういうお伊勢さんだって、つウちゃんのお父さんが大好きなンだ」

維子はつぶらな瞳をあげた。この対話の間、紋哉の手は維子の背中や肩口を静かに撫で、時々はお下げ髪を絞るようにしていたが、

「つウちゃんの一番大好きなのは誰?」

「もちろん、伊勢叔母さまよ」

と言下に答えたとき、上から何か大きなものが覆いかぶさってくるような感じで、紋哉の顔が近付いて来、避ける間もなく、口が吸われていた。

今になって思うと、六つ、七つの女の子は、よく大人に頰ずりされたり、キュッと胸ごと、抱きしめられたりするものである。そういう程度は、されつけている。然し、このときのは、その程度を越していた。まだ、九つでは、接吻ということの意味を解するわけはない。近頃の子供は、テレビジョンなどで、熱烈な接吻シーンを見ることもあれば、また若いパパとママは、少々位のことは、子供に見られてもかまわぬと思っているらしいが、当時はまだ、テレビジョンもなければ、親たちの生活形式も、擬道徳的で、子供そっちのけで、キッスなどしているわけにはいかなかった。然し、紋哉のそれは、接吻の意味も価値もまだ何ンにも知らぬ維子にとって、只事ではない感覚だった。そのくせ、それが非常にいやらしい、不快なものでもなかっ

た。唇を吸われただけでなく、舌の尖《さき》までが、男の口中へ巻きこまれた。それが、痛くも、辛くもなかった。むしろ、やわらかくて、甘かった。甘い露のしたたるところへ、引きこまれ、そして、離れようとしても、離れられない吸着力があった。このときの接吻が、実は二十いくつの今日になっても、維子はいまだに忘れられないのである。

やっと紋哉が、吸うのをやめてくれた。維子はもう少しで、窒息しそうだった。

「いや——」

と、維子は膝の上からも、跳びはねた。

「今のことは、誰にも云っちゃアいけないンだよ……いいか……黙ってるンだよ」

紋哉は口止めした。維子はベソをかいたが、そのまま、あとも見ないで、座敷をとび出し、

「伊勢叔母さま」

と、捜し廻ったが、いないので、中二階の雪隠《せっちん》にはいった。そこへ、伊勢子が帰ってきて、維子がいないところから、手水場まで捜しに来た。

「つウちゃん……どうしたの」

黒光りのする檜の観音びらきの戸口の前に彳《たたず》んでいる維子の手を取った。何かしきりに訊かれたが、口がきけないままに、維子は、首を横にふった。それで伊勢子も安心したのか、

「サア、帰りましょう……お土産も出来たから」

と云った。三人は女中に送られて、中庭の出入口から、外へ出た。日が傾いて、西側の窓にはめた色硝子が炎えるように光っていた。維子はまだ、夢の中にいた。小路を曲ると、紋哉が手を引こうとしたが、維子はきらって振りのけ、伊勢子の左側へ廻って、彼女の手をかっきり握った。

5

それからまた数年。戦争が終結して、占領統制がはじまり、極端な物資の欠乏に苦しめられた頃、伊勢子には、第二の破局が来た。維子も上の学校へ進み普通の子より一、二年早く、初潮も見た。伊勢子が父の脩吉に語ったところでは、紋哉は最初から今日まで一度でも二人の結婚の約束を否定したことはなかった。彼は、もう一年、もう一冬という風に、遷延策《せんえんさく》を弄していただけで、例の二郎丸とは、そのうち必ず手を切る、と偽りつづけてきた。本名時子は東京の一流地の芸者屋の子で、藤間流の名取ではあり、贅沢と有閑に恵まれていたが、伊勢子との婚約を聞くと、紋哉を殺して、自分も死ぬ決意をほのめかした。紋哉はうまく追放をまぬがれて、戦後の財界で一躍顔を売ろうとしている矢先だったので、二郎丸の強硬策には、手もなく顫え上ってしまったのである。二者択一に迫られた紋哉は、男泣きに泣いて伊勢子に詫びた。

「実はな……時子には、わたしの子まであるのだ」

彼の切札はそれだった。その子は吾郎といって、四歳だった。空襲のはげしい最中、疎開先の熊谷で、生みおとした男の子だった。

「今日は、明日はと思いながら、とうとう、別れられなかった。私の意気地なしと笑ってくれ。女に未練はないのだが、吾郎というものが、枷《かせ》になった。だからといって、伊勢子と別れる気持もない。今まで通りにつきあってくれ。私は時子と結婚するとも云っていないのだ」

伊勢子は、腹が立ってきて、手あたり次第物をとって投げたいような衝動に喘いだ。そんな虫のいい話があるだろうか。子供のある芸者とも別れないが、伊勢子ともズルズルに、今まで通りの関係でいたいというのは、伊勢子に多妻を認めろという意味である。今まで、何年もの間、まんまと欺かれたさえあるのに、更にこののちも、その不自然な三角関係を持続されるのでは、たまったものでない。それにしても、戦争中、よくも吾郎のことを隠し畢《おお》せたものである。そんな様子は、けぶりほども見せなかった。

（――悪魔）

と、伊勢子は腹の中で、憎悪のありたけを炎やした。伊勢子は男泣きに泣いている男の前で、涙もわかなかった。

「では伺いますけど、その二郎丸という芸者衆は、私のことを知ってるのね」

「この間、わかってしまった」

「まア驚いた。わかってしまったと仰有《おつしや》るからは、今まで、隠していらッしゃったのね」

「そりゃアそうだ」

「丁度、私にも二郎丸さんのことを隠していたように……」

「伊勢子は知ってたンだろ」

「でも、あなたは手を切るってはっきり仰有ったし、私も兄も、信じました……手を切って、きれいになって、結婚する。そう、何遍も仰有いましたよ」

「然しだね。相手は何せ、教養のない芸者だ。わたしを殺すといっているのだ。現に、どこで手に入れたか、青酸をもっているのだ。殺されては、身も蓋もない……そうだろう。いつ何ンどき、無理心中をやらかされるかわからないのだ。これは、私の誤算だった。まさか時子が、それほど強硬に出るとは、予測しなかった。伊勢子のことを聞いたら、さっさと追ン出ていくものと思った。つまりそれほど、気の強い、自尊心の勝った女だったのだ」

「そりゃア、子供があればね。あたしでも、子供があったら、おいそれとは手をひかないわ。ピストル位射つわ……」

「では、子供に免じてくれるか、吾郎に」

紋哉はそう云って、畳に手をついて、頭を下げた。

「男があやまったりして、みっともないから、およしなさい」

と伊勢子は云ったが、今まで吾郎のいることを、ひし隠していた男の心がむごたらしくて、八裂きにしても足りなかった。それでもその日はおとなしく引退ったが、日一日と、口惜しさが募ってき、それからの一年ばかりは、地獄の苦患《くげん》がつづいた。伊勢子は幾度となく、紋哉の翻意を促し、そのために、発作的な亢奮を禁じられないようになった。スタンドや硯箱をとって、投げつけるような狂態も演じた。そういうことのあった翌日は、げっそり痩せて、虚空をにらみつづけているような一日が待っていた。男と女が、別れるということの烈しさ辛さが、こんなものとは、正直二人とも考えていなかったのである。紋哉はそのたびに、

「この間は、あんな綺麗な口をきいたじゃないか」

と云って、伊勢子を責める。然し、そういう紋哉も、発作的になって、前後正体を失う伊勢子の五体の魅力には抗しかねた。いままでの慎みぶかくて、古典的でさえある伊勢子にはなかったものがあらわれ、それが男に挑んだ。

「今までの伊勢子なら、思いきって執着を絶つことが出来たかも知れない。が、吾郎のことを知ってからの伊勢子は、まさに魅力を増大した。今の伊勢子は、生れ変ったように新鮮だ。今までもこうだったら、とっくに、時子と別れていたのに」

と、紋哉は依然として虫のいいことを云った。そして、伊勢子の骨までしゃぶるように、女の肉体をさいなんだ。伊勢子はますます痩せた。臓腑がいたみ、白い膚がしおれた。頬骨が出

て、相好も病的になった。大胆な性的亢進は、娼婦でもいやがることを、平気でさせた。そして、虚脱した。その間にも、紋哉と二郎丸の結婚は進んでいた。然し紋哉は、伊勢子との燃焼のあとでは、必ず、

「よし、時子とは別れる。わたしの妻は伊勢子しかないのだ」

と断言するが、実際は飯田橋に建つ彼の新居には、商売をやめた二郎丸が住むことになっていた。この争いが、一年近くつづいたあと、伊勢子にとっては、最悪の終局がきた。二郎丸に二人目の子供が出来たことであった。

(もうダメだ)

伊勢子はがっくり、草の茎が折れたようになった。もはや、体内の火ものこり少なく、掻き立てようにも、その素《もと》が乏しいのだった。その火がないので、紋哉と会っていても、口争いをしたまま、手を触れずに別れてくることが多くなった。紋哉のほうは、少しも苦痛はない。伊勢子とうまくソリの合わないときは、いつでも二郎丸を愛することが出来た。別れぎわに、彼はそれを暗示するようなことを云い、一層伊勢子をさいなんだ。が、痩せた伊勢子は、何ンと云われても、彼に挑みかかる根気を失くしていた。そして、そのたびに、敗北的な自意識が、彼女を手も足も出ないようにした。週刊誌のグラビヤに、紋哉夫婦の写真が出たり、ある結婚式宴に、二人が揃って主卓《メインテーブル》に並んだ記事が出たりする頃、父の脩吉は、復員した元陸軍の将

校を、三十になった伊勢子の夫に選ぼうとした。その見合が、目黒の雅叙園《がじょえん》ホテルで行われた。十七歳の維子も、お相伴で出席した。元将校は深尾三逸と云った。年よりませている維子は、りっぱに、花嫁の資格があったので、あわてもののホテルのページが、維子のほうを花嫁候補者とまちがえた位だった。当時は東京中のホテルが、みな接収されていて、日本人の使えるのは、雅叙園ホテルだけであった。

九谷家の郷里では、本家も分家も、みな戦災に焼けたので、伊勢子は維子の父母と一緒に、終戦直後に、東京へ出て、武蔵小金井のバラックに住んでいたが、そこへ深尾三逸から、是非、頂戴すると云う返事がきた。

「伊勢子……よかったな。先方では、たっての希望らしい。伊勢子はどうなのだ。異存あるまいな」

「ありません」

と、伊勢子は答えた。父も母も、それで安堵したらしい。その晩は、ビールをぬいた。

「これで泉中さんを見かえしてやれるわ」

たしかに一番、喜んでいるのは、父だった。が、伊勢子だって、三逸の返事に悪い気はしなかったようだ。久々に、伊勢子は白粉《おしろい》を塗って化粧した。化粧すると、伊勢子はやはり美しかった。

「伊勢叔母さま。ほんとに、お嫁にいくの」

と、維子は訊いた。

「ええ、決心したの」

「泉中の小父さま、どう思うかしら」

「どう思ったって、知ったことじゃないわ。おくさんと二人で、口絵写真なんぞうつす人ですもの……悪魔のことなんかもう知らない」

「ほんと?」

維子はギョッとした。あんなに長いこと、維子の目にさえあまる程、気違じみて愛していた男からそんなにあっさり、遠去かれるものなのか。

「つウちゃん。紋哉さんなんて、悪い男の標本よ。叔母さんはバカだから、あんな人に騙されたンだけれど、つウちゃんは利口だから、絶対に、ああいう人には近寄らないことよ。つウちゃんだけをひとり愛してくれる人でなかったら、男の云うことを諾《き》いてはダメよ。わかって?」

「はい」

と維子は答えたが、自分は泉中を悪魔とばかりは思えなかった。維子が九つのとき、あんな風に膝の上へ抱き上げて、唇の処女性を奪った人だが、それが十七の今になっても、必ずしも悪い印象ばかりではなかった。ときどき、維子は、それをうっとりと思い出し、自分の唇を何かの上へ……若しあったら紋哉の写真の顔の上へ、ソッとおいてみたい衝動が涌かないでもない。が、然しそれは、死んでも誰にも打ち明けられない、堅い心の禁断であった。

6

伊勢子が死んだのは、それから間もない早春の一日だった。矢祭山を越して、F県に入り、磐城《いわき》石川から約三キロ西へ入った猫啼《ねこなき》温泉の小さい旅館の離れ座敷で、冷たくなっていた。この前、第一回の自殺未遂のときに、伊勢子は奥久慈渓谷や東白川郡の各所に点在する温泉を泊って歩いたが、「猫啼」だけは割愛したと云っていた。こんどは、その望みを果したが、ついにそこで、死出の道を急いでしまった。何ンでも、白河街道から、少しはいった山裾の、北須川沿いにわく鉱泉だそうで、伊勢子が興味をもったのは、そこに遠い昔、和泉式部と愛猫の伝説が残っているとやらであった。凝り性の伊勢子は、死ぬ前にその伝説のありかを確かめたかったのではないか。

こんどは父の脩吉が、一人で死体を引取りに行き、白河在の焼場で焼いて、東京へは骨にして帰った。維子と深尾三逸が、上野まで出迎えた。白布にくるんだ骨壺を見たとき、維子は気が遠くなりかけた。三逸は、結納の日取もきめ、仲人も先輩の某を委嘱したばかりだったので、どうにも救いようのない顔付だった。

武蔵小金井の家へ着いたとき、父はぐったり疲れ果て、暫くは口もきけない風だった。

「大変なところだ。とても普通の人では、あんな山奥までは行けるものじゃない。やはり、尋常ではなかったのだと思うほかはないじゃないか。深尾さんには、申訳ない。面目ない。兄として、深く謝るだけだが、あなたとしたら、謝られてすむことじゃなかろう。といって、死んだ者が、生き返ることはない。ご覧の通り、小さい壺にはいってしまったのです。深尾さん、許して下さい」

と、父は涙を流してあやまった。三逸は腕をこまねいて、難かしい顔をしているが、ポッリポツリ、遺書のことや、死因のことを訊いた。遺書は反故《ほご》紙一つなかったし、薬も死ぬために嚥んだものか、それとも眠れないので、度々嚥むうちに、誤って致死量に達したものかもわからぬというのが、父の答えだ。

「では、あなた方にも、思い当る節は一つもないのだね」

と、三逸は念を押すように云った。

「あれば、深尾さんへの謝罪のためにも、全部申上げますよ。ねえ、維子はどう思う。お前はこの叔母さんに一番私淑しておったものな。何か思い当るようなら、深尾さんに申上げてご覧」

と、父が促した。維子は然し、何ンにも云わなかった。云えば、三逸をますます傷つけるだ

けだった。三逸は漸っと、気まずい顔を和らげて、

「そりゃア兄さん……つウちゃんに聞いても無理だ。伊勢さんは大人だし、つウちゃんはまだ、何ンだもの……わかりました。遺書もなければ、これという原因もないなら、僕との結婚がいやだったわけでもない。要するに、厭世でしょう。生きてるのが面倒になって、山奥へ逃げこんだが、そこも退屈なんで、われとわが玉の緒を断っただけのことと、僕は諒解して、あきらめますよ……何にね、若し、これが泉中さんでも、蔭で糸を引くとか、伊勢さんを死に追いやるような脅喝でもしたというなら、僕は承知せんがね。決闘でも何ンでも申込むつもりだったが、そうでさえなけりゃア、忍び難きを忍んで、黙って引込みますよ」

と、三逸は少しばかり凄味をきかせて、帰っていった。それから、父と母は、あらかじめつくっておいた祭壇に、骨壺をおき、花をめぐらしたり、蠟燭を立てたり、またその壺の上には、にっこり微笑している二十三のときの、真珠の簪《かんざし》をさした美しい写真をかざった。三冊も四冊もあるアルバムの中から、維子が捜し出した一番好きな顔だった。母がたのんできた近所の坊さんが、お経を読み、念仏を唱えてくれたが、父に云わせると、世が世なら、九谷家の葬式は、二町も三町も行列がつづき、誓山寺では、いる限りの僧侶が出て、散華《さんげ》しながら、ひねもす読経をつづけたろうにという……。それが、武蔵野の名もなき寺の若僧が一人、ろくな袈裟も掛けてはいなかった。それでも、木魚が鳴り、ときどき、チーンと鉦の音がまじると、維子はと

めどなく、涙がふき出た。父も泣いた。父の泣き方は、伊勢子が可哀そうでならないという泣き方だった。維子の涙は、そうではなくて、九つの春の日、うなぎ屋の二階座敷で、泉中から受けた裏切りを、とうとう、伊勢子に打ちあけずにしまったことの悔みであった。あれさえ、云えば、伊勢子はとうに、紋哉をあきらめて、死んだりしないでも、すんだのではないだろうか。

次の晩。夜ふけてから、ふと隣室に寝ている父と母の対話が、維子の耳へ洩れはいった。それによると、伊勢子は猫啼温泉へ行く前に、M市の宿で泊っている。父は、その宿へも行き、女中や番頭を呼んで、それから聞いた話なのだ。

「驚いた。全く驚いた……」

「何を、そんなに驚いたンですか」

「その宿へ泊ったのは、伊勢子一人じゃないンだ」

「へえ、誰だろう……まさか深尾さんじゃないでしょう」

「バカ」

父は軽く一蹴するが、婚約者の深尾と泊ったという推理は、いかにも母らしい鈍さである。

「では誰？　仰有って」

「それが何者ともわからない。泉中かも知れないのだ」

「だって、紋哉さんは二郎丸と結婚して、二人も子供があんなさるンでしょう」

「でも、わからないのが、この道だ」

「男さんって、まったく、信用ができない」

「しめし合わして行ったかどうかはわからんが、とにかく、伊勢子が先に来て、半日ほどいると、夜の汽車で、お伴《つ》れさんが着いて、大分、揉めたらしい。泉中さんなら、伊勢子と深尾三逸の婚約を聞いて、またフラフラとなったのだろう」

「勝手すぎますね」

「女中の話だと、ひどくあばれたらしい。床の間の掛額のガラスが割れたり、鉄瓶がかしいで、灰神楽《はいかぐら》をおこしたりしたそうだ。然《しか》しまア、その夜は結局のところは、伊勢子も彼の云うことを諾いたのだろう」

「もともと、惚れているンだもの……」

「いや、わしの思うには、拒めば拒むほど、泉中さんがあばれ出す。迷惑するのは宿の人だけでなく、同宿のお客だってたまるまいし、部屋へ通してしまった以上は、男の心を和らげるためにも云う通りになるほかはなかろうよ」

「いやらしいわ、そんな話は……」

「いやらしいと云ってしまえば、それっきりだが、伊勢子の立場も、さぞつらかったろうと思う……」

「あなたの伊勢さん贔屓も、そこまで行くと、何ンとかの引倒しだわ」

「何ンとでも云いなさい。わしは泉中が憎い」

「憎いなら、もっとはっきり、けじめを云ってやればいいのに。面と向うと、あなたは一言も云えないンでしょう……泉中さんて、そんなに可怕《こわ》いの？」

「可怕くなんてないがね……苦手は苦手かな……そりゃア深尾さんのほうが、話しいいだろう」

「深尾さんには、伊勢さんは全然惚れていなかったものね……それで、あなたも口がきけるのよ」

「そういう見方もあるかもしれない」

「伊勢さんも、とうとうそれで、惚れた男に殺されたのね」

「その時分、泉中さんは、戦争前の軍需工場のあった敷地を八百坪ほど、人に売っている」

「よく調べたのね。紋哉さんに魅《み》こまれると、伊勢さんは、磁石に惹かれるようになってしまうンだわ」

「まアそうだな……泉中はそれをちゃんと計算しているンだ。伊勢子は夕方の汽車で、袋田《ふくろだ》まで行ってる……袋田の滝のある……そこで二、三日泊って、泉中はひとりで東京へ帰り、一週間目には、また行く約束になっていた」

父の話はまだ続いた。伊勢子は紋哉が帰ったあと、暗くなってからの汽車で、袋田を立ち、常陸大子で、一度乗り換えて、八溝連峰の国境を超え、二十一時一分に、磐城石川へ着いている。ここがその汽車の終着駅なのだった。

寝たまま維子はその話を全部、聞いてしまった。自然に耳へはいってしまったのだから、仕方もない。さっき深尾三逸には、遺言も死因もはっきりしないと云っておきながら、父は殆どその死の真相をつかんでいるのであった。

維子は思った。これでは伊勢子が、一ト思いに自分を破壊しようとするのも、無理ではないが、然し女というものは、そんなにもろく、こわれるものなのか。血肉のつながる叔母のために、復讐がしたいと、全身を亢ぶらせながら、維子はまっ暗な寝床の中で、泉中紋哉を呪った。伊勢子が土産のうなぎを頼みに立った隙に、九つの維子から処女《おとめ》の唇を奪うような卑怯者に、罰がなくてどうしよう……。

7

歳月が流れ、伊勢子の三周忌が来た。骨は郷里の誓山寺に埋めたので、二十《はたち》になった維子は父に連れられて、久々に郷里の土を踏んだ。すると、誓山寺の墓地で、思いがけない泉中紋哉の姿を見出した。彼は年を取ったが、貫禄も出来ていた。戦前は民間軍需会社の社長にすぎなかった彼は、今では政界に転身して、当選二回目の代議士であり、いずれは閣僚という呼び声さえ出ていた。

伊勢子の墓前に、額《ぬか》ずいている紋哉のうしろ姿を見かけたとき、維子は驚いて父の手を引っぱり、墓地の外へ逃れようとした。然し、父は逆に維子の手を強く引いて、

「泉中さん……」

と、呼んでしまった。紋哉はふりむいた。父子の姿を認めると、ニッコリ笑った。いかにもなつかしくてたまらない表情だった。

「何ンだ……兄さんか。ひょっとすると、来ていられるかと思っていたが、果して……つウちゃんも、りっぱになったな。でも、すぐわかる。伊勢叔母さんに、そっくりじゃないか。まるで生写しだ……」

と、彼は云い、図々しくも握手を求めたが、維子は拒《こば》んだ。父はくりかえし、御無沙汰の詫びを云い、泉中の出世をほめたたえた。それに引きかえ、戦後の自分は一向うだつが上らぬ上に、不健康で困ると、愁訴した。維子は、近頃とみに弱気になっている父を、腑甲斐《ふがい》なく感じた。どうして、紋哉などに負けてしまうのだろう。父の最愛の妹を殺した張本人などに——。

「つウちゃんが、こんなに綺麗になったからは、縁談がさぞ降るようにあるだろうなア」

「知らない」

と、維子は横を向いた。然し、いくら冷たく装っても、維子の心は、紋哉の声に惹かれていた。墓守の爺さんが、火をつけた香束を持ってきたので、維子は伊勢子の墓の前に、腰をしゃがめて、口の中で、

「叔母さま……お墓の前に、あなたが愛した悪い人が来て居りますよ。私のことを、叔母さまに生写しだなどと云って、私の気持をからかっていますが、あれがあの人のおハコらしい。前よりは、貫禄が出来ましたが、悪い精神は昔のまんまなのです。叔母さま。私はきっと、復讐しますわ。叔母さまの怨みを晴らして、思いきり恥をかかしてやりたいンだけれど……」

維子が合掌しているすぐうしろに、泉中は立ったまま、維子の肩の肉を瞶《みつ》めた。彼の視線がそこに匍《は》いまわっていることを、むろん維子は、カン付いていた。

「おひとりですか。おくさんは？」

と、父が訊いている。紋哉はその返事の代りに、

「兄さんも知ってらッしゃる通り、時子の前身はあれでしょう。いくら、看板のいい家にしろ、やはり、昔取った杵柄《きねづか》が出て、時々困りますわ……伊勢さんだったら、こういうときは、チャンとしてくれるだろうにと思ってね……選挙のときなんぞ、つくづく、残念に思いますよ。それに、対立候補が、時子の前身を洗っていて、個人攻撃をやらかすんでねえ……」

「然し、時子夫人の評判は大したもンじゃありませんか。選挙民は、稀《まれ》なる貞女だ云うて、ほめているようですよ」

「何ンですかねえ……それにしても、この墓の人は、生かしておきたかった。今まで生きてたら、女性としても充実して、真価を発揮したろうに……あのときは、僕もあとを追って、死のうかと思いましたよ、真剣に……然し、時子の胎《はら》の子供のことを考えると、滅多なことも出来ぬと思って……」

紋哉はまるで、維子に語ってきかせるような調子で云った。

「そうだったンですか」

父は知っているのに、とぼけている。

「ところが、可愛いさかりなんだが、あまり丈夫でない」

「まだ、わからないでしょう。子供のときは弱くても、上の学校へ進むようになると、強くなるものですよ」

「つウちゃんはどうでした」

「この子も、そうですね。九ツ位から、丈夫丈夫してきました」

「伊勢さんより、たっぱはあるかな」

「そうですね。伊勢子は、五尺二寸なかったろうから……」

「然し、往来で逢ったら、向うから伊勢さんが歩いて来たとまちがえそうだな」

「そんなに似ているでしょうか」

紋哉と父の対話を背中に聞いていた維子は、急に立ってふりむいて、

「もうよして……そのお話は……」

――感情が激発した。泉中は驚いて、吸いかけの洋モクを石だたみの上へ捨て、靴の爪先で激しく、つぶした。

「さア、うなぎでも食べに行こう、つウちゃん」

と、紋哉は気を変えて云った。自分が九ツのとき、彼に唇を奪われたあの二階座敷が明いていたら、行ってみたいと、維子は思った。

「食べたいわ」

と、彼女は云った。父も同意した。誓山寺を出ると、万代橋の向う詰から、卵色に塗装したオールズ・モビルが走ってきた。東京の白ナンバーだった。東京から、ドライヴしてきたものと知れた。車は三人を乗せ、俗称風呂下《ふろした》を上って、田見小路《たみこうじ》から、五軒町へぬけ、藤坂町を縦に走って、やがて、そのうなぎ屋の前へ横付けになったが、戦災で全焼したその家の形はまるで変っていたので、維子は失望した。

「まるで違ったわ」

「ここに、たしか、土蔵があったろう」

「それから梯子段があって、その前に、車井戸があったわ」

「よく覚えているな、つウちゃんは――」

「だって、伊勢叔母さまと小父さんがお話ししてる間、あたしは邪魔にされて、一人でこの辺で、おハジキをしてたわよ」

「そうか……なるほど」

「大人に邪魔にされた子供って、不平家よ。いやな小父さんって印象はそのときから、強められたの」

「ひどいことになったな」

「ここが廻り縁になっていて、下の座敷へ行けるようになってたの」

「下の座敷で、三味線を弾いてたっけな」

「芸者衆が三人も来ていたわ」

「そうそう……どうしてそんなに、よく覚えているンだろう。そう云えば、あのとき、権上《ごんじょう》を弾いていたッけ……」

と、紋哉は云った。

やがて三人は二階座敷へ上った。紋哉は父を床の間の前へ坐らせようとし、父はあくまでも、それは泉中でなければならぬと、くどいほど争ったが、結局紋哉が折れた。維子はそんなにまでしてへり下る必要は、父にはないと思いながら、大人たちのとぼけた譲り合いを黙って見ていた。

「では、御免を蒙《こうむ》って坐りますが、今日は久々でお目にかかれて、実によかった。これも云うならば、地下の伊勢さんが、兄さんやつウちゃんと再び元通りになるように、引き合わしてくれたンだと思いますよ。一つ、これからは、元のように、旧交をあたためて下さい」

紋哉は盃をさしたまま、口上でも述べるような具合に云った。

「いや、それはこちらから申上げることです。維子もこの通り、年頃の娘になりましたから、いい縁のところがありましたら、お願いします」

そこへ、樺焼がはこばれて来たので、話は途切れた。樺焼の味は、幸い昔と変ってはいなかった。

「この家も、一時は味が落ちたが、やっとここまで取返した。東京の老舗でも、昔の味に返れない家もある。一度落ちた味は、なかなか元へ戻れないらしいな」

と、泉中は講釈した。樺焼を食べ終ると、父が座を立って手水場へ行った。すると、ニコニコしながら、

「つウちゃん……ここへおいで」

と彼は、昔と同じような調子で云い、膝の上を指で示した。

「いやよ……今、お墓参りしたことを、忘れたの」

「覚えてるかい……つウちゃんが、子供のときのこと」

「九ツよ、あのときは――」

「ホウ、覚えているのか、たのもしい」

「一生覚えてますよ。口惜しいから」

「どうして」

「だって、伊勢叔母さまを裏切ったあなたが憎いの……悪い人だわ」

「そんなこと云わないで……ここへおいで。つウちゃんがあんまり、伊勢子に似ているんで、私は抑えきれないンだ。ねえ、つウちゃん。君が私を愛してくれるンだったら、こんどこそ、時子と清算してもいい」

「そう云って、伊勢叔母さまを迷わしたことは知ってるわ……子供心にも……あたしは、叔母さまの轍《てつ》は踏まないの」

「然し、あなたの唇を最初に盗んだ花盗人《はなぬすっと》は私だよ。一度盗まれたものなら、もう一度私に与えたっていいじゃないか」

「そんなことでは、説得されませんよ……一体いくつ違うと思うの？」

「それじゃア、どうだ。九谷の兄さんを、うちの会社で使うことにしよう。伊勢子が死んでからの兄さんは全く陰々滅々だものな……私が、更生させて見せる……それでもいやか」

紋哉はそう云って、維子の出方を待った。維子は返事しなかった。すると、紋哉が二タ膝ほど乗り出してきて、維子の前の黒塗の膳を横へ押しのけた。それでも維子は逃げなかった。紋哉はもうこっちのものだと思ったらしい。手首を握った。維子はポロポロ、大粒の涙を流しながら、どうすることも出来なかった。彼が自分に接吻したい以上に、自分のほうでも、彼に接吻してもらいたいのだった。あの昔の感覚の再生が、維子の心をかり立てる。それに抗すべき力はなかった。しかも、その慾望は、彼がそれを求めた瞬間に、維子の心を占領した。彼は徐々に手首を引き寄せた。維子は前のめりになった。あの昔と同じに、彼の膝の上へ、乗りそうになった。このまま、腰をうかしさえすれば、彼の両手が背中を支える。維子はぐったり、胸をくっつけて、首をそらし、顔を顔の下へもってゆけば、それでいいのだ。

が、その腰をうかそうとした刹那、父の足音がして、維子はすばやく、もとの姿勢に戻らねばならなかった。そして、涙をかくした。

8

一週間ほどたった一日、維子は父の部屋で、泉中とのことを、根ほり葉ほり追及された。父は父で、手水場から、二階座敷へ戻ったときの、何ンとなく慌立だしく見えた空気に、疑惑と反撥を禁じ得ないのであったろう。

「維子……私はね、お前が伊勢子の二の舞をしてもらいたくないから、訊くのだ。伊勢子は、泉中のために、一生を棒に振ったことは、お前だって知っているだろう。泉中はそれを一向に反省しておらんのだ」

父は烈しく非難した。自分が図書館長だった時代から、ことこまかに、説き立てた。戦争中の泉中が、軍需会社の特権を利用して、伊勢子と二郎丸の三角形の間をうまく往来した具体的な話の中には、維子のはじめてきくことも二、三あった。

「泉中は、伊勢子の骨までしゃぶったのだよ。そして、こんどは、伊勢子とそっくりになったお前に、食指をうごかす。それでは、九谷一家は、彼の総舐《そうな》めじゃアないかね」

「でも、お父さまがそう思うンだったら、なぜ、うなぎ屋なんかで、泉中さんの御馳走になるンですよ。お父さまこそ、弱腰じゃない」

「そう云われると一言もない。然し、社会的地位もちがってしまったし、あれはあれで仕方ないと思う。維子、お前さえ、しっかりしていてくれれば、私は安心なのだ」

「しっかりしているわ……あたし、敵愾心こそあれ、愛情なんて一カケラもないわ」

「そうか。それを聞いて安心した」

父がびっしょり汗をかいているのがわかった。こんな話を、真実の娘と話し合わなければならぬ父は気の毒な人だった。

その日の午後、泉中夫人の時子から、是非、維子さんに逢って話したいことがあるから、その頃接収解除になったばかりのBホテルのロビーへ来てくれという招待の電話があった。

「どうする？　逢うか」

「逢うわ」

と、維子は答えた。

「といって、私が付いて行くわけにもいくまい」

「まさか。幼稚園じゃあるまいし」

「一人で行けるか」

「ちっとも可怕くなんか、ありませんよ」

――維子は面白くって、たまらないという様子で、その夕方、Bホテルのロビーの豪奢な椅子に腰かけていた。伊勢子のお形見の狐の皮のストールを肩に巻いていた。すると、エレベーターの扉があいて、ダイヤの帯留をした時子が出てきた。

「つウちゃんですか。はじめまして」

時子は西洋風に握手を求めてから、

「泉中のいう通りだわ。まったく、伊勢さんにそっくりね。私がはじめて、伊勢さんの顔を見たときも、丁度、つウちゃん位の年じゃアなかったかしら……」

「でも、どこが似てるって、はっきりした点はないンでしょう」

「目も鼻も口も、みんな似ているわ。それをうちの人が云いくらすんですよ。似てる、似てるって……つウちゃんが……私にとっては、伊勢さんは強敵だったのだけれど、また新しいライバルが出来たのかと思って、青くなったの……」

「とんでもないことよ、おくさま」

「なんて、それは冗談よ。いくら、泉中がもの好きでも、こんなに年が違う方を、どうしようもないじゃない」

「小父さまは、からかうのがお上手なのよ」

「それで安心しましたよ。実はね、あなたに縁談があるンだけれど」

「誰ですか」

「うちの人の可愛がっている部下なのよ。うちの人は反対なんだけれど……一度逢ってみませんか」

と、時子はその男の話を紹介した。森名実と云った。維子は時子の腹のうちが読めるのだった。早く維子を片付けてしまわないと、泉中がまたどんな謀反気をおこすとも知れない勘ぐりを働かせているにきまっている。写真まで見せてもらった維子は、そのホテルのダイニングで、その頃としては上等のヒレ・ステーキを食べて、帰ってきた。父は待ちかねていた。

「時子さんって、なかなか、学問があるじゃない。伊勢子の伊勢は、伊勢大輔《いせのおおすけ》の伊勢ですか、って聞いたわよ」

「ふん、知ったかぶって」

「伊勢大輔なら、『いにしへの奈良の都の八重ざくら』の歌人でしょうッて……知ってるわよ」

「ところが、伊勢子の伊勢は、そうじゃなくって、伊勢の御《ご》の伊勢なんだ。宇多天皇の後宮《こうきゅう》で、はじめは東七条の中宮《ちゅうぐう》に仕えた……」

然し、それはどちらでも同じことだし、どちらときまっているわけでもなかろう。が、父としては、伊勢祭主大中臣《おおなかとみ》輔親の女《むすめ》で、一条天皇の中宮上東門院《じょうとうもんいん》彰子に仕え、のちに筑前守高《たか》階成順《しなしげのぶ》の妻となった伊勢大輔のことではなくて、大和守藤原継蔭の女で、宇多天皇の寵に誇り、皇子を生み、その家集に、「伊勢集」があり、古今集や、後撰集にも沢山歌を採られている平安初期の女流歌人の名から取ったと考えている。もっとも、脩吉が命名したわけではないが、脩吉と伊勢子の父が、国文学をかじっていて、「伊勢子の伊勢は、大輔の伊勢ではなくて『伊勢集』の伊勢だ」と云ったのを、脩吉が聞きついだのにすぎない。しかもそれは、九谷家の云いつたえになり、伊勢子自身、そのように信じていた。「伊勢集」の伊勢が死んでから、四十八年も経って、大輔の伊勢が生れたのであり、「伊勢集」の伊勢のほうが、古くって、すぐれているのだと、脩吉が維子に語ってきかせていた。二郎丸の時子が、そんなことを喋べったのは、恐らく伊勢子の命名のいわれに就いて、泉中が伊勢子から聞きまちがえたのを、そのまま、時子に語り、時子が鵜《う》呑《の》みにして、維子に請売りしたのだろう。

「あたし、時子夫人って、口惜しいけれど、きらいじゃない。伊勢叔母さんを殺した憎い敵だとは思いながら……」

と、維子は云った。正直、美しさは劣っているが、伊勢子より垢ぬけていた。子供のときは、女の粋とも観じた伊勢子だが、近頃になってかえりみると、伊勢子には、素人女の野暮があり、肌襦袢の赤い襟を、何ミリかは出しすぎているところがある。時子のほうは、どこから見ても、寸分の隙もなかった。口惜しいが、その点で伊勢子が捨てられたのだと、はっきり思われた。

半月ほどして、見合の日がきまった。

「何日の何時に、御両親とお揃いで、丸の内の工業倶楽部までお越し下さい」

という電話が時子夫人から掛ってきた。維子は伊勢子の訪問着を色ぬきして、紫地に柳と桜と藤の花を染めわけた絵《え》羽《ば》に、やはり伊勢子のしめた金地に松と鶴の縫取の丸帯をしめて、髪には大きな真珠の玉の簪をさした。維子は鏡の前で、自分が今日支度するのは、見合の相手の森名のためではなくて、森名の親代りに出席する泉中のためではないのかと思った。それ程、紋哉の顔ばかり、目にちらついた。

「どうも、伊勢子のお古ばかりで、申訳もないな……新しい帯一本、買ってやれないとはな」

と父が云った。正直、維子の整理ダンスの中のものは、長襦袢から蹴出《けだ》しまで、伊勢子の古ものだった。それをそっくりゆずり受けたのである。

「いいの。大好きな叔母さまのだから……でも泉中の小父さんは、覚えてるかしら、この帯」

「覚えているかも知れん」

「それもいいじゃないの……負け惜しみでなくて……」

紋哉が、若い日の伊勢子を呼出しては、解いたりメめたりした帯かと思うと、妬ましかった。

「長襦袢までは覚えてないわねえ」

「かまわんじゃないか、泉中さんと見合するンじゃあるまいし」

「ほんと」

——工業倶楽部の階段をあがってゆくと、新調のモーニングを着込んで白い手袋をはめた泉中が、すっきり立っていて、維子の顔に微笑みかけた。維子の位置が動くのにつれて、その視線が、袂のフリにそそがれ、そこから身八《みや》つ口《くち》のほうへ、ジッと長襦袢を見るような気がした。やっぱり、気がついているのかなと思った。

正面に時子が立っている。そのすぐ傍に、森名がいた。彼は黒の背広だが、まだ貫禄が備わらず、平凡なサラリーマンにしか見えなかった。

9

食卓につくと、紋哉が立って、一人一人、紹介した。それからシャンパンをぬかせた。

「エヘン。それでは、私が一言、ご挨拶を申上げます。今日のお見合が目出たくここに行われましたについては、実に二人の女性の蔭の力があるのでございます。一人は、今夕のヒロインである維子さん……いや愛称つウちゃんの親愛措《お》かざる亡き叔母ごぜの伊勢さん……この人は、つウちゃんを、妹のように、また娘のように可愛がった。つウちゃんも亦、伊勢さんなしには、夜も日もあけなかった。そのせいか、つウちゃんは大きくなるに従って、伊勢さんに瓜二つとなった。こうして、きれいにお化粧をして、私の前に坐っていると、まるで昔の伊勢さんが生れ変って来たように見える。少し封建的な云い方だが、二代目伊勢さんと申上げてもいい位です。今一人は、斯《か》く申す私の家内の時子。これが先日、はじめてつウちゃんに逢って、一ト目惚れをいたしました。そうして、何ンでも自分が、いいお婿さんをきめて上げると云い出しまして。……それ以来、まるで夢中で、いつも熱心にやっている選挙民対策などはそっちのけなんです。白羽の矢が、森名君に立ちました。森名君は、控え目で、篤実温厚の青年ですから、まだ結婚は早いといって、しきりに固辞されたのですが、時子は承知いたしません。まさに、つウちゃんとは似合の夫婦だと云うので、説得の末、森名君も今夕の見合という段取りまで、踏み切ったのであります。実は私などは、只、アレヨアレヨと見ているうちに、トントンと事が運びましたような次第でございますが、恐らく、地下にあって、つウちゃんの叔母さんも、さぞ喜んで居りましょうし、また、それにもまして、今日の見合を、祝福してやまないものは、ここに居ります時子なのでございます」

泉中はそう云って、隣席の時子のほうへ、シャンパンのグラスを捧げるようにした。維子は、くすぐったいやら、恥かしいやらで、腋の下に汗を垂らした。すべてが、かしこく仕組まれた紋哉と時子の謀略のような気がした。

宴が終ると、維子は紋哉のそばへ行った。

「皮肉な演説でしたわ」

と云った。紋哉は葉巻をふかしていた。

「とんでもない。これ以上はないという正直な感想さ」

「おくさまが仰有ってたわ。泉中は今日のお見合に反対だったのよッて。ほんとう?」

「そりゃアほんとうさ。私はそんなに何も早く、つウちゃんを人のものにしてしまうことはないと思うからね。森名なんぞには、勿体ない」

「まア……悪い方……」

「その真珠の髪飾りは、伊勢さんのだね」

「そうよ……帯もよ」

「見覚えがある……」

そしてまた、袖口を覗くようであったが、維子も長襦袢や蹴出しのことは黙っていた。

「そういえば、そのうちまた伊勢さんのお墓参りをしなくっちゃアね」

「おくさまが、こっちをまた睨んでいらッしゃるわよ」

「つウちゃんは、いつ行くの？」

「お彼岸の入りに……」

「私も行こうかな」

「そんなに、度々、昔の恋人の墓参りなんて、なさるもンじゃアありません」

「その位の自由はあっていいじゃアないか」

「おくさまに悪いわよ」

「お墓参りのあと、また、あの鰻屋へ行きたい」

「悪い精神ね」

「こんどは、脩吉さんと一緒でなく、つウちゃん一人がいいな……樺焼も二人で食べたいね
……」

「そらそら、我慢しきれずに、おくさまがいらッしゃったわ」

維子はたじろいだ。時子が、少し眦《まなじり》を立て、森名実の手を曳くようにして、維子と紋哉が話しこんでいる真ン中へ、割込んできたからである。

「大分話がもててるじゃない……花婿さんが可哀そうよ」

花婿とまだ決ったわけでもないのに、時子はそう云って、維子のそばへ、森名を押しやった。

「やっぱり伊勢さんの真珠だって」

と、紋哉が云うので、

「まアいやだわ。こういう席で、そんなことまで素ッぱぬくなんて……恥かしい」

と、維子は赧《あか》くなった。

「いや、お形見なら、少しも恥かしいことはないさ。いつだって伊勢さんが、つウちゃんを擁《まも》っているのは当り前だ。まだつウちゃんが、八つか九つの頃から、学校の送り迎えまでしてくれた伊勢さんだもの……」

「あなたったら、伊勢子さんのお話ばっかりね、今夜は」

と、時子が切り返した。その真珠だって、昔、紋哉が伊勢子に買ってやったものにちがいないことは、時子も気がついていた。

翌日、森名の返事が来た。秋といわず、五月の中旬までには、式をあげたいという希望だった。

「維子はどうだ」

と父が訊いた。いいわ、と、一言、答えた。

「それではきまった」

父はさっそく、泉中夫人に知らせた。四、五日して、森名から、シャンソン・リサイタルの切符が送られてきた。それを手はじめに、二人の交際がつづいた。森名は小型の免許状をもっていたから、ドライヴ・クラブの車を借りてきては、乗り廻した。或る夕ぐれ、彼は多磨墓地へ入ってゆき、自分の先祖の墓を紹介したいと云った。箱型のオースチンは、行けども行けども、墓ばかりの通路を右に折れ、左に折れた。そのうちに、うす暗くなった。森名家の墓は、伊勢子の墓と、おつかつの大きさで、青いねむの木の下にあった。

「降りますか」

森名はエンジン・キイを外して、維子の手をとった。土には水たまりがあって、草履が濡れそうである。維子は森名の手がこまかく顫《ふる》えているのに気がついた。今頃、うす暗い墓地へつれこむのだから、きっと何かするつもりだろうと思った。正直、維子はこの間のリサイタル以来、何遍も二人だけになる機会があったのに、男がまだ唇も寄せてこないのを、物足りなく思っていた。維子のほうでも、彼の唇が知りたかった。しかし今日は、こんなに、手が顫えているのだから、きっと口が欲しいのだろう。ねむの木のかげで、彼は自分の肩を引寄せるだろうと思っていると、はたしてぐいと、その手を引きつけ、物も云わずに、顔をくっつけてきた。維子は拒まずに、接吻させた。この屈強な場所を見つけるまでに、彼は一日中、そのことばかり考えて、物色し、何遍となく、胸を轟かしたろうにと思った。

接吻は、やや長くつづいたが、そのために維子は足袋をよごした。爪先が水たまりへはいって、その泥水をはね返したのである。やがて森名は、さも満足そうに顔をはなしてから、

「許して下さい」

と云った。維子は黙って、白いハンケチを出し、自分の口紅がまっ赤にくっついてしまった森名の口辺を拭いてやった。

その晩、維子は紋哉に手紙を書いた。——自分は努力してみたが、どうしても、森名実を愛することが出来ない。まして将来に夢をつなぐことも不可能だと思う。二人の見合は畢竟《ひっきょう》ナンセンスだった。この際、この縁談はあきらめて貰いたい。ついでに当分は、自分を一人にしておいてほしい。時子夫人にも、二度とお世話は焼かしたくない。いずれ自分にも、結婚したい相手が出来るだろうから、そのときは、自分で処理してゆきたいとおもっている。小父さんとも、当分はお目にかかるつもりはない。

余情のない、さっぱりした文章で書いて、投函した。が、森名の唇が、およそ貧しくて、九

つのときに、紋哉によって奪われた接吻の味が、どうしても忘れられないのだ、とは書かなかった。真実、森名の接吻は、性急でもあれば粗暴でもあって、それ故に、足袋を濡らしてしまった。紋哉のそれの、女心をしめつけるような柔らかい魅力には、足もとにも及ばないものであった。

＊　＊

当分逢わぬと云ったのに、彼岸の入りに誓山寺へ伊勢子の墓をおとずれた時は、維子は心で、いつぞや森名との見合の日に、何げなく、紋哉の囁いた口約束が、心に待たれた。然し、この日、紋哉がそこへあらわれる様子はなかった。維子は、その寺の大黒さんに、鳥目《ちようもく》をわたすとき、

「泉中さんがいらッしゃったら、維子がよろしく云ってましたって申上げて下さいね」

と云いのこして去った。それから一人、駅を出る夕ぐれ時の水郡線《すいぐん》に乗って、まだ雪のある八溝山脈のほうへ、のろい汽車の旅に立った。そこから郡山《こおりやま》へ抜け、そこで東北本線上りに乗換えて、ゆっくり上野へ帰る旅程だった。

汽車はガッタン・ゴットンと喘ぎながら、やがて奥久慈の渓谷をのぼり出す。その山ふもとの温泉郷を経《へ》めぐりながら、車窓の東に、また西に、東白川郡との境に聳える春雪をかぶった

山々が、段々近く、見えてきた……。

霧また霧の遠景

1

其の秋、維子は松茸狩に京都へ出かけた。いつもはのろい汽車に乗って、一駅一駅、とまってゆくような旅行が好きな維子も、こんどは、泉中紋哉夫妻の招待なので、特急つばめの展望車におさまって、東京京都間を七時間で走った。

旅支度は、ぎりぎりまで迷った。洋服にしようか、キモノにしようかで、決らない。母は、荷物が重いといけないから、洋服で通しなさい、と云うが、洋服ばっかりでは淋しかった。結局、洋服と靴を、荷物に入れて、汽車の中は、キモノにした。向うへついてからのスケジュールはわからないが、時子夫人が行く以上、きっと、キモノが必要になりそうだった。

父の脩吉はおむずかりだった。泉中と京都なぞへ行けば、ろくなことはないだろうと云うのである。

「そんなことはないでしょう。時子夫人が一緒なら」

と、母の邦子が維子の代弁をしてくれた。

「わたしはそんな予感がする」

「お父さまの予感はあたりますものね」

「オヤオヤ、つウちゃんがそう云ってたンじゃァ世話なしよ」

「ホホホ……大丈夫。第一、年を考えてよ、年を——伊勢叔母さまとあたしでは、十三もちがうのよ、十三も」

然し、父は十三位違っても、安心できるかという顔付だった。

「東京駅まで送ってって上げようか」

と父が云うので、維子はいらないことだと、ことわった。

「切符はこっちに揃ってますから、つウちゃんは入場券で入って下さい」

と、時子夫人から連絡があったので、維子は乗車口の改札口を通って、入場券でホームへのぼっていった。最後部の展望車まで維子は長いホームを歩いてゆかねばならなかった。息が切れた。一人でゆっくり汽車に乗るようなわけにはいかない。ホームの時計は、発車までに二十五分もあるのだが、妙に、せき立てられてしまう。

展望車の前までくると、時子夫人が社員らしい二、三人と話していた。お振袖かと思うような派手なキモノに、サファイヤ・ミンクのケープストールを掛けていた。

「まァ早かったわね、つウちゃん……キモノにしたの」

「迷ったンですよ……出かける一時間前まで……ホホホ」

「洋服だろうと思ってたわ」

「そのほうがよかったかしら」

「いいえ、やっぱり、キモノがいいわ……とても可愛い」

「あら、いやだ。小父さまは？」

「まだなの。いつも時間すれすれでないと、あらわれないンでね……」

時子夫人はそれでも気になるのか、ときどき、階段口のほうを覗き見る風だった。

発車五分前に、泉中が足早に歩いてきた。その背ろに森名実がいたので、維子はギョッとした。彼が京都へ同行するのだったら、この車から逃げ出さねばならぬ。展望車へ泉中がはいってきて、

「やア、つウちゃん。よく来てくれたな……土壇場で素ッぽかされるンじゃないかと思って、心配してたンだ。有りがとう。これでこんどの旅行は、花が咲いた。楽しい旅が出来る。よかった」

と、向側の席へ腰をおろし、ウエストミンスターを缶の蓋に叩いた。

「森名さんも行くんですか」

「いや、彼は只、見送りだ」

「そんならいいけれど……」

「それとも誘おうか」

「森名さんが行くなら、あたしは降ります」

「おどかさないで――」

つづいて森名もはいってきたが、維子は横を向いたままだった。

「お久しぶりです、九谷さん」

と呼びかけられ、仕方なしに維子は腰掛けたまま会釈した。

「今日、維子さんも御一緒だと聞いて、社長の見送りに来たンですが、僕もお供がしたい……すばらしい旅行だな」

「………」

維子は答えなかった。泉中が煙草をすすめた。彼はもっと何か話したい風だが、維子が口をきかないので、あきらめたらしい。泉中に、京都のホテルや、スケジュールを聞くうちに、発車信号が鳴った。出てゆく森名とすれ違いに、時子夫人が乗りこんできた。維子は見送りの社員たちに、手をふったが、森名とはわざと視線をぶつけなかった。列車は動き出した。

「森名さんなんぞが来るから、ほんとに吃驚《びっくり》したわ。せっかくの旅立に、ケチがついたみたい……つウちゃんにも悪いわ」

「ところが、森名がどうしても、一ト目でいいからって云って蹤《つ》いてくるンだ。まこうにもまけないンでね……つウちゃんに、あんなに冷たくあしらわれて、あれでもいいのかね」

「まだ全然、あきらめていませんね」

「いやだわ、小母さま」

維子は少し大仰に、時子夫人の腕にとり縋った。

森名が押し強く見送りに来たのは、あのとき、維子の唇を奪ったことが、男の自信を裏打しているからに違いなかった。泉中が、彼を呼んで、九谷家から、ことわりの手紙があったというと、彼は憤然として、

「然し、維子さんは自分に接吻を許したンですが」

と、アケスケに云ったそうだ。

「許しておいて、拒むとはおかしい」

とも云った。

「然し、そういう場合もあっても仕方ないだろう、森名君」

「そうでしょうか。いやなら、そのときいやと云えばいい」

「男女のことは、そんなに判で押したようにはいかない」

「維子さんは、若干僕をからかったフシがある」

「君は、そう云って、理屈ッぽく絡むのが、悪い癖だ。それでは女性にきらわれる」

そんな対話が、泉中と森名の間にあったそうである。そしてそれは、今日見送りに来た森名の顔の中にも、窺えた。

列車は横浜へとまって、すぐまた発車した。維子は森名のことで、泉中ともっと話がしたかったが、時子夫人がいるので、じっと心を抑えなければならない。口がムズムズして来そうだった……。森名があの一度の接吻をとっこにとっている様子が、すでに田舎紳士臭くて、鼻持がならなかった。それを又、みんなに云いふらし、鬼の首を取ったように云うことも、およそ悪趣味だった。

「京都へ行ったら、丁度先斗町《ぽんと》で鴨川踊をやっているから、見に行きましょうね」

と、時子夫人は組合せビスケットの丸い缶を、棚からおろして、卓の上へひろげた。

「そういうところへも、連れてって下さるんですか、小母さま」

「だって、京都へ行ったら、舞妓はんの舞を見なくっちゃア……先斗町は、東京の尾上流がはいってるし、祇園は有名な井上流……お寺歩きだけでは、つまらないから、夜はそういう賑やかな廓へ連れてって戴きましょう」

「賛成だわ」

「大丈夫。うちの人だって、ほんとは、お寺の庭より、芸妓《げいこ》はんや舞妓はんと話してるほうが好きにきまってるから」

「ちゃんと、スケジュールに組んであるから、安心しなさい」

「祇園はどこですか。一力《いちりき》ですか」

「鈴江堂《れいこう》が全部引受けているんだ。一力のどの座敷で、誰それ、誰それがお約束になっていて、誰それはその日生憎《あいにく》パーティーに出かけているが、あと口に間に合うように帰ってくるのまで、ちゃーンと、ぬかりはないンだ」

「鈴江堂っていうのは、大阪の道具屋さん」

と、時子が説明した。あんまり贅沢ずくめの話なので、維子は空恐ろしい気もした。どうして、こんなありあまる金があるのだろうか。伊勢子から聞いていた泉中は、それほどのこともなかったのに、一体いつ、山を当てたのか。伊勢子が生きていたら、今の泉中を何ンと云うだろうかと、維子はさまざまに想像した。然し、たしかに、その頃より貫禄が出来、魅力も増したに違いない。ケープストールをぬいだ時子が、

「わたしって、おかしいのよ……汽車に乗ると、スウスウ眠くなるの……いやだわね、そろそろ、眠くなってきた」

「どうぞ、おやすみなさい、遠慮なく」

泉中がとぼけて目を剝《む》いた。

2

維子は眠るどころではない。窓外の景色に目をとられている。のろい汽車なら、窓近くヒラヒラ飛んでくる蝶々にまで、目をそそぐが、超特急ではそうもいかない。近景は目にとまらない位である。遠景もスイスイ、うしろへ飛び去る。

「つウちゃんは、外ばかり見てるンだなア」

と、泉中が云った。

「そうよ。汽車に乗ったら、景色を見るの、それが一番、楽しみなの」

「今日は、富士が見えるだろう」

「汽車で見る富士は、富士川の富士が最高かしら」

「沼津ではよく見えない。あれを出て、原、鈴川と下ってくる頃から、姿がよくなる」

岩淵の富士。清見潟興津の富士。久能山《くのうさん》の富士。三保の富士。どこから見ると、一番、縹緲《きりよう》がいいだろう。

「つウちゃん……実はね、森名さんが蹤いてきては、困ることがあるの」

眠っているかと思った時子が、眠った振りをしているのか、ふと目をあけると、窓際の維子の袖をおさえた。

「……」

「京都へ着いたら、つウちゃんに紹介したい人があるの」

「どういう方」

「こんどは、甥なの。妹の息子——放送関係なんですよ。この人なら、きっとつウちゃんに気に入るだろうと思って」

「妹の息子っていうと、猛弥《たけや》君か」

と、泉中もはじめて聞く話らしい。

「そう……猛弥なの……あの子はまだ独身だし、そろそろ、お嫁さんをきめてやらなくっちゃアならないでしょう」

「なるほど……あんたにそういう腹案があるとは知らなかったな」

「ほんとう、小父さま」

維子は疑いの視線を飛ばした。

「ほんとだとも」

「どうかな……小父さまもご存じで、計画的に京都まで連れ出したンじゃないの……どうもおかしいと思いました」

「オヤオヤ……時子が急に妙なことを云うんで、僕まで腹黒みたいになったじゃないか。この旅行の目的は、松茸狩を主軸にした単純な観光旅行で、何も、つウちゃんを見合に連れ出すなんてものじゃない。誤解しては困るよ」

時子もウエストミンスターを吸いながら、

「むろん、いやなら、逢わないでもいいの。この旅行のついでに紹介しようと思っただけだから……でも、たしか松茸山には、来ることになってると思うの。逢ったからどうってこともないンだから、逢うだけ逢ってやって下さいよ」

時子の甥という触れこみであってみれば、いやとも云えない。

「どうぞ。旅の恥は掻き捨てですから、少し位のことは、覚悟して……ホホホ」

「その代り、ちっとも遠慮なさらないで、気に入らなかったならはっきりいやって云って下されば……」

「それは一生の大事ですから、はっきり申します」

「ああ、よかった。このイエスを云って戴くまで、私も心が落ちつかなかった……」

時子は胸をなでおろす仕草をした。

「何ンだ……そういうことになったのか。つウちゃん、時子はこの程度に、独断専行型ですから、そのつもりで――」

「ホホホ。でも、両親もいますから、旅先で話がきまるってことは、あり得ませんでしょう」

時子が、

「むろんですよ。お見合はあらためて、東京で、九谷さんの御両親がお揃いの上で……だからほんの内輪の見初《みそ》め」

「見初めってのは、はじめて見て、ポウッとなって、一ト目惚れすることを云うンだぜ。与三郎とお富の見初めとか、ってね……こんどのは、おたがいに、知合うってことだ。それが見合にまで発展するかどうかは、あとの問題だ」

「失言いたしました」

と、時子があやまって、笑いになり、それから話がはずんだ。維子が、

「アッ、富士山よ」

と云ったときは話に興がのって、沼津を通りすぎたのも知らず、富士川の鉄橋も半分すぎ渡った頃であった。三人は反対側の車窓に、首を向けた。

やがて列車は由比の海岸線近くを走って、薩埵《さった》トンネルをくぐると、興津だった。

「あたし、興津の水口屋へ一晩泊ったことがあるのよ」

維子は、戦争中、叔母の伊勢子につれられて、興津に疎開した遠縁の夫婦のところへ、砂糖を分けてもらいに来たときの話を思い出していた。伊勢の二字が出ただけで、時子は顔中を硬ばらせた。

「水口屋には、わたし達も泊ったことがありましたっけね」

と、時子は何かに対抗するように云った。いや、もっと早く云えば、それは伊勢子の亡霊に対抗するつもりだろう。

「浪の荒い晩で、燈火管制だし、あたし可恐《こわ》くって、伊勢叔母さんにぴったり、くっついて寝ましたの。夜中に夢中で、伊勢叔母さんのおッぱいに、顔をすりつけちゃったの……空襲警報が鳴ったンですもの」

「わたし達の泊った晩も、そうだったわね。浪が荒くて、一晩中、ドドーン、ドドーンって枕にひびくし、サイレンは鳴るし……」

「そうだったかな……僕は忘れた」

「まるで同じ晩に泊り合せたみたいね」

「まさか」

「わたしたちは、一番海に近い二タ間つづきのお座敷でしたね」

「よく覚えているな」

「そりゃア……一番熱ツ熱ツの頃ですもの……つウちゃんに聞かしては悪いけどさ」

と、時子はきまりの悪い顔になった。

「平気よ……ご馳走さまって思う程度よ」

「つウちゃんたちのお座敷は?」

「やっぱり、海側のようだったわ」

「それじゃ同じ晩でもなさそうね」

「よく、わからないの……着いたときが夜だったし……朝はあわてて立ったし……廊下の長い家ってことは、記憶があるけど」

「あなたは、わたしと行ったあとで、伊勢さんとも行ったことがあるンだったわね」

「水口屋へか……行かないよ、そんな」

「たしか行ったのよ……つウちゃんは知ってる?」

「知らない、全然」

「でしょう……伊勢さんは、つウちゃんを出しぬくし、この人はわたしを裏切って……よくも私と前に行ったことのある家へ行けたもンだって、わたしが口惜しがったのを、忘れないわ。人でなしって云って怒ったの。無理ないでしょう」

「もうその話やめよう」

と、泉中が停戦を申出た。まったく、三人の間で、伊勢子の話が出ると、息のつまるような深刻な状態になる。それでいて、誰が出すともなく、伊勢子の名前が、ふいと出るのも妙なことだ。出ると、しばらく三人の口から口へ、伊勢子の過去がころがり廻る。すぐにはとまらないし、すぐには追い出せない。やっぱり霊のようなものが、三人の肩の上に、とっ憑《つ》いているのではないか。

——それから又、数時間走り、宇都谷峠や小夜《さよ》の中山のトンネルをくぐり大井川や浜名湖の鉄橋を渡って名古屋へつくと、泉中はホームへ降りようと云って、維子の手をひっぱった。

「小母さまは?」

と、維子は遠慮したが、時子は、

「いってらッしゃい」

そう云って腰を上げないので、二人はかまわず降りた。この旅行で、維子と泉中が、二人だけになった最初である。

「納屋橋饅頭とういろうを買おう」

泉中は駈足になった。然し、維子の手をはなさない。

「ね、あれだから、僕が参ってるの、わかるだろう。何も死んだ人のことまで持出して、妬くことはないじゃないか。あの一言で、愉しかるべき旅行気分は、オジャンになるんだ」

「でも、あたしが伊勢叔母さまのこと云い出したのが悪いのよ」

「よしんば云ったにしたってだ。それはそれでいいじゃないか。君と伊勢子が、砂糖の買出しに行って、水口屋へ一泊した。別に何ンでもない昔話だ。それを、何ンだかンだ云うのは、怪《け》しからんよ」

「まアそう怒らないで……小父さま。ういろうは何本」

「五本――」

「そんなに……多買性ね」

「多買性はよかったな……ういろうでは、高が知れてる」

「二本にしときなさい」

維子は、納屋橋饅頭とういろうを二つ宛《ずつ》、買った。

三分間の停車時間が忽ち切れて、ジリジリ鳴り出したので、展望車まで帰る余裕がなかった。

二人は六号車のデッキから、乗りこんだ。

「僕はね、やはり伊勢子と結婚すべきだった。あの人を殺すべきではなかった」

泉中はデッキに立ったまま、維子の両肩をつかむようにして、二、三度、ゆるく振った。

3

ホテルは三条蹴上《けあげ》の、京都では代表的なホテルだったが、当時は増築工事中で、至るところに、普請場と区分する板囲が打ってあった。維子の部屋はダブルの個室で、浴場がついてい、窓からは吉田山が、すぐ前方に望まれた。

風呂から出ると泉中から電話がかかってきた。

「時子はさっそく、甥の青年のところへ出かけていった。明日の松茸狩にさそうつもりらしい。僕はこれから、街へ降りたい。つウちゃんはどうだ。つき合わないか」

「つき合ってもいいわ」

まだ八時を少し廻っていた。今からベッドへはいっても眠れないにきまっていた。

「すぐに、こっちの部屋へ来ないか」

「いや」

「では、ロビーで待ってる」

と、泉中はあっさり前言を取り消した。キイのかかる彼の部屋へ行くことは危険千万である。それを承知で、彼は維子をさそったが、維子に拒まれて、すぐ思い直したのだろう。

四階のロビーは、節電で暗かった。エレベーターのそばで待っていると、泉中は五階から、階段をコツコツ鳴らして降りてきた。

「小母さまに怪しまれるのは、利口じゃないンじゃない?」

「然し、猛弥が今夜はリハーサルのあとがビディオの本番なんで、一時か二時までかかるって云ってきたンだ」

「まアそんなにおそく?」

「つウちゃんを連れ出していいかって念を押しといたから、よかろう。渋々だがね」

維子はチロッと、小さい赤い舌を出した。エレベーターが来た。

フロントへ二つのキイを渡し、タクシーを命じた。

「どこへ行こう」

「どこでも――」

「ナイトクラブで……少し踊って、ショーを見てから先斗町へでも行くか」

「そんなにいいの？　盛り沢山で」

「つウちゃんに喜んでもらうためにね……同時に、時子から解放された今夜をエンジョイしないことにはね……」

「無理仰有らないで」

タクシーがとまった。三条大橋橋詰の京阪電車の終着駅の広場だった。

「そうか。少し行きすぎた。降りよう」

泉中はタクシー代を払うと、外套の襟を立てた。少し阿弥陀に冠《かぶ》った黒い中折がよく似合って、彼を若々しく見せた。入口の暗いナイトクラブがあった。ドア・ボーイは、泉中の顔を知っていて、すぐ懐中電燈で、足もとを照らした。

キャンドルの赫《あか》い席につくと、ホステスが二、三人、寄ってきた。

「つウちゃんは、何呑む」

「小父さまは？」

維子はホステスたちに聞えるように、小父さまを、はっきり発音した。

「僕はスコッチ・ウォーター」

「あたしは、ブランデエ・コーク」

バンドはブルースを流していた。ホールの構成は、一向に京都らしくなかったけれど、踊っている輪の中に、三人も四人も、褄《つま》をとった舞妓や芸妓がまじるので、忽ち京都らしい情緒が盛り上る。

「あの人たち、どっちなの？」

「祇園が多いだろう……先斗町が一人位いるかいな……さア、踊ろう」

カクテル・ドレスに着換えてきた維子は、黙って立って、泉中に従った。彼は先ず、柔らかく抱いた。それから段々にきつく胸を合せてきた。

「小父さま……うまいのね」

「はじめてだったな」

「むろんよ……今まで、こんな機会、あるわけがないでしょう。伊勢叔母さまとは？」

「あの人、こういうことは、きらいだった。戦争前だし、ユニオンとか国華とかフロリダとか……行くには行っても、決して踊らないンだ」

「それで、小父さまどうするの」

「僕はダンサーと踊る」

「叔母さまは見ているのね」

「そお……どこを見るともなく、遠くを見てるような顔をして……」

「ほんと?」

泉中は突然チークしてきたが、維子はステップをとめて、

「小父さま」

と窘《たしな》めた。彼は無言でやめた。然し又少し経つと、やりかける。そのたびに維子はステップをとめ、

「小父さま」

をくり返した。

「ユニオンって人形町でしょう。今の小母さまといらッしゃったンでしょう」

「たまに行ったかな」

相当な古強者《ふるつわもの》だと思った。然し、正直なところ、維子は甲羅の生えたテクニシャンである泉中に、惹かれるのであった。若さや純情や初心《うぶ》には、関心がうすかった。

それにもまして、あのM市の古風なうなぎ屋の二階で、自分が九つのとき、彼に最初の接吻をされたことが、まだ生ま生ましい感覚で、口のはたに残っている。それが、維子の欲望を呼ぶ。

「チーク位いいじゃないか」

「いけないわ」

「あすこ見給え……猛烈じゃないか。……きれいなおくさんと、どこかの若旦那かな」

「ほんと？」

蔦紅葉に銀の小浪をあしらったつけさげに、紺地の袋帯をしめた三十前後の人妻風の美しい人が、チャコール・グレーのシングルを着こなした青年と、さも快げに、頬と頬を密着させたまま、殆ど、一つ場所で、足のうらだけのステップをふんでいる。

「みんな、そうしているのに、僕たちだけ行儀がいいなんて、つまらん」

「と、坊や、駄々を云い、でしょう」

「どうして、いけないのか」

「今の小母さまに悪い」

今のという形容詞は、意地の悪い表現だと彼は云った。然し、維子はそれを変えるつもりはなかった。

「あたしのために、婚約者をさがして下すっている方だから……」

「彼女、奔命《ほんめい》に疲れている」

「ホホホホ……でも、あたし、猛弥さんって方に、逢っても、ナンセンスだとおもうわ」

「瓢箪から駒が出ることもある。まア逢ってごらん」

「そうね。素見《ひやかし》てみるンならね……」

「然し、それ以上は困る。僕は惚れた……伊勢子以上かもしれない」

「まア、ご冗談でしょう。そんなこと仰有るンなら、明日、東京へ帰ってしまいますよ……ほんとよ」

「そういう独走はいかん。この旅行に蹤いて来た以上は、最後まで行を共にすること。帰りの汽車が、東京駅へついたら、そこで解散する。それまでは、単独行動しないという誓約書を入れたつもりで——こういう大名旅行をする以上はね」

「そんなことはわかってますよ。仰有らなくても——」

感情が澱んできた。こんな贅沢ずくめは空恐ろしいと思いながら、その旅行をさせてくれている当人に、金のことを云われると、一瞬に幻滅を味わうのが、金のない者の哀しさである。

「怒ったの」

と、彼は訊いた。

「いいえ」

「怒ったな――では、取消す。自由にしたまえ、帰りたければ、帰りたまえ……東京へでも、どこへでも」

「小父さまこそ怒ったンでしょう」

「いや、怒らない。つウちゃんが帰るンなら、僕も帰るだけだ」

「まア、いやだ。それじゃア松茸狩も何も、フイじゃない。今の小母さまだって、承知なさらないでしょう」

「どうなってもかまわない。僕はつウちゃんを抱いて逃げる」

「ホホホ……小父さまって、全く滑稽ね。三枚目よ、それこそ」

「そうかな」

泉中は苦笑したが、こんどはもう、維子を逃げられないように抱きしめてから、ピタリと、頬の肉をつけてきた。突然で、維子は抵抗しかねると、ズルズルと吸いつけられた。彼の頬は、ツルツルして栄養がよく、適度に温かく、色っぽかった。維子はもう、その甘い感覚を拒絶しようとはしなかった。昔一度この男から、受けた甘さと、同じ種類の甘美な忘我が、彼女を捕えたのである。

4

先斗町は、まだ明るかった。この色町は前が加茂川、背ろは上木屋町《かみきや》、高瀬川にはさまれた狭い地域に発達した花柳界であるから、これ以上発展の余地もないが、他からの侵入もあり得ないので、結束の堅い城廓をなしているのだと、泉中が話してくれた。

彼は、せまい路地を歩いて、中ほどにある紅ふでのなまめかしい軒燈の家へ上った。仲居が出てきて、急な階段を案内する。運よく川に面した座敷があいていたのである。泉中は定連の上客と見え、若い女将や仲居たちは、愛想がよかった。

「だから、先斗町の人は、この土地に対する執着が強くってね……ここで生れて、育って、死ぬという風な、牢固たる郷土主義なんだな……」

と、泉中の説明がつづいた。

芸妓が二、三人はいってきて、賑やかな雰囲気になった。その中には、立方《たちかた》が一人、下方《したかた》が二人いた。この土地は、お囃子が熱心で、粒揃いなのだそうだ。泉中はしきりに、明日の松茸狩にさそったが、立方の人も下方の妓《こ》も、明日は鴨川踊の出番だった。

維子は彼女たちを、縛られた美しさだとおもった。それが不健康だというわけでもない。然し、所詮は唯美的な美しさである。人形の代りに、生きた人間の肌があり、それに古風な衣裳と仰山《ぎようさん》な帯をまきつけている。すっかり支度が出来上ると、とたんに血が通わなくなり、人形の表情になるのではないか。然し、話は案外、人間臭くて、今年は暖かいせいか、松茸がとれないとか、そのせいで、市価が高いとか、何グラムでいくらとか、世智《せち》がらい話になるのを、泉中はよろこんで、ふん、ふんと、聴いてやっている。

維子は座を外した。仲居が一人ついてきて、

「御気分でも悪いどっしゃろか」

と心配してくれる。少し酔って、胸が悪いが、まだ吐くほどではなかった。

「風にあたりたいの……河原は行けませんか」

「へい。ほなやったら、こちからお行きやす」

仲居が庭下駄を揃えてくれた。少し鼻緒がきつかった。それこそ人一人漸《や》っと歩けるくらい、太った人なら、横歩いしなければならぬほどのせまい石だたみの道を、降りていくと、ほんの板と板をぶっつけたような橋があって、その下をチョロチョロ流れているのが、何ンという名の川ですかと訊いたら、

「みそぎ川どす」

と、仲居が答えた。その川向うが加茂の河原だ。

「やっと、風が……ああいい気持」

維子はちょっと傾斜になっている堤に靠《もた》れて、靴下に下駄の足を投げ出した。

「どうぞ……一人で大丈夫。しばらく風に当ったら、またお座敷へ戻りますから……お忙しいンでしょう」

「へい。仲居はんが一人、東京へお行きやしたさかい、転手古舞《てんてこまい》どす」

「だから、ほんとに――」

「ほたら、ご免やす」

仲居は引返していった。維子は歩いたせいか、急に嘔吐感がこみ上げてきて、

「げい、げい」

と、二度ばかり酸《す》っぱいものを吐いた。あとはさっぱりした。仁丹を噛んでおいた。然し、まだ心臓の鼓動が早くて、ときどき、胸の奥が痛かった。

――背ろを仰ぐと、泉中のいる座敷の灯が見えた。軒なみ、灯入の書割でも見るようで、美しい。先斗町から、加茂川を見るよりも、加茂川から先斗町を眺めるほうが、情緒的かもしれない。

どこの座敷からとも知れず、嬌声が立ち、その中でにぶい音の地唄の三味線が聞えていた。吐いたりしたのは、珍しいことであった。やはり泉中の毒気にあてられたのかも知れないと思った。恐らく伊勢子もそうだったのだろう。泉中のようなエネルギーは、相手を灼き殺すこ

とも出来る。

泉中は、今の時子に手古摺《てこず》っているように云う。むろん、半分は維子の意を迎えようとして、心にもなく云うのだろうが、あと半分は、真実でなくもない。伊勢子を自殺さすべきではなかったという言葉が、さっきから、三度も口をついて出た。泉中ともある男が、どうして時子と離別できないのだろう。然し今、泉中がもう一つ積極的に出てきたら、維子は自分を守りきれそうにないと思った。欲しいと云ったら、与えてしまいそうだ。一瞬にして、男と女が炎《も》え上るのも、悪くない。何もかも、与えてしまった結果がどうなるかは、わからない。与えるとなったら、全部与えてしまおう。彼が欲しいと云うものは、全部――。

足音がした。

「おっとどっこい」

という声は泉中だが、彼は細い板の橋をわたるのに、身体の均衡をとるのが上手ではないらしい。

「お危うおす」

と、さっきの仲居が、また蹤いてきた。

「何に、平気や」

「おお、可恐――」

「落ちても、大事なかろ」

「落ちたら、濡れまっせ」

「濡れるだけか」

そんな対話がきこえて、彼は傍へ来た。

「どうしたンや、つウちゃんは――」

と、少し訛って云い、維子の肩に手をかけるなり、すべるように並んで腰をおろした。

「少し、吐いたの」

「へえ……お吐きやしたの」

と、仲居が代って云い、

「お水お持ちしまひょか」

「うん、水持って来い。早く……浪の花入れてな」

と、こんどは泉中が云った。

「吐いたって、大したことないの……酸《す》っぱい水だけ……でも、心臓がおかしいの、コラ……

不整脈でしょう」

維子は右の手首を泉中の前へもっていった。泉中はそれを握って、脈をしらべたが数えきれない。

「大分、多いな……いくつかな……ここではわからない」

と云いざま、ドレスの胸に手を入れてきた。心配でたまらず、同時に可愛くってたまらず、手の中にある玉に、さわらずにはいられないのでもあった。維子は押しのけようとしたが、気力が萎えていた。彼がしたければさせてもいいと思った。ドレスのホックが一つはずれた。それで、男の手が入り易くなった。


「多い——」

「結滞《けったい》もあるでしょう」

「医者を呼ぼうか」

「いや……もう少し、こうしてれば、静まるでしょう。嘔き気は完全になくなったから」

泉中は、手をぬいた。そこへ仲居が、塩の水を持ってきたので、維子は立上り、口をすすいで、川の中へ吐いた。

「ああ、おかげで、さっぱりしましたわ」

維子はそう云って、再び泉中の腕の中へもどった。

「お医者はん、呼ばんとよろしゅうおすか」

と仲居も云ったが、維子は首を横にふった。

「これで脈さえよくなれば、ふだんと同じよ……」

とも云った。仲居がコップをさげに戻ると、あとは又、二人だけになった。

「馴れないところばかり見せて戴いて、緊張しすぎたンですよ」

「大して呑まなかったのにな」

「でも、あっちでブランデエやスロージンを呑んでるし……ここでまた、ビールを呑んだから
……京都第一夜は失敗ね」

「これも思い出だ。僕は成功と踏むね」

「おッぱいに触ったからでしょう」

「脈が百二十もあって、そんなことが云えるンだから、おどろきだ」

維子は首を男の胸に靠《もた》せて、ぐったりした。それはもう、欲しければ与えてもいいという身体の表現だった。すると、何ンにも知らない二階座敷の芸妓や舞妓たちが、欄干から乗り出すようにして、

「先生……どないしはったえ？」

「大きに、御馳走はんどす」

「早う、おもどりやす……見せつけんとな」

「うち、叶わんわ」

「先生――」

「先生──」

と呼び立てる声が姦《かしま》しい。いつのまにか、集まってきたのが、大小、六、七人を数える。それが電燈を背にしたシルエットなので、顔は見えない。

「今行くよ……もう少しだ」

泉中が返事した。維子は漸っと少し静まりかけたプルスが、芸妓たちの声に、また、ピンピン打ち出した。あんまりいつまでも、不整脈がつづくようなら、医者を呼んで、注射でもしてもらおうかと、不安にもなった。

5

時子は、ホテルのフロントを入って奥まった通路の長椅子に、腰掛けて、待っていた。維子を先に、泉中が押すようにして、中へはいると、時子は駈けてきた。

「どうしたのよ……つウちゃん」

「心臓がおかしいの……いつまで経っても、ドキドキがおさまんないの……」

「ちゃんと口もきけるし……顔色も悪くないわ」

「息も切れない。只、胸がくるしいの」

「とにかく、部屋まで行きましょう。歩けるの」

「歩けるわ……ではソッとね」

維子は二人に左右から支えられて、エレベーターまで歩くには歩いた。

部屋へはいると、時子は泉中に、

「あなたはあっちで待っていらッしゃい」

と云った。維子は黙っていた。ほんとうは泉中にも、いて貰いたかった。胸の中の不安感が、彼女をひどく心細いものにした。泉中も、訴えるような維子の目に心を惹かれたが、我慢して、ドアの外へ出た。

「つウちゃん……うちの人が、何か悪さをしたンじゃないでしょうね」

「………」

「そうでしょう。何か悪さをしたンでしょう。それであなたが、苦しくなって、倒れたンじゃないの」

「いいえ」

「あなたは正直ね」

「お酒がいけなかったの……それで吐いたときは、あたし一人でしたの。河原に出て、風に当りたかったの」

維子はベッドに寝たまま、今夜のいきさつを偽らずに話した。医者が呼んであったと見えて、やがて、ドアがノックされた。

「お医者だわ、きっと」

維子もすなおに、医者に診てもらう気になっていた。時子がキイを外すと、同時に中年の気むずかしそうな医者がはいってきた。

「東京から今日着きましたンですが、少し、呑みなれない酒を呑んだりしましたンで、ドキドキしていますの……発作がおこってから、二時間近く経ちますのに」

時子がかいつまんで、情況を説明した。医者は時計を見ながら、脈をとった。

「ございますでしょう」

「そうですね。期外収縮もひどいな……然し、これで急に、心臓麻痺を起すようなことは、百パーセントないから、安心なさい」

と、彼は瞼の裏を引っくりかえし、それに懐中電燈をあてたりして診た。

「口をあけてごらん」

そう云って、口の中も見た。聴診器を出したので、維子はカクテル・ドレスをぬがなければならなかった。こんなことなら、この人の来ないうちに、浴衣に着かえておけばよかった。ドレスの脱衣は時子に手伝ってもらった。医者は、真上から、聴診器を心臓部へ当てた。乳の下、乳の上、乳首のまわりを、全く無頓着に捺《お》した。医者にとって、維子の裸の胸は、何ンの情緒もないように――。そんなことってあるのだろうかと、時子は思った。女の自分でさえ、こんなにまぶしいのである。

「小母さま。羞かしいわ」

と、維子は云った。

「お医者さまと、あたししか、この部屋にはいないンだから、大丈夫よ」

「ほんと」

医者は漸く、聴診器を耳から外して、

「正確に云うと、心臓神経症による脈搏多動の発作ですな。もうじき、治りますよ。強い期外収縮が二、三度起ると、ピタリと正常に戻る。早くいうと、亢奮と緊張で、バランスが外れたとでも云いますかな。普通、一分間に六十から七十、うっている脈搏のリズムが、ペースを乱して、打ちはじめる。その異常緊張が去ると、もとのリズムに戻る。それだけのことなんです。息切れしなかったでしょう」

「ええ」

「狭心症とか、梗塞のように、血液が心臓へ行かなくなって、酸素が欲しくなると、先ず、呼吸が強くなる。それがないのは、神経症だから、心配ない」

医者は案外親切に説明してくれた。そして、射《う》たないでもいいが、気休めに一本、注射して上げようと云って、アンプルを切った。左の腕が消毒されるころ、たしかに鼓動が静まってきた。

やがて医者は帰って行った。

「よかったわね」

「大分、いいわ」

「電話して上げましょう……うちの人、心配してるだろうからね」

時子は泉中の部屋の番号を云った。すぐ通じた。

「安心なさい。狭心症や何ンかじゃないンですって……」

「………」

「はい、はい。わかりました。先へおやすみなさい。わたしはもう少し、様子見てから帰るわ」

泉中が、何かしきりに云うのを、聞き流した時子は、維子のそばへ戻ってきて、

「心配してるわ……悪すすめしたンじゃないンだがって……ホホホ」

「小父さまのせいじゃアないのよ」

「そちらへ行っていいかって云うから、いけないって云ったわ……」

「小母さまもどうぞ」

しかしまだ、元通りの脈搏ではなかった。一つ打ったかと思うと、三つ位休んだりするのである。

「つウちゃんのおっぱい見ちゃった」

「いやアね……人を無抵抗の状態にしておいて――」

「見たかったの、前から……」

「悪趣味よ……」

「とてもすてきね。尖っていて……伊勢さんのも見たことあるのよ」

「まア、いやらしい。どこで?」

「一緒にお風呂へはいったの」

「言語道断じゃない」

「二人で、勝負をつけようとして、塔ノ沢へ行ったの……夜おそかったわ。銀座で呑んでたら、伊勢さんがはいってきたので、わたしが絡んで、並木通りから円タクを拾って、箱根へすっとばしたものよ……車の中で、ずっと喧嘩しつづけてね……伊勢さんも闘志があったっけと思うわ」

「何しろ、猫啼温泉まで行って、自殺するほどのエネルギーですもの」

「ほんとね……塔ノ沢のお湯へはいってさ、当然のように、二人はおっぱいをくらべっこしたの……」

「へえ」

「わたしの負けだったわ」

「小母さまの見せて」

「いやよ」

「だって、維子のも、伊勢叔母さんのも、見たンでしょう」

「あらたまって見せるのは変でしょう」

「では、いずれね……」

「わたし、つウちゃんとも、また勝負するンじゃないかしら」

「そんなことないわ」

「ほんとでしょうね。絶対にないようにしてね……こんどは、とても敵わないわ」

「何仰有ってるの……こんなにお世話して戴いた小母さまを裏切るなんてことが出来ると思う?」

「それが、わからないからよ」

「信用して——」

と、維子はベッドから手を出した。その手をつかんで、脈をとると、九十ほどに減っていた。

「もう大丈夫――」

「おかげさま」

突然、時子はベッドに乗ってきた。入れてというなり、維子の身体をグイと押して、そこに出来た空間へ、すっぽり両足をはめてきた。維子は一瞬、時子が何を企んでいるのかわからなかった。彼女と泉中との間に、変化が起らないために、封印でもする気だろうか――。

彼女は、伊勢子の乳房と乳房をくらべて、伊勢子に負けたと云っているが、生涯と生涯をくらべたら、伊勢子には勝っている。それでこんども、維子と勝負して、勝味がないとは云いながら、伊勢子の姪の維子にも、勝たずにはいないと云うのだろうか。

「伊勢叔母さんとも、こうして抱合って寝たことあるンでしょ」

と、時子はぐいぐい、維子の腰を抱きしめ、自分の腰にこすりつけるようにしながら、云った。

「さっき、つウちゃん、汽車の中で云ってたじゃない。興津の水口屋で寝たって……私、とても妬ましかったわ」

「まア……ほんと?」

「あのときね。よし、こんどの旅行中に、一度、つウちゃんを抱こうと思ったの……まさか、今夜とは思わなかったけれど」

「…………」

「わたし……ほんとは、つウちゃんのおッぱいが、あんまり美しいンで、亢奮しちゃったのかも知れないわ……小母さんのも見て。見て頂戴――」

云うなり、時子は着物の胸をひろげ出すのだった。

6

翌日は快晴だった。松茸山へは、三台のハイヤーに分乗した。泉中と時子に維子、助手台に秘書の渡辺という一組が先頭で、あとの二台は、鈴江堂《れいこう》や泉中の会社の役員や選挙関係の人達だった。

車は平安神宮、御所、西陣、千本今出川というコースで、仁和寺をすぎ、宇多野、鳴滝を経て、音戸山《おんどやま》の麓へつく。かなり乗りでがあった。維子にはすべて珍しくて、楽しかった。車の中では、泉中や時子に、何を話しかけられても、ろくに返事もできなかった。彼女の手には、案内図がひろげられてい、それと首っ引だった。

「この地図、とても不親切よ。大徳寺と金閣寺が、こんなに近くになっていて、その割合から云うと、光悦寺がバカに遠かったり……」

と、苦情を云った。時子は眼鏡をかけ直して、

「ほんとだ」

「等持院と竜安寺だって、この位置はおかしいじゃない」

泉中が、

「つウちゃんのためには、もっと正確な地図を用意しなくっちゃァ……渡辺君」

「はい、どうも」

年若い秘書は頭をかいた。

「オヤ。大文字山は、銀閣寺のそばにあるのだけかと思ったら、二つあるのね。こっちにもあるのね。知らなかった。お上《のぼ》りさんだから、仕方ないわね」

「東山のほうが、ずっと高いンだ。まぎれやすいから、金閣寺のほうを、左大文字といっているンだろう」

と、泉中が説明役をつとめた。

「あれに見えますのが、双ケ岡《ならび》」

「兼好法師の住んだところですか」

「そうなると、わからない」

時子がピシャリと彼の膝を叩いて、

「だから、およしなさい」

と、窘める。音戸山の麓には、古風な駕籠が用意されていた。

「まア……珍しい……これに乗るの？」

「女だけ乗ることにして……数がないからね」

と鈴江堂が云った。

「あたし、歩くわ」

「まア乗ってごらんなさい。この頃、駕籠なんぞには、滅多に乗れないから」

「じゃア乗るわ」

維子はスラックスの足を曲げて、せまい台にお臀をのせた。時子は大分おくれた。泉中は、駕籠のそばについて来て、

「昨夜、時子が部屋へ帰ったのが、四時近かったよ」

「そうでしょう」

「何をしていたの」

「看病して戴いたの」

「いやなことは云わなかった」

「何ンにも……伊勢叔母さまと、塔ノ沢へ行った話、なすったわ」

「そうか……その話もご法度《はっと》になっているンだ」

「みんな、愛よりも争いのほうが強いンだとおもったわ」

「四時に帰って、それから喧嘩を売るンだからね」

「それじゃアまるで、お寝みになれなかったでしょう」

「三時間位かな……だから、目がショボついている」

「ヤレヤレ」

「時子は平気らしいよ、驚くなア」

と、彼は云った。山腹の崖にも、松茸が見えた。駕籠屋が見つけて、教えてくれる。

「小父さま……取って」

と、駕籠の中の維子は声をはり上げる。

「何ンだ。駕籠屋に見つけさせて、オレに取らせるなんて、横着なお客さんもあったものだな――」

彼はこぼしながら、白い手袋をはめて、松茸をぬいた。生えているのを抜いたのか、おいてあるのを取ったのかは、わからない。

頂上はすぐだった。そこには竹の柱と丸太で組んだ葦簀《よしず》の屋台が出来ていて、うすべりが敷いてあった。写真流行《ばやり》の頃とて、みんなおたがいに、パチパチ、やった。崖下の窪みには、用意周到というところを見せて、男便所、女便所も出来ていた。

泉中は松の木の根に立って、遠景を指さしながら、

「つウちゃん。あれが小倉山だ。その向うが愛宕山《あたご》。わかる」

「はい」

「保津川は、愛宕山と小倉山の間を幾曲りもして、下ってくるンだ」

「老の坂ってどこ？」

「老の坂はあの辺だ。明智光秀が、あすこで馬首を転じて、京都へ引返し、本能寺へ攻めこんだンだ……今では、保津川下りの舟が、トラックの屋根に乗せられて、亀岡まで運ばれていく京都交通のバス路線だがね」

「ほんと？」

維子はまた地図をひろげた。信用のできない地図だが、それでもないよりは、ましである。

「広沢ノ池、大沢池はあるけれど、老の坂なんて全然書いてないわ」

「老の坂ともなれば、都を離れて、丹波路だからな……京都の観光地図にはないかも知れぬ」

と、泉中は云った。

松茸の収穫は、結構、籠に一ぱい取れた。昼飯は、すき焼。伊勢松阪の肉が用意されていた。

松茸は煮えてゆくとき、いい匂いを立てた。時子はあまり進まない風で、

「つウちゃんは、すっかりよくなったのね、そんなに食べられるところを見ると――」

「小母さまは」

「わたしはどうも……若い人と太刀討出来ない。損ね」

と云った。泉中の話だと、時子は一トねむりもしていないにきまっていた。

「とにかく、つウちゃんの、歴史・地理的興味には感心した。普通のお嬢さんは、北国でも九州でも同じ感度で、只、山がある、川があるしか知らないのが多いだろう。すてきな山、きれいな川では、つれて行っても、張合がないからね……つウちゃんは地図のまちがいまで、指摘するンだからな」

「小父さま——そんなに云わないで」

「誰のお仕こみだろう」

と云うと、時子がすかさず、

「きまってるじゃない。伊勢さんのお仕こみよ」

「そうかな」

「そうですよ。伊勢さんもあなたのところへ書いて寄越すラブレターには、必ず、奥久慈の渓谷をのぼってゆくと、八溝山脈の連峰、矢祭山の向うが、東白川郡で、そこから北へ、名も知れぬ温泉が、幾つも幾つも、点在してるって、名文が書いてあったじゃない」

「その温泉の一つで、彼女は死んでいた」

「ホホホ。猫啼温泉ですよ……忘れたの」

「忘れやしない」

「どうせそうでしょう。忘れっこないわね」

と云ったかと思うと、時子は割箸を、パチンと折って、すき焼鍋のへりに叩きつけた。

これでは、お座が白けてしまう。維子は泣きたくなった。

「死んだ者を妬いたって、はじまらない」

黙っていればいいのに、泉中もすぐ応酬した。

「死んだ人の姪っ子が、ここにいるじゃアないの」

「小母さま……もう仰有らないで……あたし、いたたまれないわ」

然し維子は、ほんとうは平気で、夫婦のとげとげしい衝突を客観していた。伊勢子の亡霊が、松茸山まで追っかけてきたのが、ちょっと面白かった。たしかに伊勢子は、その位の執念を呑んで、猫啼温泉の一室に、滅んだのである。

そこへ、午前の番組を終った猛弥が駈けつけてきた。時子の発作は、それで一挙におさまった。

「おそかったわ。随分心配しちゃった。ホホホ、食慾がなくなる位――」

「伯母さんときたら、オーバーだなア……これでリハーサルを一つ食ってきたンですよ。お初にお目にかかります」

と、彼は名刺を、維子の前へおいた。維子はすき焼用のエプロンを膝から外して、

「九谷維子でございます。どうぞ、よろしく……」

と挨拶を返した。

「猛弥君は、京都の正しい地図を持ってないだろうね」

「地図ですか。多分そんなこっちゃなかろうかと思うて、買《こ》うてきました」

「ホウ、気がきくな」

「おおきに――」

彼はポケットから、折畳みの地図をとり出して、大きくひろげた。

「なるほど、これなら正確だ」

「うれしい」

と云って、維子は遠慮なく自分のほうへ引寄せ、

「ええと、これが福王寺で、稚児《ちご》の森があって、大覚寺でしょう……音戸山《おんどやま》だって、ちゃんと出てるわ。今、食べているところが、この辺かしら」

猛弥も地図の上に両手をついて、

「そうですね。この辺ですかな」

「老の坂も出てるわ。ここが保津峡でしょう……」

猛弥と維子が、仲よくするので少し安心したのか、顔色もいつもに戻った時子が、新しい割箸で、ボツボツすき焼鍋をつつき出した。

7

音戸山を降って、広沢ノ池、大沢池と二つの池を見てから、渡月橋《とげつきょう》の袂で車をとめ、「吉兆」へ寄って、お茶を点《た》ててもらい、その庭のすぐ前の嵐山の、綾なす錦の紅葉を賞美した。

祇園の芸妓の竹葉、子花、孝江を呼んであって、野立の点前《てまえ》をした。三人とも、祇園の若手では、指折の美人だった。

「綺麗ね」

維子はタメ息が出そうだった。とりわけ、子花が切柄杓《きりびしやく》するときの白い手の美しさが印象的だった。子花が点てるときは、竹葉がお運びをし、竹葉が代ると、孝江が運んできた。最後に孝江が点てた。維子の前へは、竹葉が運んできた。ニッコリすると、竹葉も微笑を返す。美しい人に点ててもらったお茶は、一層うまいような気がする。猛弥の前へは、孝江が運んできた。

「猛弥君は、一ト通り、点てられるンですよ。あんた、裏でしたっけね」

「はい。裏を少しばかり……」

維子も昔、伊勢子から習ったことがある。伊勢子も裏だった。うす暗くて、天井の低い茶室で、廂髪《ひさしがみ》に結った伊勢子が、シンと釜の前に坐っていると、白い顔だけが宙に浮くように見えたものだ。

茶が終ると、時子が傍へ来て、

「つウちゃんはどうなの……猛弥は大へん、気に入ったらしいわ」

「小母さま、せっかちね……あたしは何ンともお返事できないわ」

「森名さんよりはいいでしょう」

「森名さんだって、悪くはないのよ。多磨墓地までドライヴした位ですもの」

「ホホホ。多磨墓地でキッスしたんですってね」

「あら、場所まで白状させたの、小母さま」

「させたわけじゃアない。森名さんが喋べるンだもの……」

「とても下手なのよ、ギゴチなくって、あたしを水たまりへ押すもんだから、足袋が濡れて、泥水が腓《こむら》のほうまで、引っかかっちゃったの……あと、気持が悪いったらありゃアしないの、べたべたして」

維子は露悪的な云い方をした。昨夜時子が維子を抱いて、乳房を見せたりしなければ、こんな口はきかなかったのであるが。

「それで、やめる気になったのね」

「先々、思いやられますものね」

「猛弥はセーフよ。あれは如才ないから、つウちゃんを水たまりへ落すようなことはしない。女はどうすれば喜ぶか知ってるとおもう」

「その代り、何人でもの口じゃないの」

維子は冗談に云いまぎらした。

「吉兆」を出ると、芸妓たちが、各自動車に一人宛《ずつ》分乗した。維子たちの車は、秘書の渡辺と鈴江堂が、一力へ先乗りするので、助手台があき、そこへ竹葉と猛弥が並ぼうとするとき、維子は猛弥をおしのけて、

「そこ、あたしよ」

と、竹葉の横へベタリとくっついて、坐った。

「やられた——」

猛弥は大げさにおでこを叩いた。うしろのシートに、泉中、時子、猛弥の三人が坐ると、運転手が、アクセルを踏んだ。

「竹葉さんどすな。美しゅうおすな」

と、維子が云った。

「大きに」

「やっぱり、井上流どすか」

「へい」

「新橋演舞場へ、いつぞや井上流の立方《たちかた》が、大ぜい、来やはりましたな」

「うちも行きました」

「ほたら、そのとき、舞台で見てますのやな」

「京都訛り、お上手どすな」

「ホホホ。インスタントや……この頃はやりのな」

「一晩で、お習いやしたのかいな」

「昨日、つばめでつきましたんやろ、ほれから急覚えどす」

「歌舞練場の秋の温習会《おんしゅうかい》、昨日で終りどした。惜しいことしまいたな。見てほしかったのに
……」

「何、舞わはりましたの」

「へい。お三輪どす」

「妹背山《いもせやま》のお三輪やったら、竹葉さんに、うってつけどすな」

「うってつけって、何ンどす」

「うってつけは、江戸言葉どすな……ぴったり、はまり役や云うことどす……」

「嫉妬《やきもち》ぶかいところがどすか」

「ほんまにそうか」

「うち、妬きまへん」

「お三輪の可愛らしゅうて、可哀そうなとこが、竹葉さんの美しゅうて、ちょっと冷とうおすところに、似てますな」

「どうして冷たいのやろか。こんなに温こうおすのに」

と、竹葉は維子の手の上へ、手を重ねてきた。

「ほんまに、温かい」

「そうどっしゃろ……」

二人の会話を、シンとなって聴いていたうしろの三人は、そのときはじめて、沈黙を破って、

「お話がもてますこと」

と云ったのは時子だった。

「おどろいた。つウちゃん、いつ、覚えたの、京都弁を——」

泉中がそれにつづいた。猛弥も、

「僕なんぞ、京都へ来て二年になるけど、ごめんやす、と、大きに、しか覚えないンです……」

「まアそんなとこでしょうね……」

「でも時々、江戸っ子が出るね、つウちゃんのも」

「だから、インスタントって云ったでしょう……小父さま」

竹葉も笑って、

「京都においでるうちは、京都弁お上手やしても、東京へ帰らはると、みなはん、すぐ忘れてしまう云うておいでやすな」

車は往きとは別のコースで、渡月橋を渡って、嵐山の下を松尾神社まで走り、再び川に出て、松尾橋を渡る。そこでは、保津川が桂川に変っている。それから、四条大宮へ出て、四条通りをまっ直ぐに——。

「ここ、たち吉や」

「これ、ゑり善やな」

「ほれ、伊と忠どす」

と、四条通りに並ぶ店々の名を、維子は竹葉におそわった。

「ハンドバッグの香取屋はどこ」

「南側どす」

「さア、わかんない。東入《い》ルが全然、わからないンだもの……」

「右どす」

「右ならわかるわ」

というちにも、車は花見小路へ曲って、その角店の一力の前へとまった。

泉中が、先頭で、のれんをくぐった。そこから式台まで、砂利の中に石だたみが敷いてある。維子が躊《ため》っていると、泉中がその手を曳いた。竹葉や子花は、すぐ勝手口へ廻って、そこから箱部屋へはいった。

「昔は格式があってね……役者衆はこの式台を踏ませなかった……先代の成駒屋（鴈治郎）でも、そっちの口、今子花なんかが入ったところから、腰を低くして、ごめんやす、で通ったそうだ……それがお茶屋の見識でもあれば、河原者に対する人種的差別でもあったンだろう——今はすべて昔語りさ」

「そういう話も、聞いとかないとね」

式台を上った泉中は、ドンドン、廊下を歩いた。まるで、自分の家へ上るように、無遠慮だった。松茸山や嵐山では、こんな精彩はない。万亭ともなると、水に放たれた魚のようになるのも妙だ。彼のような人物は、自然の中にいるよりも、人為人工の中にいるほうが、ふさわしいのかもしれぬ。

廊下はよく拭き出してあって、黒光りがしている。

「この家はね、部屋の呼名も旧式でね。おもて座敷、おも座敷、二階のおも、二階のおもて、奥ざしき、奥のおも、お霊《たま》や、囲いなんて云うンだ」

「よくおぼえたものね」

「蘭の間だの、雪の間だのとは云わない。娼妓のいた頃は、馬つなぎと云う娼妓の寝部屋もあったそうだ」

「馬つなぎはひどいな」

「何しろ、一人二人と云わないで、一匹二匹と数えた時代があったンだからな……」

「馬は一頭、二頭でしょう」

「馬なみ以下か。猫は一匹だろう」

「でも、猫は芸者でしょう」

「なるほど、それでは狐にしようか」

「何ンにしても、狐狸《こり》のたぐいでしょう」

長い廊下を曲って、奥のおもまで行く間に、二人はこんな話を交わした。途中で背《うし》ろから追いついた猛弥が、

「ずっと昔は、このへんは建仁寺の竹藪だったそうですね」

と、口をはさんだ。

床の間の前に、大きな紅塗の丸テーブルがあって、泉中が正面に、その横が、お客さんとして維子の座。つづいて、猛弥。

「みなさん、お疲れさま」

ヒステリーもおさまったか、時子が明るい声で、主人役らしく、挨拶した。

8

「この家はね、戦前までは四ツ足の鍋ものはご法度だったンだ。牛も豚もね……戦後はまア、そんなことは云っていられないンで……」

「まだ、お腹がいいから、先に舞を見せて戴こうかしら」

と、時子が云った。それで急に手順を変えて、次の間の四枚唐紙《からかみ》が鴨居から外され、雪洞《ぼんぼり》が出たりして、舞台装置が調うと、地唄をうたう人が二挺並んだ。豆力と美与吉という年増さんだった。

さっきの子花か竹葉が舞うのかと思ったら、姐《ねえ》さん株の鶴子が「東山」を舞い出した。この人も、若くはないが、美しい。

〽　蒲団着て
　寝たる姿も古めかしく

　からはじまって、艶っぽい舞である。

「これは、松本佐多が、磯田多佳女の三回忌に新しく振付けして舞ったものだそうです」

　と、鈴江堂が説明した。地唄だが、清元節がかかっていて、途中から笛がはいる。こういう座敷でこういう舞を見ていると、やっぱり京都だな、京都だけだな、とおもう。

「これ、東京へ持ってったのどすえ」

　いつのまにか、維子と猛弥の間へ来て坐った子桃がささやいた。

「これ、さっきの子花のお袋さんや」

　と、泉中が指さした。やがて、舞がすんだ。

「きれいだし、利口だし、すてきね、子花さん」

　維子はほめた。

「大きに……吉兆さんまで、寄せて貰いまして……」

「お母さんが来ていらッしゃるところへは、来ないンですか」

「ほんなこと、おへん。うちがいると、寄って来ます……お約束も一つ、かせいでるのと違いまほか……あとで、きっと来まひょ」

「いいわね、親子で――」

「お嬢はんかて、まだ親御はんのお家に、おいでなのやろ」

「そりゃア居ります」

「ほんなら、よろしな」

今、舞った鶴子もそばへ来た。維子は美しい人たちに取巻かれて、うれしくってポウッとなった。

「みんなきれいな方ばっかり……今の東山、すてきだったわ……何ンだか、ゾクゾクしちゃったわ……一ぱい、どうぞ」

と、維子は小さい盃を、鶴子にさした。傍で見ても、鶴子は大きないい目をしていた。この目が舞台でも、よく効くにちがいないと思われた。

「おおきに――」

鶴子は酒好きとて、呑みっぷりもあざやかだった。舞妓たちが揃って舞う「京の四季」がすんでから、井上流の話になった。維子は何ンにも知らなかったが、泉中の説明によると、今の八千代さんは四代目で、初代の頃は、仙洞御所のお局《つぼね》や近衛家の御殿女中に、舞の指南をした

のがはじまりだと云う。井上流の舞扇に近衛菱が使ってあるのも、その関係だという話なので、

「どれ、見せて」

と、維子は鶴子に見せてもらった。その昔の井上流は、堂上舞であったから、地《じ》は胡弓、小鼓、太鼓、笛だけで、今のように三味線は使わなかったと云われている。三味線は庶民の楽器として、殿上はもとより、公家の家でも、また大名の屋敷でも、禁物とされていたのか。然し、徳川時代も文化文政以後になれば、ひそかに大名の居間で、三味線を弾かせる異例も許されたのだろう。

「その堂上舞だった井上流が、町方の篠塚流に立ちまさって、今日のような強力な存在になったのについては、いろんな苦心談があるンだろうが、それはまた次の機会にゆずって、ソロソロ、食事にしよう」

と泉中の講義が終った。猛弥が大分呑んだ酒の勢いをかりて、

「ねえ、伯父さん……お願いしたいことがあるンですが」

「何ンだね」

「明日、もう一日、あるンでしょう。どこへいらッしゃるンですか」

「明日は比叡山から、琵琶湖一周だったンじゃないか」

「それはつまらないな……どうして、詩仙堂とか苔寺とかへ行かないンですか。実は明日一日、

維子さんを拝借したいが、どんなもんでしょう。先ず、詩仙堂へ案内したい。あすこならつウちゃん、きっと、満足してくれると思うんです」

「旅程の変更かい」

「そうじゃないンです。二人っきりで、歩いてみたい」

「なるほど」

然し泉中は、いかにも、いやな顔をした。すると時子が、

「そうね。つウちゃんには、叡山より詩仙堂のほうが、ピタリかも知れないわね。ついでに一乗寺、修学院と見てくれれば……」

「修学院も見てないンですか」

「何ンにも——」

「これは是非見なくっちゃ。叡山は、頂上まで大型バスが行くようになって、すっかり俗化しちゃってね……東京タワーへのぼるようなもンですよ。それに琵琶湖めぐりも曲がないしね……それより、詩仙堂の座敷から、大きな山茶花の葉越しに、コトン、コトンと鳴る添水《そうず》の音を、聞かせたい。歴史の好きなつウちゃんなら、その堂に軟禁されて、加茂川を渡ることを許されなかった石川丈山のことだって、きっともりもり、興味をもつだろうと思う——」

猛弥はなかなかのすすめ上手だった。維子もそれで、

「そうねえ。そういう話を伺うと、どっちがいいか迷うわね。子桃さんはどう思う」

「へい。どうどすやろな……叡山もあんじょう紅葉がよろしゅうおすけれど、詩仙堂もしっとりして、添水の音が、何ンとも云われへんどすな」

「あれ、鹿や猿が、荒しに来るのを防いだのどすか」

と、別の妓が云った。それで猿じゃない、狐やろという、狸だろう、イヤうさぎだろうと、持ち出され、こんど東京で出来たホテルに、同じ仕掛けのものがあって、ロビーの中で、コトンコトンと鳴りつづけているが、それには「鹿《しし》おどし」と銘うってあるから、やっぱり鹿がほんとうだろうという落ちになって、おさまった。

そのとき、泉中が云った。

「猛弥君。せっかくだが、おことわりするよ。それでは虫が好すぎるよ。大体、東京を出るときから、約束してあるンだ。全員がスケジュールを変えることはありうるが、一人だけで、勝手に変更することは許されない。また、途中で、どんないやなことがあっても、一人で東京へ帰ると云い出してはいけない。あくまで行を供にして、旅程を完全に終了し、東京駅で解散するとね……そういう申合せで来たのに、明日一日、つウちゃんが別行動を取るというのは、一種の契約違反だからな。猛弥君が、一切賄《まかな》って、東京からつウちゃんを連れて来た場合、若し伯父さんが、一日、つウちゃんを借りたいと云ったら、やはり不愉快だろう」

これでは一座が、シューンと白けきってしまうのも無理ではない。鶴子や子桃も、目立たぬように、座を立ってしまった。

「はい、わかりました」

猛弥がそう云ったので、まだしも、助かった。

「わかってくれれば、ありがたい」

「いや、伯父さんが、そんなにつウちゃんを大切にしていらッしゃるとは、思わなかったンです」

「九谷脩吉から預かってきた大事な令嬢だからね」

「それだけではないでしょうが——まアいいです。前言取消しです」

「よし……猛弥君。握手しよう」

泉中が手を出したが、猛弥はすぐには握らなかった。時子が見かねて、

「猛弥君——」

と促したので、やっと踏みきったように、両肩をひどくいからしながら、泉中の手をきつく握りしめて、すぐ放した。

料理は終りに近くなり、御飯の代りに、富久の鯛ずしが、大丼に盛られてきた。泉中の好物だった。いつのまにか、猛弥がいなくなっていた。よほどひどい痛棒《つうぼう》だったのだろう。

「猛弥君は帰ったのかしら」

と、時子が云った。泉中も維子もその前から知っていた。

「今、帰らはりました――」

と、仲居が答えた。時子がブツブツ云ったが、泉中は取り合わず、うまい、うまいと云って、すしを食べている。

ふと、維子のそばへ来た舞妓が、卓の下で結び文《ぶみ》をわたした。厠《かわや》へ立って、それを解いて見ると、

明日、病気になって、一日ホテルにいて下さい。昼頃、僕がさそいに行きます。僕は絶対に叡山には反対です。詩仙堂のほうが、いいにきまっています。泉中紋哉は俗物中の俗物です。警戒して下さい。

猛弥

と書いてあった。

9

そんな手紙を置いて、猛弥が帰ったあと、時子はぐいぐいメートルをあげ、襟替えしたばかりの、飲みざかりの若い妓《こ》が、面白がってお酌するのにまかせたので、十時頃には、すっかり、のびて倒れてしまった。仲居さんに抱きかかえられるようにして、車へ運び入れられた。

車に乗ってからも、

「つウちゃん……一体、誰が好きなの。森名さんもいや、猛弥君も気に入らないじゃアねえ……あてましょうか」

と、叫ぶように云うので、維子は一ト思いにその口をふさぎ、若しそれで窒息死したら殺してやりたい。伊勢子の讐《かたき》を取ってやりたいと思うほどである。自分も昨夜先斗町で、酔態を見せたことは棚へ上げて、つくづく、女の酔っぱらいは、いやだなアと思うのだった。

泉中が、それを察して、目顔で制《と》めたが、維子はかまわず、

「当ててごらんなさい」

「ホホホ……そこにいる人でしょ」

「まア小父さまのこと」

「そうよ……伊勢さんとつウちゃんは、二代にわたって、うちの人に惚れてるンでしょ。それ

で、猛弥まで振られたンだわ」

「よせ」

泉中も大分はいっているので、やや呶鳴《どな》る声になった。

「そんなに、つウちゃんが好きなら、つウちゃんと夫婦になったらいいじゃないの」

「バカ」

「どうせバカよ……口惜しい」

時子は泉中に打ってかかろうとするが、身体の自由が、全然効かない。車が、縄手の通りをぬける頃、維子は運転手にとめてくれと頼んで、さっとドアから降りてしまった。

「どこへ行くの……」

泉中がおどろいたように云った。

「少し、散歩して、頭を冷やして帰るわ……いいでしょう」

時子が、そんなら私も降りるなどと云っているのを聞き流して、維子は三条大橋のほうへ走った。

しばらく橋の中央の欄干に靠れて、夜の東山連峰を眺めた。猛弥の結び文は、さっき、車へ乗るとすぐ、泉中へ渡しておいた。泉中は無言で受取って、胸のポケットへ入れた。猛弥に対する最後の裏切りだった。

それから、上木屋町を高瀬川のほとりに沿って下っていった。四条まで行き、そこで電車道を越した。さすがに人通りも少くなっていた。四条大橋を、さっきとは逆の方向に渡り、南座の絵看板を見上げてから、宮川町のほうへ曲った。せまい小路を、右へ折れたり、左へ曲ったりして、さまよい歩いた。戦災を受けなかった京都の廓の古い置屋揚屋の間を、とみこうみして歩くのは、女でもふしぎな妖しさにおそわれる。今でこそ、そういう商売が禁じられているが、昔ながらの人肉の市であったら、女の維子がたった一人で、そぞろ歩きはできなかったろう。

それでも、二人三人、連れ立って来る芸妓や舞妓が、ちょっと、うさん臭そうに、維子を見て、すれ違う。

この位、時間をつぶせば、丁度よかろうと維子はタクシーを拾った。車は東山通りへ出て、八坂神社の前をぬけ、円山公園へはいって、蹴上に向った。

――ホテルの部屋へはいると、メッセージがおいてあった。封を切ると、

さき程は失礼しました。席を蹴って帰ったのが、子供臭いようで、実は反省しています。明日の叡山行は、九時の出発とききましたので、その前にホテルへゆきます。僕は伯父のいやしむべき野心から、あなたを護りたい。それでいっぱいです。今夜は静かに、ことも

なく、おやすみなさい。

と書いてある。メッセージには、午後十時十五分としてあった。

維子はバスを浴びた。悠々と全身をタイルの湯槽に流すと、疲労が溶けていくように思われた。

猛弥に許す位なら、泉中に許してもいいと思った。彼は泉中のいやしむべき野心というけれど、今日はじめて逢って、そんなに夢中になってしまった彼の野心は、何ンと名付けたらいいのだろう。それに、泉中の野心ぐらいは、猛弥にまもって貰わなくとも、自分でちゃんと、まもれる。まもれないのは、自分の欲望だ。自分は、あの黒光りのする万亭の廊下を、恰《あたか》もわが家を歩くように、濶達に歩くことの出来る泉中に惹かれてしまう。その泉中が、金をかけて遊びに来た旅行の途中から、女を一人、引っさらおうとしている猛弥のほうが、よっぽど、卑しむべき野心家ではないだろうか。泉中にピタリと図星をさされて、猛弥はグウの音も出なかったではないか。云いにくいことを、ズケズケ云う所にも、維子は男の魅力をおぼえた。

維子は全身にシャボンを塗って、そのまま湯に沈んだ。泡立つシャボンが、忽ちお湯に溶けてゆく。

キャミソール、ペチコートその他すべて、洗って、パイプに掛けた。大きなバスタウルを巻いて胸と腰をかくした恰好で、浴場のドアをあけると、泉中がいた。ウエストミンスターをふかしていた。

維子はおどろかない。なぜなら、彼女は意識的に、内側のキイをかけておかなかったからだ。

「裸でごめんなさい」

「こっちも黙ってはいってしまって、失敬――」

「キイを掛け忘れたのが、あたしの越度《おちど》よ……かけて頂戴、ボーイが来ても、困るから」

「いいンだね、掛けても」

と念を押してから、彼は立っていって、カチンと、内鍵を入れた。維子はそのままのタウル姿で、冷たいドリンク・ウォーターを一口呑んだ。

「またメッセージが来たわ」

「何ンの?」

「何ンのって、猛弥君のよ」

「またか……奴……さっきも、ひどいじゃないか。俗物中の俗物ときた。こんどは何ンだろう」

彼は封から出してみた。このとき、ベルが鳴った。東京へ申込んでおいたので、その電話だった。

「お父さま……東京は御無事ですか。こちらもね、至って快適な旅行をしています。贅沢ずくめなのよ。先斗町へも行ったし、祇園へも行ったし……泉中先生も大変ご機嫌よくって、一度も叱られないわ……きれいな人に沢山あったわ。もう一度、逢いたいなアって人もあるの……こんどはパパやママと一緒に来たいなア……小母さまも親切にして下さるし……明日は比叡山よ。根本中堂を見て、四明《しめ》ケ岳へものぼるの……昔は女はのぼれなかったンでしょう。信長が焼いて、家光が建て直した延暦寺の太い柱を見たいの……それから琵琶湖めぐりするンですけど、秀吉のいた長浜城、井伊直弼の彦根城、お市の方の小谷城、それから柴田勝家の負けた余呉湖と賤《しず》ケ岳って、歴史的興味満点でしょう。お父さまも、わかるでしょう。いかに維子が、はり切っているか」

　脩吉はいつにない維子の多弁に、きっと面くらっているのだろう。それからも、十分近く、通話がつづいて、やっと切れた。

「九谷さん……何ンて？」

「先生によろしくって……よろしく御ひき廻し願いますって……小母さまは？」

　と、維子は訊いた。

「散々、くだを巻いて寝た。さすがに正体なく眠りこけた。あれで三時頃までは死んだようになって、少々、殴っても起きないだろう……」

「ずい分、酔ったものね。猛弥君のことを、小父さまがピシャリとことわったのが、無性に腹立たしかったのね」

「まアそんなところだな」

「それも間接には、小父さまを独占したいからよ。可愛いでしょう」

「とんでもない……今夜のようなことは、二度とやめて貰わねば」

「小母さまって、小父さま以外のものは、見えないンだわ。ほんとに好きなのね」

「よせよ、そんな……」

「よしてどうするの」

「ここへおいで」

「あたし、裸よ」

「裸でもいい」

「おかしいわ……今、着換えますからね。キャミソールもペチコートも、松茸山で汗になったものだから……」

「着換えなくてもいいよ……そのままで――」

維子はタウルのまま、スリッパは履いていたが、肩も腕も足も、みんなむき出したままで、泉中の膝の上に乗っかった。

「はじめてキッスしたのは、幾つのときだっけかね」

「あれは、たしか九ツだったと思うンだけれど」

「覚えているの、はっきり」

「はっきり、覚えてるわ。うなぎ屋の二階で伊勢叔母さまが、帳場へ下りていった隙に……小父さまって、ほんとに、女たらしだと思ったわ」

「そうかい。九ツだったのか。ずい分、子供だったなア……」

「あたし、窒息するのかと思ったわ。口を吸われているンで、鼻で呼吸したわ。やっと離して、今のことは、誰にも云っちゃアいけないンだよ……いいか、黙っていなさいよ――って、仰有ったのまで、チャンと覚えてるの」

「そんなこと云ったかな」

「どうして、子供にキッスなんかしたの」

「可愛かったからさ」

「伊勢叔母さまがいるのに……」

「つウちゃんとキッスしたからって、伊勢子の口が曲るわけでもなければ、心臓がとまるわけでもなかろう」

「小父さまの哲理ね」

「今夜はちがうンだよ」

「へえ」

「今夜は。つウちゃんと愛し合うことになったら、時子とは別れる」

「そんな安請合して、大丈夫?」

「覚悟はとうに……東京立つときからさ。猛弥なんぞに、奪られることがあるものか」

「すべて、時小母さまの謀略よ」

「つウちゃんも、僕が好きか」

「憎んだこともある。伊勢叔母さんを殺した悪い男と思ってね。九谷の家の敵だと思ったこともあるわ。それで、いつか小父さまをひざまずかせて、伊勢叔母さまの讐を取ってやろうと、ひそかに、企んだこともあったわ……でも、九ツのときの小父さまの唇が、ほんとうは忘れられなかったンだわ」

「ひざまずけというなら、ひざまずくよ」

そう云ったかと思うと、泉中は維子の白いすんなりした二本の足の下へ、ぺたりと坐りこみ、頭を段々に下げていって、ついに額《ぬか》ずくよう、維子の湯上りのペディキュアをした桜貝のような足指の爪に、一つ一つ、接吻していった。

「くすぐったい」

と、維子は云ったが、悪くもなかった。爪が終ると足の甲、それから脛へと、接吻がつづいた。

「もういや」

維子は膝のわれ目をおさえた。

「こうして、ひざまずけば、伊勢子の讐を取ったようなものじゃないか。大の男がこうしてタウル一つのつウちゃんの足の下にうずくまるンだものな……もうこれで、僕をゆるしてくれてもいいだろう」

「許すってことは、どうすることなの」

「そのタウルを投げすてて、僕の腕の中へくることだ……」

維子は彼の云う通りに、タウルをとって、彼の手に抱かれようと思った。彼は時子夫人と離別すると云ってるが、それはわからない。それが嘘でも仕方ない。若しそれが嘘なら、そばめになってもいい、と維子は心をきめたのだ。

10

二日酔の時子を置去りにして、泉中は維子を連れ、八時というのに、ホテルを立った。北白川から登りになる。その界隈の紅葉はあざやかな色を朝日に照りはえていた。専用道路へはいると、路がよくなった。

然し、維子は昨夜一夜のことが、まだ身体中を揺れ騒いでいて、いつものように、窓外の景色が眼中にはいらなかった。伊勢子のことばかりが、想われた。伊勢子の復讐のために、彼に近付いたのに、今では伊勢子と同じコースを歩こうとしている。自分は彼の妾《めかけ》となることも拒まないが、第三者はどう見るだろう。脩吉や母は、どこまで、ゆずるだろう。

山の上に、豪華なホテルがあった。二人はそこへはいって、ロビーに掛けた。霧があって見晴しがきかないが、晴れた日には、京都から大阪まで見えると云う。

「小母さまにお電話してみて――」

と、彼女は促した。泉中もそう考えていたのだろう。すぐ承知して、電話のボックスへはいった。

「つウちゃんもおいで」

と呼ぶので、傍に立っていた。ホテルの交換台が、部屋の電話へ信号を通じたが返事がないという。それでフロントへ掛けると、少し前に、ハイヤーで、追いかけるようにしてお出ましになりましたという。

「どの位前?」

「十二、三分になりましょうか……一寸《ちょっと》お待ち下さい」

と云ったかと思うと、猛弥の声で、

「モシモシ。伯父さんですか、どうも昨日は御馳走になりました。久しぶりで、音戸山《おんどやま》のすき焼やら、一力の料理が、腹の中で、はち合せをしましたろう……」

大きな声なので、傍に立っている維子にも、よく聞えた。

「それなのに、維子さんに詩仙堂を見せたいばっかりで、不遠慮なことを云って、せっかくの御気分を悪くしたようで、全く以て、申訳ございません」

「いや、何に、大丈夫だ。誰も気になんかしていないよ」

「そうですか。それならいいンだけれど……寺田鶴子の〝東山〟を拝見して、すっかり京都情調を満喫したあとで、どうも僕のいらざるお節介が、ぶちこわしをやりました。そのお詫びに、九時きっかりに、ホテルへ伺ったら、一時間前に、伯父さんとつウちゃんは、すでに、叡山へお立ちになったあと。伯母だけが、これから追っかけるというところで、僕も一緒にと云うンでしたが、僕は昨夜の失敗もあり、つウちゃんにも変な男と見られたでしょうから、残念ながらお供はやめました……その点、誤解のないように……つウちゃんにも、どうぞ」

「猛弥君もお堅いな……」

「いや、あんなことを申上げた直後から、反省はあったンですが、あの席にはいたたまれなくなって、中座しました。それも重ねてあやまります」

「そんなに、あやまることはないさ。叡山より詩仙堂や修学院のほうがいいという君の見方も一つの見方だ」

「伯父さんにそう云って戴けば、救われます……」

維子は泉中の手をつねって、

「もう、わかったから、いいわよ。お切りなさい」

と云った。その声が、猛弥の耳へ入れば入ったで、いいと思った。

「奴さん、相当の代物《しろもの》だな」

「狸よ」

二人は電話室を出るなり、一緒に云った。

「今の若い奴に、真実はない」

「そんなものがあったら、暮せないでしょう。テレビやラジオの係りなんて、人をだますことで生きてるのが多いンだっていうから」

「そのデンかな」

「電話口で、ペロリと舌を出しているわよ、きっと」

そう云って維子もまた、赤い舌を小さく、唇と唇にはさむようにして見せた。

「つウちゃんと、とうとう、こうなっちゃったな」

「そうね」

「九ツのときからだとすると、何年になるンだろう」

「知らない」

「東京では、どこで逢うかな」

「小父さまの来いと仰有るところへ、どこでも行きますから大丈夫よ」

「ありがとう」

「そろそろ、小母さまが着くわ」

「その前に、根本中堂まで行こうか」

「まア、待って上げましょうよ……あたしね、一昨日の晩は、小母さまにも、可愛がられたのよ」

「ほんとか」

「女同士だから、男と女のようじゃないけれどさ……」

「何をしたの？」

「そんなこと、云えないわ……ホホホ。小父さまとしたことだって、人には云えないでしょう。あたしね、京都の二タ晩の経験で、人生が、半分位わかった。今まで、何ンにも知らなかったの……」

人間とは、人間という皮を着た獣物《けだもの》だったと、維子は古い平凡な俚諺《りげん》を反芻した。獣物より性悪なことには、嘘をつく。

「小母さまは、昨夜のこと、カン付いたかしら」

「僕が部屋へ戻ったとき、二、三度、揺りうごかしたが、起きなかったが——」

「狸じゃないの、それこそ」

「わからない」

「カン付いても、平気よ……」

そう云ったとき、いつのまに来たのか、二人のすぐ背ろに、時子がサファイヤ・ミンクのケープストールを背中にかけたまま、ニッコリ笑って立っていた。

「まア小母さま」

「ごめんなさい、寝すごして……」

「いくら呼んでも起きないから、先にここへ来て山景色を眺めながら、お前を待っていようと思ってな……ところが、生憎《あいにく》この霧だ」

「琵琶湖のほうは見えますすよ」

と、維子が指さした。ロビーには外人夫婦も四組ほどいた。この三人の日本人の客を彼らはいかにもドメスチックなグループとして眺める風であった。

「エキスキューズ・ミー」

と云って、維子を中に泉中夫婦を、カメラにおさめる英人もいた。

「オヤ、少し、晴れてきた、霧が」

「遠くに鈴鹿《すずか》も見える」

維子は時子の手をとって、跳び上って見せた。霧と霧との間から、刻々に山景色があらわれてきた。

「それじゃア、揃ったから、根本中堂から、釈迦堂へんまで、行って見るかね」

やおらという風に泉中は立上った。時子は維子の手を取った。泉中はカメラの英人に、二言三言、何か云い、時子も会釈した。泉中がフロントで、車を命じる間、手を取ったままの二人は、仲のいい姉妹か友達のように、ロビーのウインドウに陳列された西陣の帯などを見ようとして寄り添った。

猫と泉の遠景

1

上野駅から、常磐線のみちのくという急行に乗ると、水戸までは一時間五十分で行かれるようになった。少しでも楽をしたければ、水戸まではみちのくの特二で行き、そこで水郡線の気動車へ乗換えれば、正味五時間足らずで、猫啼温泉まで行けるようになったと聞いた時、維子は是非もう一度、そこへ行って見たいと思った。昔のように、何遍も乗換え、M市では一度駅の外へ出て、その街の北側を流れている那珂川のほとりの誓山寺境内にある叔母伊勢子の墓に詣でてから、再び煙臭い水郡線に乗り、ガッタン・ゴットンと、山あいの小駅を一つ一つ丹念にとまってゆくような汽車の旅もなつかしいが、その山奥まで、たったの五時間、しかも煙の出ない気動車で行けるとなると、新たな旅情に心惹かれる。

「お父さま——ガソリン・カーで行くと、猫啼温泉まで、五時間かからないわ」

そんなに速く行けるのかと、脩吉もおどろいた。昔、伊勢子の冷たくなった遺体を引取りに行った父には、黒い煙を吐く汽車の、行けども行けども、目的地へ着かなかったもどかしさだけが、記憶に残っているのだろう。

猫啼には和泉式部の伝説が残っている。以前I県の図書館長をしたことのある父は、一度その付近の旧蹟を見て歩こうと思いつつ、念願を果せなかった。その後、伊勢子の自殺があって、慌立だしく上野を立った時は、場合が場合だけに、和泉式部どころの騒ぎではなかった。その夜、更けわたる頃、顔に白布をかけた伊勢子の遺骸のかたわらで、温泉宿の亭主から、水郡線と平行に、磐城石川町と郡山を結ぶ県道を行き、大字中野で右折すると、間もなく曲木《まがき》という部落に着く。その西南部の小字小和清水《こわしみず》が、和泉式部の生誕の地だという話だけは聞かされた。

和泉式部と猫啼温泉の関係は、少し詳しい旅行案内記には出てくるので、伊勢子もはじめはそんなものを見ているうちに、この温泉に惹かれていったのだろうが、死ぬときの枕辺には、表紙の破れた「和泉式部日記」が、無造作に投げ出してあったそうな。

「では、あの地方の和泉式部の伝説に関心をもったのは、伊勢叔母さまより、お父さまのほうが先なの？」

と、維子は訊いた。

「然し、表紙が破れていたり、うす汚れていたりするところを見ると、伊勢子も前から、和泉式部の天分には興味があったかも知れないが――私が館長をしている頃、伊勢子はよく来て、古いものを読み漁っていた」

自分の名が、「伊勢集」の伊勢からとられたという祖父からの暗示もあって、伊勢子は主に、平安女流の歌集や日記や随筆を愛読したものらしい。

「然し、私の調べた限りでは、和泉式部が、石川県小和清水という泉のほとりで生れた考証は、どこにもなかった。だから若し、そうだとすると、今までの研究家が、一人も問題として取上げなかったことになる。つまり盲点だ。それで行って見たいのだが——」

「五時間足らずなら、その気にさえなれば行けるわね」

「ところが、いざとなると億劫でね——」

「あたし、一人で行って来ようかしら。この頃、時々叔母さまの顔がぼやけるようなの……古い思い出を蘇らすために」

然し、一度しか「和泉式部日記」を読んだことのない維子には、父の代理は出来そうにもなかった。

「和泉式部は美人だったのかしら」

「さアどうかな……私は和泉式部縁起のある京都の誠心院《じょうしんいん》で、彼女の木像を見たことはあるが、下ぶくれの丸顔で、あまり縹緻《きりょう》がいいとは思われなかった……」

「そうなると、伊勢叔母さまは、和泉式部のどこに惹かれて、山の奥の温泉などへ出かけて行ったんでしょう」

「これも謎さ」

もっとも、和泉式部が和泉守橘道貞の妻となったほか、数人の夫を替え、その上、冷泉帝第三皇子弾正尹為尊親王《だんじようのいんためたかしんのう》やまたその弟宮の敦道《あつみち》親王の寵《ちよう》をうけて、二重三重の肉体交渉があったことは、たとえ典型的な美人ではなくとも、その顔に男を惹きつける強い魔力があったにちがいない。

脩吉に云わせると、今までの研究では、和泉式部の父は、越前守大江雅致《まさむね》ということになっている。

母は越中守平保衡《やすひら》の娘で、式部は長じて和泉守橘道貞の妻となったことから、和泉式部と号したが、童女名は御許丸《おもとまる》と云ったというのが通説である。すると、当然、京都に生れて京都に育ち、堂上に仕えて、上東門院の恩遇を蒙った宮廷女流歌人の一人である。それが奥州白河より更に山間僻地である曲木の小和清水に生れて、十三歳までそこに暮したというような唐突な生いたちを聞いても、父はそれをすぐ真《まこと》なりとして、納得が出来ないのだろう。

然し、維子の心に関心の強いのは、和泉式部の出生より、謎を秘めた伊勢子の死である。骸《むくろ》を白河の火葬場で焼いて、骨にして東京へ持ち帰った父は、その時の婚約者だった深尾三逸に、遺書も日記も反古《ほご》紙一つ、遺ってはいなかったと説明したが、死出の枕辺にあったという表紙の破れた「和泉式部日記」一冊を、いつのまにどこにしまいこんだのか、いまだに維子にも見せたことがない。伊勢子はその死の真相を、死ぬまで愛読した「和泉式部日記」の余白に書入れしたのではないか。恐らくその破れた日記が、実は伊勢子の遺書にひとしいのではないか。

当時はＭ・Ｐがまだうるさかった。自殺や心中があると、すぐジープがやって来て、現場の写真を幾枚もとり、証拠品は全部押収してしまう。日本の医者の検屍にも立合って、自殺者や情死人の裸体にされたぶざまな姿まで克明に撮っていった。それなのに、温泉宿の亭主の機転で、その一冊だけがＭ・Ｐの手に渡らなかったのである。

「死者に対する尊厳も何もない。私が見るに見かねて、部屋を出て行こうとすると、大きな靴のまま、座敷に上っている大男の一人が、お前はこの女の良人か。良人なら立合うのが義務だと云った。私は良人ではない。血をわけた兄妹だと云うと、少し考えてから、では外へ出ていろ、と廊下を指した……あの頃のＭ・Ｐは狂気沙汰だった……」

そういう話を聞くと、維子は恥かしさと忌々しさに、身うちが顫えた。死せる伊勢子だってどんなに恥かしかったろう。

「お父さま。若し維子が一人で、猫啼まで行くのだったら、叔母さまの枕もとにあった『和泉式部日記』を見せて頂戴ね」

と、維子は云った。父はあきらかに狼狽を示したが、

「あれは深尾君の手前、隠したかったのだ。維子に見せまいとしたのじゃない。せっかくＭ・

Pの目を掠めて、持って来た形見を、深尾君に奪られたくなかったのだ。只、それだけのことさ」

「中に、何んにも書いてはないの……書置のようなことが……」

「そんなに、一枚一枚、しらべたわけでもないが……」

と父は言葉を濁した。

「あたしはまた、それに死の真意が語りつくされてるんじゃないかと思って……それでお父さまが、人に見せたがらないのじゃないかと想像したの」

「少し大袈裟な想像力だな。伊勢子は何んにも云わずに死にたかったのだ。それが死ぬ者の正しさだ。死後に何か云いのこそうとするのは、ペテン師の死だ」

「あら、そうかしら」

「それに死は全く突然やってくる場合が多いんでね。伊勢子だって、袋田で泉中と別れる前の晩までは、死を予想もしなかったろう。やはり、和泉式部の伝説を知ろうとして、矢祭山《やまつりやま》を越して行ったのだ……然し、お前がそんなに見たいのなら、捜しておいてやろう。もっとも、表紙だけは、仮表紙にして、装釘し直しておいた。維子の鼻で嗅ぎ当てて御覧。若し、中に何か遺言めいたことが書いてあったら、私の負けだ」

「実は前から見たかったの。でも、お父さまが見せたがらないものを、見せて頂戴とは云えませんでしょう」

——四、五日して、雨の強い夜、維子の机の上に、クロース張りの仮表紙の本が一冊、置いてあった。何がなし、不気味な印象であった。死んだ伊勢子の執念が、いまだにその表紙の下に、凝結しているのではないか。

維子はしばらくは手を触れる気もしなかった。そっと両手に挟み、恐る恐る書架の隅にさしこんでおいた。

2

去年の秋の京の音戸山の松茸狩りの旅以来、泉中と維子の関係には、厳重な秘密が保たれていた。その代り、そうなる前に泉中が示した数々の条件は、一つも実現していない。

「つウちゃんと愛し合うことになったら、時子とは別れる」

たしかに彼はそう云った。今でもそれは取消さない。然し、実行する様子は全くない。

「それじゃアどうだ。君のお父さんを、うちの会社の文書課で使うことにしよう。きっと私が、九谷脩吉を更生させる。それならいいだろう」

たしかにそう云ったのは、かなり前のことだ。然し、泉中の会社へ、父が呼ばれたことは一度もない。

——維子は泉中に、一ト月に二回か三回の間隔で逢っていた。もっとも社会的に忙しい泉中の都合に合わせた。女は受身だから、そのほうがいいと思う。只彼も約束には忠実だった。維子のほうが先へ行って待っている。そこへあらわれるまで、泉中はどこをどう廻って来たのか、一切わからない。またその宿で一夜を明かした泉中が、どのコースでどんな車で帰って行くかも全部不明だ。車は一度ならず、乗換えられ、秘書や運転手も置いてき堀をくっているのだろう。それとも同じ宿の別の部屋に泊っているかも知れないのである。

二人の逢曳の場所は、東京のデラックスなホテルのこともあれば、築地へんの昔風の待合が選ばれることもある。そうかと思うと、鎌倉や横浜で逢ったり、富士の裾野や信州の山麓で待合わせしたりした。伊豆の温泉で逢ったこともある。維子も旅は好きだから、気軽に飛出してゆく。泉中の着く一日前から行って待っていることもあれば、一日おくれて帰ることもある。東京のホテルで逢って、おそくなって家へ帰るよりも、旅へ出てしまうほうが、父や母の目をくらますことに、却って都合のいいことが多い。

だが維子は、そういう旅の中でも、毎晩泉中に許すとは限らない。最初の晩には与えても、次の日は拒むこともある。三日歩いて、三日目にはじめて与えることもある。ほんのつまらない些細なことが気になると、彼女は忽ち退潮する。たとえばホテルのメードの口のきき方が気に入らなくても、その宿の廊下を、子供が走り廻っただけでも。

「あたしって女は、気が練れていないのよ」

「短気なんだな。然しそれで迷惑するのは、私だけだ」

「あなたこそ、気短かよ……もっと鷹揚になさいまし」

三日も拒むと、年甲斐もなく、彼が自烈《じれ》ったがっているのがわかる。別れ際に彼は突然居丈高になることもある。その顔が、見る見る変って破落戸《ごろつき》のようになり、

「おい、脱げよ」

とドスをきかせると、維子は今まで何んのかのと、御託を云っていたのが、凪が凪ぐようにピタリととまって、柔順になってしまう。彼は愛の交換のさ中でも、嗄《しわ》がれ声で、

「この阿魔《あま》」とか、

「ど助平」とか、

「地獄――」とか叫び出す。それは故意である。そういう悪態をつかれることで、女の心に起る特有な作用や影響を狙っている。たしかにその通りだ。地獄――と云われたことは、生れてはじめてなので、その効果は覿面《てきめん》である。虚勢も偽善も消え失せて、ほんとうに自分が娼婦のようになった気になる。

その気になると、今まで拒んだのがふしぎなように、黙って彼の意に従い、女の心のありたけをつくしてしまう。もうどんなこともいやではない。その刹那には、恥かしいとも、口惜し

いとも思わない。もっともっと愛してくれと求めずにはいられない。

維子は醒めてから、

「阿魔って何よ」

と訊くと、彼は顔を火照らせて、

「ごめんよ」

と、あやまる。

「阿魔は、尼法師の尼でしょう。貝を捕りに水に潜る海女《あま》も海女ね。家の近所のフランス人のところへ来る通勤女中のことも、阿媽《あま》さんとも云ってるわ。それとも、アマチュアのアマかしら」

維子は冗談めかしたが、まだ小学校の頃、近くの悪童らに囲まれて、

「おい、阿魔っ子」だの、

「おい、阿魔っちょ、阿魔っちょ」

などと冷やかされて泣いてしまったことはある。その言葉を、ひどい辱しめと聞いたのである。だから維子がはじめて、泉中に、

「この阿魔」

と云われたとき、いつまでもそれにこだわって、家へ帰ってから、古い辞書をあけて見たら、

「江戸の庶人、他人を卑めて、野郎と云ふ。婦女を、あまと云ふ。おのれが男児を陋《いやし》めて、餓鬼とも小僧とも云ふ。女童《めのわらは》を、あまたはあまつ子、あまつちよと呼ぶ。故に女僧を尼と云はず、江戸にては比丘尼《びくに》と呼ぶ。成長の婦人をさして、たぼと云ひ、美人を上たぼと称す。己が妻を、京阪では、かかと呼び、江戸では、かかあと伸ばす」とあった。

——その次逢ったとき、維子は三通りのサングラスを使いわけ、蟬の鳴く山麓を歩きながら、

「こんど阿魔とか、地獄とかって仰有ったら、当分逢わないわ」

「まだ、こだわっているの」

「当り前よ。帰ってから『守貞漫稿』を引いて見たのよ。阿魔は女に対する最低の蔑称よ……ひどいわ。誰にも云われたことがないんだもの」

山麓では、泉中はツバのせまい鳥打帽に、粗い縞のニッカーズを履き、年より十も十五も若い装いだ。

「辞書を引くとは恐れ入ったな。つウちゃんには、何んにも云えないぞ……」

「女に対して阿魔と云うときは、男には野郎と云って丁度いいんですって」

「なるほど。そんならこんど、私が阿魔って云ったら、君は野郎って云い返しなさい」

「そうもいかないわ……茶番じゃアあるまいし」

「何もそう云われたからって、一々、辞書まで引かなくたっていいじゃないか」

「癪だからよ」

「もう云わない。決して」

「ほんと？」

二人は麓から麓をつなぐ新しいバイパスのサイド・ロードを歩きながら、指切りをした。その路の上には、人の丈より高いススキが、波打つように生いしげっていた。

「案外、つウちゃんは上手なんで、おどろいた」

と彼が云った。維子はそれにつりこまれ、

「何が上手なの」

と訊き返したが、泉中の云ってる意味はすぐわかった。伊勢子は床下手《とこべた》で、維子は上手なのだと彼は云い直した。

「伊勢子は私に惚れていたが、私という者をどう愛していいか、表現が伴わないのだ。ところがつウちゃんはそのアベコベだ。伊勢子はつウちゃんの足もとに及ばない」

「そんなこと云っちゃアいけないわ。伊勢叔母さまは、命を賭けたのよ。あたしは命なんて賭けないわ。命どころか、あなたのために、人生的な損をするつもりは毛頭ないわ」

「わかっているよ……私はつウちゃんの命まで欲しいとは云っていないんだ。命を賭ける女なんて、今どきは、流行《はや》らない。そういう女は、男の負担になるばかりだよ……伊勢子は古いし、あなたは新しい。若くて新しくて、私のために、スポイルされないと豪語しているつウちゃんのほうが、よっぽど愉しい」

「豪語はひどいけれど、あたし、あなたをほんとに愛してなんかいませんよ……人のことを阿魔なんて呼ぶ人を」

「愛されていないことは百も承知だよ」

その晩、山麓のホテルで、維子は劇《はげ》しく拒んだ。

すると、泉中は戦争中にも、今日歩いた高原のススキの道を伊勢子と歩いたことがあったと云った。そのまた下界の小さい都市と鉄道の沿線が、艦載機の機銃掃射を受けて、何百人もの死者を出した日であった。バイパスはむろんまだなかった。只、青い海原のように見える一面のススキの原で、僅かに二人が並んで歩ける道幅しかなかった。敵の一機が、コースを間違えたように、山麓へまぎれこんで来たとき、危いと見て、彼は伊勢子を、ススキの中へ押倒した。敵機は低空をスレスレに飛んだが、獲物は見つからなかった。爆音が遠去かると、泉中は青い叢《くさむら》と青い風の中で、伊勢子をおかした。

そんな話を聞くと、維子は伊勢子が哀れでたまらなくなってしまう。起上った時、伊勢子の白い頬に、ススキの刃で切った細い微かな傷口があった。

「あなたはやっぱり悪魔なのね……その頃から」

手ごたえがあったと見ると、泉中は維子を引寄せる。もう拒めない。劇しく拒絶したあとほど、骨のとけるような陶酔が襲ってくる。

「ねえ、あなた。阿魔って云って――」

「云ってもいいのか」

「かまわないわ」

「阿魔」

「もっと云って。阿魔っ子って。阿魔っちょって……もっとひどいことを云ってもいいわよ」

「よし」

と云って、泉中はふだんなら耳を塞ぎたいような卑猥な言葉を、次ぎ次ぎと、維子の顔へ浴せかけた。維子はうすく目をとじて、恰《あたか》も汚物が面上にふりまかれるのに、任した。

3

父が出してくれた仮表装の「和泉式部日記」は、なるほど、種も仕掛もないものだった。仮表紙の下には、破り取られた本表紙の部分に、白い美濃紙が裏打してあって、奥付には昭和二年刊とあり、与謝野寛以下三人の校訂者の名前も見えた。

一番うしろの余白に、五首ほど、和泉式部の詠んだ歌が書写されているのは、恐らく伊勢子の撰とその筆蹟だろう。ほかには何も書いていない。

遺書らしい断片でもないかと、維子は鼻をうごめかしたが、一枚一枚丹念に覗いていっても、それらしい文章の書入れはどこにも見当らなかった。

十月ばかり帥《そち》の宮《みや》より　いかにつれつれにと　のたまへれば
花見つつ暮しし時は春の日も
いとかく長き心地やはせし

伊勢子が選んだ五首のうち、これが筆頭である。この歌は、式部の愛人帥《そち》の宮敦道《みやあつみち》親王から、「いかにつれづれに」とやさしい言葉を掛けられたのに答えた時のものらしい。

彼女は平安女流の中でも、まれに見る大きな家集正続を残した情熱歌人で、ことに帥の宮との愛慾抒情の表現には、心魂をつくしているのがわかるが、伊勢子の筆は、ところどころに、小面倒な変体仮名を用い、この歌にしても、はじめは「暮しし時」というところが、正しく読めないので、維子は家集をさがして、「第二」のところに、これと同じ歌を見つけ、漸く如上の三十一文字《みそひともじ》をさぐり得たのであった。あとの四首も、そのようにして読み得たが、くだくだしいから省いておく。維子は五首とも、変体仮名を用いずに、自分のノートに書き写しておいた。

ついでに、家集や日記をひっくり返していると、和泉式部は、すでに橘道貞という歴《れつき》とした夫があり、彼が和泉守になる前後に式部と結婚したので、和泉式部の名前がある位だし、その後一年か一年半で、百人一首の「大江山いく野の道の遠ければ」で有名な小式部内侍《こしきぶのないし》を生んでいるのに、その楽しかるべき家庭破壊を覚悟の上で、冷泉帝第三皇子の為尊《ためたか》親王とはげしい恋に落ちて、人妻の身をまかせている。ありようは明らかな姦であるが、彼女の情人がほかならぬ皇室の列にあるので、和泉守も、腹の虫を押殺していたのだろう。堂上の顰蹙《ひんしゅく》を買いながらも、この情事がしばらく続き、人々は見て見ぬ振りをしなければならなかった。そのうちに、親王が腫物を病み、しきりに御修法《みずほう》が行われたり、病気平癒の祈願によって、出家得度したりされたが、長保《ちょうほう》四年六月十三日には、御年二十六歳で薨去《こうきょ》になる。式部が悲嘆にくれたのは、云うまでもない。然し、さすがに夫道貞も腹に据えかねたか、その頃から、時々別れ話が出て来て、暫く別居をしたり、夫婦の諍《いさか》いが絶えなかったものの、小式部内侍に対する母の愛のみは、目の中へ入れても痛くないほどの、甘く、こまやかなものだった。

さっきの歌の対象になった帥の宮というのは、為尊親王の次の同腹の弟で、世に敦道親王と呼ぶ人だが、兄宮の一周忌を迎える長保五年四月の頃から、はからずも馴れむつび、和歌の贈答をするうち、式部はこの新しい情人にもすべてを許した。翌年の正月には、周囲の反対と非難を押切って、宮邸南院で帥の宮と同棲をはじめる。これには父大江雅致も、さすがに世間をはばかって、式部を勘当せざるを得ないし、帥の宮の妃殿下である藤原済時《なりとき》の娘中の君も、憤然として実家へ帰ってしまうというような家庭的紛争の一コマがあった。夫和泉守はこの年、陸奥守に任官して、任地に下る。これを機会に、和泉式部も、きっぱり手を切って、彼との離婚を承認するものの、些か去ってゆく男に、未練がなくもないようだ。然しそのうちに、帥の宮の子を懐妊した彼女は、父の許しを得て、実家でお産をする。その喜びの間もなく帥の宮が御不例で、一年半ほど病みついたのち、寛弘四年秋の末、これまた兄宮より一つ年上の二十七歳という若さで、亡くなられる。「和泉式部日記」は、その死後いくばくもなくして書かれた恋の思い出と哀悼の日記であるが、そのほかにも、帥の宮の死を悲しむ歌は、式部正続の家集はじめ、後拾遺集その他に百二十余首も残っている。

さて、一ト月ほど打絶えていた泉中との逢瀬は、こんど彼の選挙区の帰り、野州の温泉場でという約束になっていた。父や母には、いつものような一人旅の口実をかまえ、その目を掠めて、新しく買いととのえた婦人用の小さい旅行鞄の底に、維子は黒いクロース張りの古日記を入れた。三通りのサングラスも入れた。

西那須野の駅で汽車を降り、そこからはバスに乗らなければならない。鋪装道路は半分ほど出来ているだけで、深い渓谷にのぞんだ景勝の地へくると、道はまだデコボコで、髪が白くなるほどの砂ぼこりをあげた。

温泉はH川沿いに、数個所から湧いていた。大小の旅館が、谷間々々に屯《たむろ》するように建てられ、それを結ぶ路線を、古風な乗合馬車が、ノロノロ動いていた。時代のついた乗物の好きな維子は、いっそ馬車に乗換えて、福渡《ふくわた》・塩釜《しおがま》・畑下《はたおり》・門前《もんぜん》とトボトボ、温泉場めぐりをしながら、約束の宿へつきたかった。

伊勢子の思い出が蘇る。彼女は好んでよく人力車に乗った。M市では、駅の前に饅頭笠を冠った年寄りの俥夫がいて、伊勢子が汽車から降りると、向うで知っていて、すぐ梶棒をあげて寄ってきたものである。伊勢子の膝に、維子が小さいお臀をのせたこともある。俥夫は維子ぐるみ、毛布で女の膝をくるむと、景気よく象鼻をあげた。M駅から上市へは、だらだら勾配の上り坂である。いくら小さくても、維子の貫目だけふえると、老俥夫は息を荒くした。伊勢子は、車賃のほかに、いつもほまちを気ばった。

維子が時代のついた乗物が好きなのは、時々伊勢子に人力へ乗せてもらった影響かも知れない。この頃でも、維子は新橋演舞場界隈を歩いていて、芸者を乗せていった帰りのカラ俥に会

ったりすると、

「俥屋さん……鳥渡《ちよつと》、乗せて」

と云って、新橋の駅や地下鉄の入口まで乗ることがある。寒い日は、乗るとすぐ目深《まぶか》に幌をかけてくれるが、夏の夕方などは、幌は半分にして、それでも中の人の顔が、見えるか見えないかの、うす朧ろの色がいい。あのふしぎな震動とテンポ。走るともなく、歩くともない一種のリズム。車輪が窪みや穴に落ちたら、乗る人も要領よく、梶を取らねばならぬ。下り坂では、そり返ってやり、登り勾配へ来たら、前かがみになってやる。大きく左右へ曲るときも、それに合わせて、身体を開くなり閉じるなりしてやるのがコツだ。それ者《しや》は、まともに足をふんまえて乗るのは禁もつで、膝を揃えて、少しはすに、腰をねじる。維子はそれを、斜《しや》にかまえると云うのよと、伊勢子に教わった。

——泉中と約束された温泉宿は、H川と鹿《か》の股《また》川の合流するあたりの崖っぷちにあった。いきなり帳場で、

「旦那様が、さき程からお待ちでいらっしゃいます」

と云われて、面くらった。渓流にのぞんだその家では一番上等の十畳間の涼廊《ベランダ》で、彼はもう宿の浴衣になっていた。

「珍しいこともあるのね……あなたが先に着いてるなんて——」

「黒磯からハイヤーで飛ばしたんだ」

「道理でいつもの車が着いてないと思ったわ。おお、しんど」

維子は畳へべったり坐って、襟足の汗を拭いた。

「古風ね。まだ乗合馬車がうごいているわ」

「あれを見た瞬間、さぞつウちゃんが嬉しがるだろうと思った……」

「ほんと。あたし、乗りたいわ。明日、乗っていいでしょう。あれに乗って、ポウポウって、喇叭《らっぱ》吹かして、いい御機嫌だわ……逆さ杉や鍾乳洞を見に行きましょうよ」

「私は朝、立たなければいけないんだ」

「そんなら一人で乗ってみるわ。あなたは、昔の馬車に乗ったことあるの」

「馬車か……知らないな」

「父は乗ったんですって。県庁の内政部にいた頃……二頭立の黒光りするお馬車に……どんなに得意だったでしょう。もっとも誰かの陪乗でしょうがね、知事かなんかの……その頃の知事は、何かって云えば、フロックコートにシルクハットでしょう。パカパカって、黒鹿毛か何ぞの駿馬《しゅんめ》の蹄の音がきこえて……父が馬車に乗った話は、伊勢叔母さまから聞いたの。子供心に憧れだったたわ」

「この温泉場の馬車は、駿馬とはいかないがね」

「父が二頭立の馬車に乗った話、あなたも伊勢叔母さまから聞いたでしょう」

「さア忘れた」

「とぼけなさんな」

「そう云われると、聞いたような気もするね……兄さんはお馬車に乗った最後の人だって云ったことがある……思い出した」

「ほらね……あたしは見たこともないわ。いつか偉い方が、乗っているのを、テレビでは見たけれど……あたしなんて、乗合馬車が分相応です」

「まア、そんなことを云ってないで、早く浴衣になり給えよ」

「そうねえ……着かえましょう」

次の間へ行き、屏風のかげで、維子は鞄の中から、自分用の浴衣を出して、着換えた。ふとまた伊勢子を思い出す。ずい分お洒落のくせに、肌襦袢の赤襟を出しすぎるようなところのあった伊勢子は、丸帯や袋帯がよく似合い、前帯つけ帯はむろんのこと、名古屋帯さえ、好まなかったが、それでいて、帯をといて、伊達〆《だてじめ》すがたになると、お端折《はしょ》りの巾が出すぎて、何んとなく垢ぬけがしなかった。それを、もっと田舎くさい母が、蔭で非難がましく云っていたことがある。伊勢子贔屓の維子は、その母の悪口を伊勢子に告口しようとして、とうとう死ぬまでには云えなかった。そんなことを云ったら、さぞ伊勢子ががっかりして、自尊心をなくなすだろう。維子はそれが、可怕かった——。何遍も云いかけて、言葉にならなかったけれど、たしかに伊勢子のそれは、巾がありすぎて、お腹が太いように見えたものだ。伊達〆が上すぎるのだろうか。それとも腰ひもが下すぎるのだろうかと、維子は次の間のすがた見鏡に、自分の形を写してみた。

「おい、何してるんだ。早くしろよ」

麦酒《ビール》の栓を抜く音と共に、泉中の促す声がした。

4

やがて夜更けてから、維子は鞄の底に入れてきた古日記の話をした。泉中は急に白けた気持になった風で、

「よせよ、そんなものを——」

と、横睨みした。然し、可怕いもの見たさのところもあった。維子は父が猫啼の温泉宿で、M・Pの目を掠めて持って来たもので、その当時、深尾三逸にかくしたまま、ついにこの間まで、父だけが知っていたその日記を、はじめて自分が受取ったことから、自分はその中に、伊勢子の遺言が、きっと沢山に書入れてあると信じたものの、一枚一枚丹念にあらためると、そんな文章は、どこにも見当らなかった経過を手短かに物語った。

「では見せてくれ」

二人はもう横になっていたが、維子が旅行鞄をあけに行く間、泉中は起直ってはだけた浴衣の襟を掻合わせていた。

「はい、これよ」

「なるほど」

彼は先ず、クロース張りの仮表紙を、ためつすがめつ、見る風である。それから、中をあけて、

「『和泉式部日記』か」

と云った。

「伊勢叔母さまが、その本、読んでたの、知ってる?」

「さアね……これだったかな……そう云えば、多情淫奔の女歌人だということを聞いたっけかな」

「多情も淫奔も、女はそのときどきのめぐり合わせにもよるんじゃないの。小式部内侍のお母さんよ。小式部に先立たれたとき、わが子の不幸を悼んで、悲しい歌を詠んでいるのよ。そういうお話、なすったでしょう」

「うん、聞いたような気もする」

「心細いなア……伊勢叔母さまは、死ぬときまで、『和泉式部日記』を傍へお置きになった位だから、何かすごく共鳴してたんじゃアないの。そうすれば、あなたとの話にだって何遍も出たわけでしょう。聞いていなかったんだわ、上の空で……」

「和泉式部なんて云われても、正直、わからないんだ」

彼は兜をぬぐような調子で云ったが、

「然し、つウちゃん。ここから猫啼は、そんなに遠くないんだよ。黒磯から白河までは、すばらしい道路だし、白河から猫啼へは車で三十分足らずで行ける……明日東京に用がなければ、一っ走りやるんだが——メーターで三千円そこそこらしい」

「まア、そんなもの……」

「この間、磐城石川町の人に会ったら、和泉式部は、たしかに曲木で生れて、十三歳までそこにいたと、確信もって話していた。私は黙って聞いていたんだ。伊勢子のことでも、話題になったら困ると思って……」

「あなた、死んだ人のことが、可怕いんでしょう」

「そりゃアつウちゃんの前で云っちゃア悪いけれど、男でも女でも、相手に死なれるのは、一番恐ろしくって、いやなものだ……ほんとに、何にも書いてないだろうな。この歌五首だけだな……」

彼はこわごわ、頁をくっていたが、

「もう一冊、あったんじゃなかろうな」

とも云った。維子は答えない。彼女もそんな気がしないではない。「式部日記」と一緒に、もう一冊、伊勢子の日記が遺されてい、それには死んでゆく女の心理の追究と、死の真相が充分に語られている——。父はそれを、まだひた隠しに隠しているのではないか。

「しまいましょう」

と、維子は泉中の手にある「和泉式部日記」をとって、再び鞄の底へ入れた。

「そんなところに、伊勢子の形見があると思うと、ぐっすり眠れんなア」

彼はまたゴロンと横になった——。維子は髪を直して、彼に寄添い、

「あなたもずい分可怕がり屋ね」

「この次はもう持ってくるなよ」

「あたしは、毎度鞄へ入れておこうと思ってるの。護身術の一種として」

「変なことを編み出さないで——」

「すぐ傍で、叔母さまに見ていられると思うと、慎み深くなるでしょう」

「それでは何ンのために逢うのかわからなくなる——」

と云いながら、泉中はもう一度、維子を引寄せようとしたが、維子は逃げて、自分の寝床へ

もどった。

やがて、男は眠りにおちた。伊勢子の形見が傍にあっては眠られないと云ったのは、お座なりの辞令にすぎない。

維子は拒むくせに、こうして男にあっさり手を退《ひ》かれてしまうと、淋しくて物足りなかった。よく今までもあった。拒み通して、彼が去ったあとで、維子は異常な亢進を自覚する。それなら何んのために拒むのだろう。やっぱり泉中を愛しているのだろうか。九つのとき、はじめて自分の唇を盗んだこのおぞましい花盗人を、維子はいつまでも忘れられないのか。

泉中は仰向いて、軽い鼾を立てはじめた。暑いと見えて、夏の麻布団さえ、掛けていない。浴衣の襟元から覗いている胸毛の中に、白いのが一本二本とまじっているのを、維子は黙って、数えていた。男を揺りおこして、挑んで見る気はサラサラないが、何ンとなく寝顔が見たくて、傍へゆき、或る程度に顔との間隔をはなして、凝《じ》っと見ているうちに、白い胸毛を数えだしたのである。

その寝顔は、しかし自分の恋人ではない。人の恋人である。昔の人の……やっぱり伊勢子の恋人というのに、ふさわしい。胸毛に白いものがまじっているような男に、まだ血の気の多い自分がどうして本気で血道をあげることが出来るだろうか。

白いといえば、鬢髪《びんぱつ》にも、白いものが目立っている。抜こうと思えば抜ける程度である。

——彼が床屋から帰って来た日は、鋏で白いものを刈りとって貰うので、殆ど見えなくなる。白いのがまじっているのは、しばらく床屋へ行かない証拠だ。

「まだ、鋏で刈りとれるうちは、白髪の域に入らない」

と、彼はよく自慢した。

維子は寝ている男の耳のそばへ鼻をやって、

「クン」

と嗅いでみた。それからアゴの下や首のまわりへも持ってゆく。

「クン、クン」

男くさい男の匂いだ。男くささは、女にとって、いい時もあれば、いやな時もある。全くそれはむら気なものだ。いい時はその中へ鼻を押しこんでも、嗅ぎたい位だし、いやなときは、一つ部屋にいるのも、息ぐるしい。劇しく拒んだあとの、自分だけがわかっている今夜のような自己陶酔の中では、男の匂いは、香ぐわしい程の情緒がある。

維子は思った。拒んだあと、別れたあとで、こんなに男の匂いが、香ぐわしいのは、やっぱり、この男を忘れられないからだろうかと——。然し、泉中は、女の鼻が、耳からアゴ、アゴから咽喉、首のまわりへと嗅ぎ廻るのを知らないのかしら。知っててわざと狸寝入りをきめこんでいるのではないか。こんな人のわるい食えない男は、自分の恋人なんかである筈がない。

若し彼が目をさましたら、維子の陶酔は一遍に色褪せて、部屋の外へ逃げ出さなければならないだろう。

クン　クン　クン

維子は飽きることなく、嗅ぎ廻った。彼の匂いは、若者に劣らないほど、まだ甘い。

そのとき泉中が、寝返りをうった。右胸を下にして、背中をまるくした。急に渓流の音がした。夜がふけたせいばかりではない。それが急に、雨の音のように耳立つのは、維子が陶酔から醒めたせいだ。

――身体を洗いたくなって、維子は地下三階の河岸にある女湯まで降りていった。温泉場は開放的で、女湯の硝子《ガラス》窓は全部外から見通しだった。

維子がそこで一ト浴《あ》みする間、その家の女中らしいのが、二人ほど覗きに来て、隣りの男湯へ入りに行った。男と女の区別は、大してきびしくはないようだった。おかげで維子は、ゆっくり入れた。

夜ふけでも、温泉はこんこんと湧き出ている。今夜の肌の汚れがなめらかに洗い流されていくような気がして、維子は湯の中にふわりと五体を浮かせた。昔、叔母が命がけで愛した男に弄《もてあそ》ばれて、それから逃げるに逃げられない情事の秘密は、まだ誰にも明されてはいないのだが。

老いた蛾が、天井にある電燈の下へ飛込んできた。狂おしく翅《はね》をほやに打ちつけては、苦しみ悶え、やがて湯の表面へ落ちて死んだ。

5

翌日、維子がまだ朝飯の箸をおかないうちに、泉中が慌立だしく東京へ帰ってしまうと、床脇の卓上器を使って、父の脩吉に電話した。丁度よく父は在宅した。

「維子か。どこにいるのだ」

「昨日、白河までの切符で、西那須野へ降りたんですよ。いつも猫啼へは、水戸からはいるんでしょう。こんどは逆コースを狙ってみたの。白河からなら、ハイヤーで三十分足らずですって……行ってみようかしらと思ってるの」

「お前一人か」

「一人にきまってるじゃない。二人だったら大変でしょう」

「猫啼へ行ったら、曲木まで行って御覧。井筒屋という宿屋の入口に、猫啼井戸がある。それも見ておくといい」

と父は云った。ぶらりと気のむくままに、白河まで行く維子の行動を、父は単なる物好き程度に許しているのかしら。

「実は今、知らぬ人から電話があって、会見を申込まれた」

「誰でしょう？」

「小塚猛弥って人からだ」

維子はドキリとした。

「知ってるじゃない。泉中夫人の甥ですよ。京都で逢ったわ。音戸山の帰り、吉兆から万亭までずっと一緒に――」

「そんなこと、私は知らんよ」

「癖のある男で、あたしはきらいよ。泉中夫人は、よかったら、つウちゃんにどうって、すすめているの。何ンとなく、家やら親やら、見たくて来るんじゃない」

「肝腎のお前がいなくっちゃァ来ても無駄だろう」

「適当に話聞いてやって、帰して頂戴。変なこと云っても、執合《とりあ》わないでよ」

維子は念をついておいた。然し、猛弥の名を聞いた瞬間から、胸が痛いほど、早鐘をうっている。まさか泉中と維子の今の関係は知るまいが、京都ではじめて泉中に許した晩のいきさつは、うすうす感付いているに違いない男だったからである。

「何時頃、来る気かしら」

「四時頃と云っていた」

「では、今すぐ帰れば、間に合うわね。でも、帰らないわ」

「そんなにきらいな人では、逢っても仕方あるまいね」

「大体来るのが間違ってるの」

「然し泉中さんの奥さんの甥では、玄関ばらいというわけにもいくまい。逢って見るよ」

「どうぞ——」

どうせ、碌な話題は出っこないとは思ったが、維子はそれ以上、とやかく云ってもはじまらぬと思った。

電話を切ってから、乗合馬車の発車所へ行くまで、正直なところ、維子はこれからすぐ東京へ帰り、猛弥の発言を妨害しようかと何度思案したか知れなかった。

然し、猛弥の性格は松茸山から万亭への半日すぎで、あらかた、承知した通りであって、彼が若しどうしても云いたいとなれば、今日一回の発言を妨害してみてもはじまらない。恐らく彼は第二第三の機会をつくって、父に讒誣《ざんぶ》を告げるだろう。ああいう饒舌家の発言を止めようとしても、とても防げるものではない。

(ままよ)

と、維子は乗合馬車の発車所に向った。相乗の客は、一組の夫婦者と、小娘をつれた老人だけであった。維子は案内書を膝の上へひろげた。定員には満たないが、維子が乗ると間もなく、馭者《ぎょしゃ》は馬を歩かせた。

維子は今の電話がまだ気になっていた。猛弥は何の目的で、脩吉に逢おうとするのだろう。要らざるお節介が、その目的であるような気がしてならない。人のいい父は、猛弥の云う通りを信じるだろう。腹立たしさと呪わしさに、父は身を顫わして、絶望するだろう。恐ろしい病根の遺伝のように、最愛の妹と娘を冒したこの不幸を、父は男泣きに泣くのではないか。父の一番忌み恐れた予感が、実はその通りにあらわれたのである……。

乗合馬車の震動は、想像したほど、古風でも奥床しくもなかった。喇叭の音も、一度や二度は、変っているが、度々聞くと耳障《ざわ》りでもある。小太郎ケ淵、普門《ふもん》淵、稚児《ちご》ケ淵などの名勝を見て、畑上から門前を抜け、蓬莱《ほうらい》橋を渡る頃には、維子はもう、この馬車に飽きて来た。

古町の国鉄バスの発着場の前で、馬車がとまる。鬼怒川から日光へ行くバスが、発車しようとして、行列の客が見苦しく先を争って乗りこむところであった。

維子は料金を馭者に払って馬車を降りると、反対側にとまっている西那須野行の大型に乗った。こちらはまだガラガラだった。維子の目の前を、さっきの乗合馬車が、例のテンポで、源《げん》三窟《ざんくつ》のほうへ走り出すとき、老人の手を握っていたお下げの娘が、維子のほうへ、紅葉のようなたなごころを振った。維子も笑って、ハンケチを上げて、別れを告げた。維子が降りたあとで、喇叭を吹いて客寄せをしたせいか、馬車の椅子には、客の新顔が二人ほど、増えていた。

やがて鬼怒川・日光行が発車し、それから追々詰って来た西那須野行が動いた。

バスは腰高で、その車窓から見下ろすと、乗合馬車からの景観とは全く違ったものとして映った。これは丁度、「はと」や「つばめ」のような密閉された超スピードの列車の窓から見る風景と、ガッタン・ゴットンと煙を出して走る汽車からの眺めとの違いのようなものである——。

西那須野の駅に着いた時、維子はもう一度迷った。上りにしようか、下りにしようかと——。上りでも、まだ間に合う時間ではあった。先に来るほうに乗ろうかしらと、黒板の発着表を見上げた。黒磯発の上野行が、十二時三十二分発で、十五時十六分着だから、猛弥の来る四時には充分だ。然しそれより三十分早く、十二時二分に、一の関行の下りが着く。維子はそれに決めた。仕方がない。いずれはどうせ知れてしまうと、維子は度胸をつけた。この列車は鈍行で、東那須野、黒磯、高久《たかく》、黒田原《くろだはら》、白坂《しらさか》、磐城西郷《いわきにしごう》、とみな停車した。五分そこそこ走ると、小駅だった。白河までは昨日の切符があるので、それから郡山《こおりやま》まで、乗越の手続きをした。白河から、久田野《くたの》、泉崎《いずみざき》、矢吹《やぶき》、鏡石《かがみいし》、須賀川《すかがわ》ととまる。はじめて聞く名も無い駅ばかりを、維子はたっぷり眺めた。郡山に着いたのが、十四時十一分で、そこでの接続が悪く、二時間近くを待合わさなければならなかった。水郡線は十六時に出る。維子は半分意地を張って、ゆっくり走る乗物を選んだ。メーターを倒せば、三千円そこそこと、昨夜泉中に聞いたのが、何度も念頭をかすめたが。

磐城石川に着いたのは、夕ぐれ方だった。駅前から猫啼までは、駅前のタクシーに乗った。徒歩でも七分位というので、車では乗るとすぐ降ろされた。

井筒屋へ入る橋の手前に、猫啼井戸があるというので、夕方とは云っても、まだ明るかったから、宿へ着く前に、さっそく井戸を見た。何ンの変哲もない井戸だった。

曲木の小和清水で生れた和泉式部は、早く父母に別れて、母の妹の叔母と叔父に育てられた。十三の頃、この叔父に手籠《てご》めにされて、肌をゆるした。然し、叔母の嫉妬を買い、曲木から今猫啼のある付近へ追いやられた。式部は日頃愛していた仔猫をつれて、しばらく、叔父とも別れていた。叔父が恋しくて、夜通し泣き濡れていたこともある。或る日、気がつくと、猫がいない。式部はあわてて猫をさがしにこの街道をさまよい歩いた。猫の名は、そめと云った。式部は、

「そめ、そめ——」

と呼びながら、ふと、路傍の井戸に近寄ると、微かに猫の啼声がする。おどろいて井筒を覗くと、耳の下を咬み破られて血だらけになったそめが、井戸から湧きこぼれる水で、傷口を洗っているのが、目にとまった。

「ああ、そめがいた——」

和泉式部は歓喜して、仔猫を抱き上げた。まだ血のにじむ傷口は恐ろしげに裂けていた。

「痛いのかえ、そめ……私が悪かった。そめのことを忘れて、泣いてばかりいるうちに、そめは野良犬に狙われたのだろう」

そめはやっと啼きやんだ。翌日も、またその翌日も、式部はそめをかかえて、その井戸に通った。根気よく、毎日毎日、傷口を洗ってやるうちに、死にそうにまで衰えた仔猫が、元通りすっかり元気になった。それで近所の人達が、

「この井戸には、霊験があるだっぺ」

と云い出した。

それが猫啼温泉の伝説だと、維子はその井戸のある家の亭主に聞かされた。十三歳まで、小和清水で何不自由なく育ったという和泉式部にも、叔父の恋慕、叔母の嫉妬という最初の御難がふりかかり、一匹の愛猫と共に、この付近に身を忍ばせていたとすれば、その後京へ上り、堂上に仕え、男から男へと移り歩いて、多情な女歌人と謳われた数奇《さつき》の運命が、まだ女の春を知るや知らずのこの時代から、とうに予感されていたとも云える。いや、その好色な叔父によって知らされた男の味が、生涯式部の心を離れなかったのではないか。何かにつけて、陸奥《みちのく》を思い、小和清水の泉のほとりを思い、傷ついた愛猫そめを思わずにはいられなかったのではないか。

6

井筒屋の離れは、去年改築して、昔の面影をとどめていないと云う。伊勢子の死んだ座敷は、もう一段下の地面で、今の離れは、田舎大工の手に成ったとは云え、数寄屋《すきや》風に出来ている。

維子は旅装をといて、やっとくつろいだ。

腹がへっているので、宿の夕食はうまかった。麦酒を抜いてもらった。忽ち一本、あけてしまう。食後、温泉へ入り、いざ寝る頃になってから、

「電報が参りました」

と云って、女中が持って来たのに、

○タケヤクンニアイスベテキイタ○ナルベクハヤクカエレ○タンキオコスナ○シュウキチ

とある。やっぱりそうだったのだ。維子はそれを読むうちに、感情の波がおこってきて、背中を揉むほど涙がふり落ちた。こんなことなら明るいうちに、曲木まで行ってくればよかったと思った。

今の電報によると、小塚猛弥は洗いざらい、父に喋べったのだろう。父は泉中のことを知って、激怒したが、そのために、維子を伊勢子の二の舞に追いやることは、自分の破滅だと思ったに違いない。タンキオコスナとは、その戒《いまし》めである。折も折、伊勢子の死んだ猫啼へ行って

いるのだから。父の心配がよくわかった。誰にもまして、父は自分を心配してくれている。然し、いくら父に怒られても、彼女は泉中と別れられるとは思わなかった。維子にとって、泉中はもう老人で、昔の人の恋人ではある。自分の相手とは思われないが、然し二人があっさり手の切れる限界はすぎていた。自分はもう伊勢子と同じである。伊勢子が彼の悪魔的な吸盤に吸いこまれて、命まで溶かされたと同様に、維子も手足を吸い立てられ、もはや逃げるに逃げられない。ミイラ取りが、ミイラになるとはこのことだと、自嘲した。白い便箋に、

○デンミタ○タンキオコサヌ○イズレカエッテソウダンスル○アンシンアレ○ツナコ

と書いて見た。そして破った。父は父で、悩むほかはない。いくら悩んでも、泉中に文句をつけに行く勇気はあるまいと思った。ふと、どこかで、

ニャーン、ニャーン

と、猫の啼声がした。その声は「つウちゃん」と呼ぶ人の声にも似て聞えた。維子は立上って、布団を出た。縁側の硝子戸をあけ、チョチョチョチョチョと舌を鳴らして、猫を呼んだ。座敷で聴くと、庭に聞えるが、縁側に立つと、浴場のほうに聞える。和泉式部の愛した猫は、黒猫とも白猫とも、書いてないが、日毎夜毎の温泉の湯で、仔猫の傷を医《い》やすうち、式部もそめと一緒に、その湯を浴びたのではないか。十三歳の、女になったばかりの式部の肌は、どんなに滑らかで美しかったろう。裸になった式部は、こんこんと湧き立つ温泉の流れに、身体を膝ま

でしずめて、仔猫をその丸い腿の上におき、傷口を新しい湯が洗い去ってゆくように工夫したのではないか。

維子の眼には浴《ゆあ》みする式部の肌が見えて来た。と同時に、それは矢祭温泉で見た伊勢子の白い身体でもある。どっちがどっちともつかなくなった。

いつか維子は長い廊下を降りて、猫の声のする浴場の入口にいた。男湯と女湯がわかれている。灯りのついているのは男湯だけだった。さっきの女中が、女湯は九時でしまうから、それからは男湯へ入ってくれと云っていたのを思い出した。

ところが、その暗い女湯で、湯を浴びる音がする。維子はオヤッと思った。誰かいるのかしら……。

ザーッ、ザーッと音がつづいた。

「誰か暗い中で、浴びている」

そう思って躊らった。が、女同士ならかまうまいと、維子は宿の浴衣をぬいだ。裸のまんま、髪へナイロン・ターバンを巻きつけているると、脱衣場との境のダイヤ硝子に、向うから裸の女が歩いてきて、それがまざまざとシルエットになった。一瞬その女が、右手の肱に、まっ黒な仔猫を抱いているように見えた。伊勢子の声にそっくりで、

「つウちゃん――」

と、声がしたような気もした。つウちゃん、つウちゃんもとうとう、ここへやって来たのね。あの男から逃げるつもりで……維子はフラフラとした。裸で倒れては大変と足をふんまえた。影絵の女は、ダイヤ硝子のすぐそばまで来て、その扉をあけようとはしないのである。

維子は勇気をふるって、扉の引戸に手をかけた。スルスルと楽に開いたと思った刹那、女の手にある黒猫が、その隙間から、脱衣場のほうへ飛込んで来た。維子は思わずキャッと叫んだ。猫の爪が、維子の肩を渡る拍子に、傷つけていった。

女のシルエットはどうしたのだろう。浴場には、誰もいなかった。猫だけが走り出たのであった。猫は笊《ざる》をおく棚の下にもぐりこんで、維子をにらんだ。目ばかり光っている。

「痛いじゃないか。そめ」

そめというのかどうかは知らぬ。が、さっき聞いたばかりの伝説の猫はそめと呼ばれていた。

ニャーン、ニャーンと、また啼いている。

「おいで、ここへ――」

維子が舌で呼ぶと、いままで敵意を見せた猫は、ソロリソロリと、近寄って来た。維子がしゃがんで、両手を出すと、猫は再び敵意を示し、尻っぽを逆立てる。

「そめ、そめ」

と呼ぶと、また近寄ってきた。

「こっちへおいで……サアもう一度、一緒に温泉へ入りましょう」

さっきの恐怖が消えてゆき、ビールの酔の手伝う維子は仔猫と遊ぶ気だった。猫もやっと気を許すらしく、維子の手の中へ、スルスルと乗ってきて、すぐ一ト声、鼻を鳴らした。それがまた、

「つウちゃん」

と聞えた。そのまま、維子は湯壺のほうへ歩いた。

温泉はチョロチョロだが、まだ湧いていた。

維子が抱いてはいると、仔猫はおとなしく一緒に入った。誰かが、始終入れてやるのか、馴れたものだった。誰だろう。伊勢子の化身が入れるのではないか。今のシルエットの女に化身した伊勢子の魂が——。

どこにも傷のない、艶のいい黒猫は、人の心に沁み入るような瞳をして、ときどき、天井を仰いだりした。

「そめ。この宿の中で、そめだけが知ってるんじゃないの……伊勢叔母さまの死を……死の真相を」

維子はそんな思いで、そめを愛撫した。やがて湯つぼを出た維子が、濡れた身体を拭く間、仔猫は岡湯《おかゆ》の出るカランのあたりにうずくまって、維子のほうへ凝っと瞳をこらしている。

「こら、そめの爪のせいで、あたしの肩に一ト筋、赤い線がついたのよ……そめは何を見ているの。そんなに見ないで――」

と維子は叱った。女はたとえ猫に見られても、また好色な泉中に見られても、恥かしさに変りはなかった。そうして、恥かしがっているうちに、女のこころは、三色にも七色にも変ってゆくから、

「そんなに見たいの。そんなに見たけりゃアお見」

と云って、維子の命を泉中の目にさらしたこともあった。

やがて維子は、湯気の立ちこめた浴場へ外気を入れようとして、周囲の硝子戸の一枚をあけたとき、さっきから柔順と服従を装っていた仔猫が忽然として叛逆し、その戸の隙間から、真っ暗な裏庭へ、まっしぐらに、走り出た。それは黒い一個の弾丸《たま》のようなスピードに化していた。

「そめ――」

と、維子は金切声で呼んだが、仔猫はもうどこにも見えない。漆黒の闇でも光るというらんらんたる瞳も、すべて消えて、もはや啼く声も聞えない。それは苛烈な裏切りであった。いや、そうは思うまい。名もない仔猫は、この宿の浴場へまぎれこみ、さっきから、外へ出たい一心で、人に救いを求めていたのだろう。

ニャーン、と啼いたのは、猫に化した伊勢子が、
「つウちゃん」
と呼んだのではなくて、泣いて維子に助けてもらいたかったのだろう。閉ざされた浴場には、仔猫の飢えを満たすような何ものもないのだった。

猫とは云え、救われるためには服従を装って、抱かれもしようし、一緒に湯つぼの湯を浴びもするのだろう。逃げ出たい一心なら、何んでもするのは、猫も女も変りがないと、維子は思った。

そめに逃げられた維子は、いっそ、サバサバした。濡れた足のうらを最後に拭いて、脱衣場にもどると、笊の中の宿の浴衣をとって着た。棚にも笊にも、ほかには、脱いである女の衣裳はないのだった。

やがて浴場をあとにすると、電燈の消えた宿の廊下は、夜更けと共にヒヤリとして、どの客室も、シンと静まり返っていた。

7

翌日、朝飯のとき、宿の娘々した女中が、
「昨夜、風呂場に猫がいませんでしたか」

と云う。こんな山奥でも、娘たちは標準語である。

「いたわよ、まっ黒なのが、……宿の猫ですか」

「いいえ。御近所の奥さんが飼っている猫なんです」

「どういう奥さま」

「疎開して、そのまま、ずっとここにいるのです。古い歌や猫啼の伝説にとても詳しいので、役場にたのまれて、お客さんの案内もします。あとでここへ見えるかも知れません。あれで五十すぎかしらん」

「旦那様は?」

「今はいません。三人ほど換えたそうです」

「猫の毛がびっしょりだったんで、温泉の中へ落っこちたんだろうって云ってました」

「まアそんなに……」

「でも、見つかったのね」

「それが朝まで帰って来ないんで、昨夜は夜通し、猫さがししたそうです」

女中の語るところでは、その老婦人は一晩中、この辺を歩き廻って、猫の名を呼んだという。

そう云えば、あれから維子がとろとろしかけた頃、縁の下のほうで、そめの啼声がしたような気もした。そのうちに眠り入ったのである。

「名前は？　ついてるの？」

「そめです」

「まア……やっぱりそめなの」

「へい、この辺の猫は、みんな、そめです」

「和泉式部以来の伝統なのね。そめといえば猫。猫といえば、そめ……それもいいわね」

と、維子は笑った。

「お早うございます」

と、縁側の先で声がした。女中が立っていって、座布団を出した。

「今お話ししていた光満《みつま》さんの奥さんです」

「昨夜はそめが、お邪魔をしたそうで……光満千重子でございます。おはつに──」

「あの可愛い仔猫は、奥さまが飼っていらッしゃるんですってね。夜更けに、風呂場に閉じこめられて、困っていましたの。抱いてやりましたの。やっぱり温泉が好きなんでしょうか」

「和泉式部以来、この辺の猫は、みんな温泉が好きらしいの。あと、啼きませんでしたか。おうるさかったでしょう。よくお寝みなされなかったんじゃないかと思って……お詫びに伺ったのよ」

「わざわざ、恐れ入ります」

「曲木へ行ってご覧になるって、ほんと」

「遠いんですか」

「車でしたら、造作もありません。お供しましょうか」

「奥さまに案内して戴くなんて、望外のことですけれど」

光満千重子を、宿の女中は五十すぎと云ったけれど、光りをバックにして、庭先に立った姿は、すでに六十近い老婦人で、美人とは云えないまでも、東京育ちの落ちつきがあった。もっとも疎開以来この土地に住みついた田舎臭さは沁み通り、どうにも垢ぬけのしないところもあったが、一ト目で維子を信用し、はにかまずに境界を取りのぞいてくる人のよさは、田舎の女にないものだった。

「それでお客さんは、和泉式部に興味をお持ちなんですか」

「興味とか関心とか云う程のことはないんですけど、『和泉式部日記』を読んだり、式部集をパラパラめくって見る程度で——」

「今年の春でしたか、やはり卒論に式部伝説を取上げたいって、東大の学生さんが調べに見えましたよ」

「曲木出生説にしても、猫啼の伝説にしても、そんな学問的な権威はないンでしょう……ほんとに、十三までここで育ったのでしょうか」

「でも和泉式部の腰掛け松だけでも、全国にずい分沢山あるそうじゃありませんか。その学生さんが調べただけでも、摂津の国に一つ、播磨《はりま》の飾磨《しかま》郡に二つ、赤穂郡に一つ、日向と京都の一条京極に一つあるなんて、聞きましたわ。それより式部塚というのが、十七ヵ処もあるそうですから、小和清水だって、まんざら捨てたものでもないでしょう。大江越前守雅致の娘とはなっていても、ほんとうの子なのか、貰いっ子なのかわかりませんし、叔母の嫉妬に追われて、猫啼から流浪の旅路を重ねて、京へ上りついたとなると、京の生れということだってあいまいで、一概にはきめられないと思いますよ」

「ずい分、研究していらッしゃるんですのね」

と、維子は舌を巻いた。婦人は縁側に腰かけて、女中の淹《い》れる煎茶に咽喉をうるおしたが、

「式部の歌ではどんな歌がお好きです」

と、質問してきた。

「正続の式部集を読んだだけなんで……そらで云えるのは、百人一首の、『あらざらむこの世の外《ほか》の思ひ出に今一度《ひとたび》のあふこともがな』位のものですわ。小母さまは？」

「私はそうねえ……『うつつにて思へば云はん方もなし』なんて実感的なのが好きですよ」

聞いたことのある歌なので、維子が例のクロース張りのそれを出し、裏表紙の余白を見ると、それは伊勢子も好きな五首の中へ選んであって、「心みだれて」という詞書《ことばがき》があり、下《しも》の句は、

「今宵のことを夢になさばや」とあった。千重子はすぐそれを見咎める風で、その本は？と訊いたが、維子は伊勢子に就いては沈黙して、

「表紙が破れたんで、仮表装をした『和泉式部日記』ですわ」

とだけ答えた。

「あなたはどうお思いか知れないが、物語作家としての紫式部、随筆家としての清少納言の二人は別格としても、歌人としての和泉式部は、ほかの平安女流歌人をはるかに引きはなして、天分も豊かだし、実力もすぐれていたんじゃないでしょうか。浮気者で、多情者で、男から男へ移り歩いたせいで、悪名が高かったから、それが彼女の芸術の評価を相殺しているんだろうと思いますよ。ご免なさい。勝手なことを一人でベラベラ喋べって……でも、悪名は悪名。芸術は芸術なんじゃないでしょうか。今の時代だって、少々艶名を流すと、芸術的天分があっても、認めまいとしますものね。つまり和泉式部なんて女は、美人でもないのに、あんまり男にもてるんで、世人に嫉妬されたんでしょう」

維子も千重子の雄弁につりこまれて相槌をうった。

「冷泉の御門の第三皇子、第四皇子を連続的にのぼせ上らせて、その揚句二人ともアウトですものね」

と、諧謔《かいぎゃく》もまじえた。長保二年から寛弘四年までの約九年間に若き二人の雲の上人が、和泉

式部という天分高き魔女のために、その精根を傾けて相次いで斃《たお》れたとも云える……。

「ハイヤーが来ました」

と、女中がしらせに来たので、維子は足袋をはき、櫛や棒紅をしまった。老婦人は庭づたいに降りると云って、最後に茶碗を伏せた。

「今日は、そめはどこにいますの」

「そめですか。今日は昨夜の罰として、檻へ入れました」

「オヤ、オヤ――」

「主人を不眠にさせた罰……」

老婦人は猫の話をするときに限って、惚話《のろけ》でも云うような甘い顔になった。

車は玄関で待っていた。庭を廻った老婦人のほうがおそくなったが、二人は先を譲り合った。維子が、年順を云いはるので、老婦人は、宿の亭主に懇《ねん》ろな挨拶をしてから、先に乗りこんだ。

維子は女中に、コンヤカエルと書いた紙をわたして、ウナ電をうつように頼んだ。曲木へ行っても、十五時四十分の石川発水戸行には間に合う予定だった。

車は猫啼橋を背ろに、今出川に沿って走り出すと、やがて、水郡線と立体交差の橋を渡って、昨日降りた石川駅の前をすぎ、間もなく賑やかな市街へはいった。

車の中でも老婦人は絶えず喋べりつづけたが、主として、石川町の沿革や口碑に関すること

に詳しかった。が、その合の手に、口の中で、和泉式部の歌を吟《くちずさ》んだ。よくは聞きとれぬが、

草のいと青う生ひたるを見て

わがこころ夏の野べにもあらなくに

しげくも恋のなりまさるかな

と、うたったりした。老婦人は数多い式部の歌の中でも、さっきの「うつつにて」とか或いは今の歌とか、更には「あらまほしきこと」と、詞書のある連歌のような二首の歌とかを、愛誦し措《お》く能《あた》わぬかのようであった。東京から疎開したまま、ここに住みついた所謂他国者でありながら、恰もセミプロ郷土史家を以て任じていることが、もはや明らかであった。

昨夜の黒猫以来、脅えつづけの維子は、車が目的地の曲木へ着く頃になって、漸《や》っと安心したのか、少々睡気を催した。

8

やがて、小字小和清水の近くに着いた。老婦人が先に降り立ち、彼方の山裾の木立の中を指さした。

「あすこです……」

然しそこまで行くには、雑草の繁る道なき道をわたらねばならぬ。維子は一メートルほどの

崖下を覗いて、立往生した。

「運転手さん。私も力がないから、お嬢さんを下の道までおろしてあげて頂戴」

「よがす」

若い彼は、気さくに引きうけて、畦のような細い道へ、飛下り、そこから手をのばして、維子につかまらせた。維子もせっかくここまで来て、見ずに帰るのもいまいましいので、裾をたくしあげ、一、二、三で、運転手の手に縋りつつ、崖を飛んだ。それを見上げている老婦人は、

「お見事――」

と云って賞めた。維子はその拍子に裾がまくれ、腓まで見られたような気がして、頬を染めた。

麓に小さい泉があった。どんな長い日照りにも、涸れたことがないと云う。近所の人が、呑みにくると見えて、清水のわく傍に、湯呑がおいてあった。

「咽喉がかわいたでしょう、呑みませんか」

と老婦人が云った。維子は生水を好まなかったが、殆ど人なき里のこの辺なら、心配もあるまいと思って、その湯呑に一ト口呑んだ。冷たくて甘い清水だった。ついでに、旅行用の小さい水筒にその水を一ぱいに汲み入れた。

泉の上に一碑があって、和泉式部出生の謂れが彫ってある。老婦人はその碑文の前に立って、

「十三歳で、親を失って、叔父に育てられたとありますね。その叔父が、式部を愛して、とうとう意のままに従わせたらしいが、それを叔母が嫉妬したので、叔父と二人で出奔して、京へ上ったという説もあれば、叔父は叔母の手で殺され、式部一人、命からがら、諸国流浪の旅にのがれて、やがて京へ上ったとも云います。そうかと思うと、父大江雅致は、その昔陸奥国和泉荘曲木の荘園の主だったのが、任を解かれ、京へ召返されるのに随って、式部も同伴した。その後和泉守橘道貞に嫁して、小式部内侍を生んだが、為尊親王《ためたかしんのう》との不義が明るみへ出て、離別となった……そういう異説もあります。これは少し怪しいけれど、別れた夫が陸奥へ行くのを、未練たっぷり、一緒に行きたいような歌を詠んでいるでしょう。その歌を詠んでいると、何んとなし、郷愁にかられているような印象があるものだから、やはり式部はここで生れたんじゃないか。この清水のほとりで、この水を呑んで育った。叔父さんに懸想《けそう》され、叔母さんに嫉かれて、段々に図太い多情な女になった……そういう風にも見られなくはないでしょう。あなたなぞはどうお思いになりますか」

「さア……はじめてこうして参っただけでは、何が何やらさっぱりわかりませんけれど、おかしなもので、こういう碑や清水の湧いている現場へ来て、小母さまのように伝説の詳しい方のお話を聞いていると、何だか、ほんとみたいな気がしてきますね。ここで、式部が生れて、叔母さんに嫉かれたのが、いかにもリアルね……昨夜の猫みたいに……あたし、そめを和泉式部の猫の生れ変りじゃないかと思ったわ」

「まさか」

と、老婦人は打消した。然し、これで山城《やましろ》へ行けば山城で、播磨へ行けば播磨で、或いはまた、「お伽草子」を読めば読むで、「宇治拾遺」を読めば読むで、そこにくりひろげられる和泉式部伝説をみな信じたくなるにちがいない。

「実は父に、頼まれましたの。父は昔、I県の図書館長をしたことがあって、和泉式部の伝説に関心があるもんですから」

「それで読めました」

と、老婦人はさも得心がいったという顔になり、更に長々と、その付近の口碑を語ってくれてから、帰路にかかった。車が母畑温泉の前を通るとき、二人はそこで昼飯を食べることにした。老婦人は温泉へさそったが、維子はことわった。

「これは和泉式部とは全然関係のないお話なんですが、終戦後間もなく、猫啼で自殺した女性があったのを、ご存じありませんか」

維子はさっきから何遍も訊きたかったことを漸っと口にした。

「自殺ですか。サア……」

「M・Pのいた頃ですよ」

「思い出せませんね……その頃は、むろん私はいた筈ですが……私、自分が死にたいと思っている頃でしょう。何遍も水郡線へ飛びこもうと思って、白石と浅川、棚倉の沿線をうろついたものですよ」

「まア……」

「だから、自分のことだけでいっぱいで、人のことにまで気が廻らなかったンでしょう。この頃は、そういうことがあると、イの一番に引っぱり出されます。自殺があったり、心中があったり……あなたは、その自殺した方に御縁があるのね」

「いいえ」

老婦人は怪訝な顔をした。縁もゆかりもないのに、そんなことを訊く必要はないではないかと。

自殺者は今でも多いということだった。宿でもやるし、水郡線にも飛びこむ。大体、場所もきまっている。最近、昨夜の部屋で、睡眠剤を呑んで、死を図った女は、三日も眠りこんで、やっと目がさめると、こんどは黙秘権を使って、警官にはむろんのこと、その土地の新聞社の通信部のベテランにも、一切名前も住所も云わず、回復すると、いつのまにか消えるようになくなっていた。そんなのもひどすぎるではないかと、物語った。

「ちょっと、失礼だけれど、手相を見せて」

急にそう云って坐り直した彼女は、維子の両手をとって、やわらかく握りしめた。

「手相もご覧になるの」

維子はためらうように、その手を引いた。然し老婦人ははなさない。

「死にたくなってから、手相見、人相見、姓名判断までやるようになったんですよ……お客さんは今、恋愛をしていますね……それも猛烈なのを……目上の方の仰有ることを、全然うけつけないんでしょう」

「どうしてそんなことがわかるの」

「神通力ですよ。自分にそれがあるのがわかったのは、ほんのこの頃でしてね……普通の人に見えないものが見えてきますの……はじめはその人の背ろに、景色が出ますんですよ」

「ではあたしの背ろにも見えますか」

「まだ見えない。こうして、あなたの手のひらを握りしめているうちに段々に……過去も見えるし、未来も見えますの……神通力だから一心不乱にならないとね……こんな騒々しいところでは、不完全です。二人っきりで、テレビなんかのないところだと、鮮やかに見えてくるんです。景色が……小和清水の碑の前で、二人で話しましたわね、あのときも、あなたの背ろにちょっと見えたんですよ」

「何が、見えたの」

維子はゾクゾクした。

「それは申上げられないわ」

只では云えぬという意味らしい。然し維子は金を払ってまで、この少し異常な婦人の幻視や幻聴を聞く興味はなかった。

「ねえ、あのスカイラインのてっぺんへ行きましょうか。秋葉山から石尊山の裏まで行くと、さすがに人がいなくなります。するとあなたの背ろのものがもっとはっきりしますの。そのときは、只でお話ししてあげるわ」

「いやよ、そんな」

維子ははげしく拒んだ。少し眼が据りかけていた老婦人は、その一言で挫折するようであった。あなたのような方は珍しい。私の神通力がかからない、と彼女は云った。

維子は握られている手をはらいのけた。

「せっかく少し見えてきたのに」

と、元通りの顔になった彼女は惜しがった。維子は思った。自分の背ろに見えてくる遠景の中の顔は、死んでいるなら伊勢子だし、生きているなら泉中だろうと思った。そんなことは、占ってもらわなくてもわかっている。

車はまた走り出した。腹のくちくなった光満女史は、動揺のひどい小型のシートで、コックリをはじめていた。昨夜一晩、仔猫捜しで眠れなかったのが本当なら、無理もない。コックリ、コックリ。危く窓枠に頭をぶっつけそうになった。若い時はよく男に惚れて、何遍となく、生きるの死ぬのと騒いでも、女は老けるとだらしがないと思った。手相も見なければならぬ。伝説や口碑のガイドもしなければならぬ……。

それでも、車が今出川と北須川の合流する地点まで来ると、老婦人はピタリと目をさまして、

「ではここで、降ろして下さい。これから役場へ廻って帰りますから」

と云って、さっさと車を降りていった。

「お大事に、さよなら」

「はい、ありがとう」

「そめにも、よろしくね」

然しもうすっかり事務的な顔になった彼女は、そめのことを云われても、ニコリともしないで、役場へ行く神前橋というのを渡って行った。

車にはギアがはいり、若い運転手は、低い笑い声を洩らした。

「変ってるでしょう」

「でも、和泉式部には、くわしいわ」

「まったくね……然し、あの伝説はほんとなんでしょうか」

「それは誰にもわからないことよ」

やがて車は、磐城石川の駅に着いた。まだ発車までに二十何分もある。……その運転手に、料金を払い、維子は手をふって別れながら、光満女史が変っているなら、自分も変っていないとは云えないと、自嘲が通りすぎた。

9

磐城石川を十五時四十分に発車した気動車は、そろそろ夕暮れる頃、水戸に着いたが、十分ほどのことで、上野行急行には間に合わない。これはあらかじめわかっていることだったから、次の列車までの間、一時間強ほどあるのを利用して、伊勢子の墓へ行くことに、心づもりしてあった。然し、一時間では、歩いて行くと、また間に合わなくなる。それで片道だけ、タクシーを奮発した。維子は旅行鞄を、一時預けへ預けて、小和清水で汲んできた水筒だけを手にさげていた。車は、南町通りを上って、田見小路を横切り、万代橋を渡って、誓山寺の山門の前にストップした。

いつもは庫裡へ顔を出し、手桶に水を貰うのだが、一時間ではその暇がない。で、山門から、まっ直ぐに、墓地へ通じる砂利道をとった。

あじさいが、右にも左にも、濃淡の花をつけていた。この前来たときは、椿が五輪咲いているだけだったっけが。維子はいつもの井筒で、手を洗った。それから、足袋をぬいで、足も洗った。今日は気をつけて、絽の裾を濡らさなかった。足を洗うと、さっぱりして、暑さを忘れた。足のうらをよく拭いて、ぬいだ足袋は袂に入れ、万成花崗岩の叔母の墓にぬかずいた。泉中と淫らなことをするときは、もう二度と、伊勢子の墓にはぬかずけないと自分を責めるが、こうして来てみると、何ンの苛責《かしゃく》もなしに、背中をかがめて、一心不乱に、伊勢子の冥福を祈りつづける。伊勢子を誰よりも大好きな叔母として慕う心は少しも変っていなかった。

小和清水で、水筒に汲んで来た泉の水を、維子は墓石の頂上から、タラタラ、垂らした。ほんの僅か、雀の涙にすぎないから、それは三筋ほど、墓石の表面を濡らしただけで終った。維子は少々照れくさく、

「たったこれで、お終いよ……可哀そうに」

と独り言をつぶやきながら水筒の口をしめた。

いつもは手桶に、三ばいも四はいも浴せかけ、裏も表もびしょびしょに濡れるのを見なければ気がすまない。然し、この世とあの世は違うから、たとえ水筒の水でも、冥途の伊勢子は、肩から胸へと全身に、シャワーを浴びたような気がするのではないか。そう思って、維子は我慢してもらう気になった。

一つおいた隣りの墓地は、新仏らしく、まだ墓石のない土饅頭だが、今しがた水をまいたと

見える。伊勢子の墓地が低いので、その土饅頭から流れてくる水が、二すじほど、腰石の裾へまわっているのが、よけいみじめで、こんなことなら、庫裡から、手桶の水を貰ってくればよかったと、悔まれた。そうすれば、腰石のほうまで、たっぷり、洗い流すことが出来たのに。

――今日は墓の下まで届いたのが、終りの一しずくにすぎなかった。

中門、山門と戻ってくる墓地の帰りは、もう夕闇が立ちこめ、あじさいだけが白い首のように浮んでいた。そのどぎつい緑の葉の下から、一匹の黒猫が走り出て、山門の低い台石に飛び上った。ちょっと維子のほうをふり返り、すぐまた、築泥《ついひじ》の穴へもぐりこんで、姿を消した。ほんの一秒にも足りぬ刹那の幻像であったかも知れぬ。……がその黒の毛艶といい、ふりむいた目の光りといい、土を蹴って飛ぶ前足のバネといい、昨夜のそめとそっくりだった。まさか、そめが光満《みつま》女史の檻をのがれて、誓山寺の墓所まで維子を追いかけてきたのでもあるまいに。

山門を出ると木立が切れて、まだ残照が赤かった。いつ百合の花のそばを通ったのだろう。知らぬ間に、朱の花粉が一筋、袂のはしに、ついていた。

チョチョチョチョチョ
と、維子は舌の尖で、猫を呼んだが、築泥の穴にかくれた黒猫は、人を怖れて出て来なかった。

思ったより時間をくって、次の列車にも危くなっていた。仕方がないから、もう一ト汽車おくらせようかと思案していると、丁度よく、喪服の女を乗せたタクシーが走ってきて、山門の下にとまった。小さいお骨を入れた白い布包みを両手にかかえるようにしているのが、死んだ子の若い母だろう。子供というよりは、まだ赤ん坊だったかも知れない。維子はすれ違うとき、気付かれぬ程度に黙礼してから、ギアを入れた帰りタクシーを呼びとめて、

「乗せて……駅まで。上野行に間に合うかしらん」

無愛想な運転手は、それには答えず、ドアのハンドルを廻してくれた。

車が那珂川を渡ると、昼尚暗い誓山寺の緑の木立は、忽ち背ろに遠去かった。

今のは赤ん坊のお骨かしらと聞いても、この車、火葬場から来たんでしょう、と訊ねても、おかげで、汽車に間に合いそうね、と云っても、彼は相変らず無言だが、ちらッと腕時計を見たままで、特にスピードを出さないのは、自信があると知れた。

維子はなつかしい街の風景を眺めた。往きとちがって、こんどは県庁の前へ出たので、昔よく、父のいる図書館へ通った思い出が蘇った。県会議事堂やら、地方裁判所やら、商工会議所やらの前も走りぬけた。伊勢子は、賑やかな泉町の通りを歩くより、人通りの少ない裁判所の前などを、維子の手を曳いて、散歩するのが好きだった。焼けない前のこの土地には、古い匂いのする矢倉や石垣や城門の址が残っていて、伊勢子はそれをなつかしむように、よく歩をとめて眺めていた。——車が、駅前の坂にかかるとき、維子はぬいだまま、忘れていた足袋を袂

から出して穿いた。

＊　＊

脩吉は起きて待っていた。母は夕方から、頭痛と目まいで、起きていられないから先に休んだということだった。

維子は父に逢うまえに、一つの結論に辿りついていた。それは泉中と、手を切るということ——恐らく父も母も、それを心から望んでいるに違いない。若し霊があるとすれば、地下黄泉の伊勢子も。

気動車にしろ、磐城石川から半日以上乗物の風に吹かれ通しだったので、脩吉に待ってもらって一ト風呂浴び、あじさいの花を図案化した絽麻のひとえに着換えた維子は、うちわを持って、二階なる父の書斎へあがっていった。

「電報見て、驚いたわ……曲木なんぞへ行かずに、すぐ東京へ帰ろうかと思ったんですけれど、せっかく猫啼まで来たのにさ……」

「見て来たのか」

「はい。ふしぎな老婦人がいて、案内役をしてくれたのよ。伝説や口碑にくわしくって、和泉式部のことも、一ト通り勉強しているようなのね。役場でも臨時嘱託みたいにして、結構重宝なんでしょう」
「そういう物識りは、よくいるものだ——」
「和泉式部気取りなのか、まっ黒な仔猫を飼っていて、それをそめって呼んでみたりしている
の……でも、伊勢叔母さまのことは知らなかったわ。あの頃は、自分も死場所を捜して歩いた
位で、人のことなんか知っちゃアいなかったって……」
そんな前置から、追々本題へはいった。——父は云った。
「やはり京都の松茸狩が、過ちのもとだったのか——今夜は、全部話しておしまい」
「猛弥って人は、卑怯者よ……何を云ったか知れないけど」
「今までのことは仕方がない。水に流すほかはない。どうか、泉中氏から手を引いてくれ、と
彼はいうのだ。藪から棒で、わたしは肝を抜かれた。伊勢子の前例があるだけに、お前に限っ
てはと、うぬ惚れていた。泉中氏もお前も、恐らく魔がさしての過失だろう……維子……わた
しは何も云わないから、別れてくれさえすればいいのだ……」
脩吉は息を切らし切らし何遍も口吃りながら云った。
「猛弥さんに、何故そんな権利があるんでしょう……それとも、泉中さんに頼まれて、お使い
で来たわけじゃアないんでしょう」
「泉中氏はまだ帰って来ていないと云った。お前と旅先で逢って別れたあと……」

「へえ？」

「おい、維子……その通りお前は泉中氏に騙されているんだ。あの人は極道者なのだ。お前に逢ったあと、また別の女をどこかへ呼んでおく。そんなことは朝飯前なのだ」

「猛弥さんはどう云うの」

「泉中氏の政治生命が、危いというんだ。反対党が、手ぐすねひいて待っている。また二つには、時子夫人が伊勢子から受けた傷口が、そろそろ忘れられる頃、またゾロこれではあまりに気の毒だ。時子夫人の人助けと思って、泉中と別れてくれ。小塚君は涙をうかべていた。自分が音戸山で、はじめて時子夫人の紹介で維子に逢ったとき、もっと積極的に、結婚申入をしてしまえば、こんなことにならないですんだかもしれない。だから自分にも責任がある。その帰り、吉兆から万亭へ廻る道々も、泉中の伯父とお前の様子がおかしいと思うことが、二、三度はあったが、何しろ、年は違いすぎる程違うし、伊勢子の死という悲劇を知っていると思ったので、油断した。それは伯母の時子も同じだったろうと思うと云うのだ」

「みんな何云ってるんだか、わからないわ……狐と狸の化かし合いよ」

維子はふと、狸を猫と云いかえても面白いとおもった。

話は遡るが、父と母だって、寝耳に水の筈はない。京都から帰った直後、京都滞在中のことについて、一言も維子に様子を聞こうとしなかったのは、なぜだろうか。——展望車の旅はどうだった？　ホテルはどこへ泊ったのか。音戸山の松茸はどっさりあったか。山で食べたすき焼はうまかったか。吉兆でお茶を点てた祇園の芸妓は美しい人だったか。万亭のおも座敷で、何んという妓が、地唄舞を舞って見せたか。叡山からの眺めはよく晴れていたか——聞くことが山ほどあるのに、咽喉がひりついてしまったように、黙りこんでいたのは、逆に云えば、維子に何かあったのを、想像して、早くも強迫観念に襲われていたからだとも云える。要するに、その不問は、てんからの無関心でも、寛容からでもない。維子のことは、咳一つ、嚏《くしやみ》一つ気になる父であり、帯どめ一つ変っていても問いただす母なのに、それがウンでもスンでもないのは明らかに、訊くのが可怕いからである。京都で何があったかを訊き、維子がそれに真実を以て答えたとき、忽ち脩吉たちは絶望に塗りこめられてしまうだろう。

旅立つ前、脩吉はあんなにおむずかりで、泉中と一緒に京都へ行けば、碌なことにはならないと、しきりに警告を発していたのに、帰って以来は、プツリとそれに触れないのである。父や母が訊かないのに、維子のほうで、ことさら告げることもない。

が、一つ家に住んでいれば、その微妙な変化がわからない筈はない。父と母が、ヒソヒソ話をしているところへ、維子が不意にはいってゆくと、父と母は、急に話を途切らせる。それは云うまでもなく、維子のことを話題にしていたからだろう。然し、

「今、何をお話ししていたの」

と訊いても、当らず触らずに返事を濁らしてしまった——。

母が占者に凝り出したのも、それ以来のことだ。多分母は、伊勢子の二の舞を怖れて、維子を泉中から護るためには、只、迷信に凝るほかはないような救いのない情態なのだろう。然し維子は、

「お母さま……占者だけはよして頂戴よ、それだけは——。今まで、方角だの季学だのってものを受付けなかったのだけが、わが家の取柄だったのにさ……一体、何が心配なの？」

母は半分泣顔になりながらも、その心配が何んであるかを口にすることは出来なかった。傍で聞いている父も、無言だった。父はそういう迷信を信じないが、せっ羽詰った母が、占者に凝るのに不同意は出来ないのだろう。

「お母さまって、もともと、催眠術にかかり易いほうだから……」

「そう云うお前はどうなのだ」

「あたしは、受けつけないわ」

「恋愛も催眠術だろう」

「あたし、恋愛なんか、してないわ」

「伊勢子だって泉中紋哉の催眠術にかかって、とうとう死んだんだ……」

「ほんと？」

「あの男は、占師どころじゃない。戦争中は軍需工場で、戦後は政界の惑星じゃないか。ああいう男の催眠術にかかっては、女は一トたまりもない」

父は暗にほのめかすように云うけれど、維子と彼の関係を、どこまではっきり知っているかは、示さなかった。

然し、維子は云いたかった。自分は決して、伊勢子の二の舞を演《や》るつもりはない。逆に泉中に対する伊勢子の妄執を晴らしたい。そのために、身体を張って、泉中に近付いてゆくのだと――。

だが、いくらそう云っても、父と母が得心する筈もないことを、ツベコベ云うだけ無駄である。それで親子のさぐり合いが、つづいたのだが、うすうす泉中を仮想敵にしたにしても、今日という今日までは、脩吉夫婦も、なるべく露骨な想像は避けてきた……。

「わたしの望むものは、事実の否認だ。それが出来なければ、彼と別れることを承認してくれ。この二つのうちの、どっちをとるか」

「別れます」

と、維子は正直に云った。父は呻った。事実は事実として認めたのが、心を抉るからだった。然し脩吉は、別れると云っている維子の結論には、無条件で喜んだ。

「安心した。お前が別れてくれたら、悩みは立ちどころに解消するのだ。更に親を安心させるなら、早くいい人を捜して、結婚することだ」

「それとは別問題でしょう」

「然し、いつまでもお前が独りでいると、否定しても否定しきれないのではないか。口で否定するだけで、実際はつづいていると、また噂が立つ。それでは何ンにもならないからね……それではわしら両親や時子夫人をもペテンにかけるようなものだ」

一旦和やかにおちついてきた父は、また辛辣になった。

「ほんとうに結婚したい人が出来たら、すすめられなくても、しますよ……泉中さんとさえしなければいいんでしょう。あたし、あの二流どこの政治家に惚れて、伊勢叔母さまみたいに命を捨てるのはむろんのこと、寿命を縮める気にもならないわ」

「今の言葉に偽りはないね」

「あんな男のために死ぬなんて、垢ぬけしてないわ」

維子はこの頃、伊勢子に対しても、そんな風に心がわりしていることを、暗に脩吉にほのめかしておきたかった。父は半信半疑ながら、

「それではまるで、百八十度の転向じゃァないのか。それとも、こんどの旅行で、泉中氏と喧嘩したんだろう。泉中氏と折合わないところが、段々わかってきたのだろうな――」

然し維子はそれも否定して、

「あたし、はじめっから、あの人、大きらいよ……猛弥さんもきらいだけれど」

「小塚さんは、泉中の伯父さんと、きれいに手を切ってくれれば、今でも維子を貰いたいと云っていた……お古でもかまわないのですかと訊いたら、それはつらいことだけれど、そのつらさを越して、つウちゃんをはげしく愛していると正直に云った……」

「正直でしょうか」

維子は耳を貸さぬ態度で云った。その一言で猛弥の腹の底まで見透したという気がした。

それから、やがて、猫啼やら誓山寺の差し障りのない話になり、そのために話しこんで、二時三時と夜が更けわたるのも知らなかった。

10

維子は父に逢う前から、泉中とは別れる気だった。然し、更に父と話込むうち、父の善意と親愛に心をゆさぶられ、若し、この父を安心させるために必要なら、この旅行を最後として、泉中との蕩と痴の関係を、清算してもいいような強い気持が起ってきた。

脩吉は夜更けと共に、サントリーの角瓶をのみ出したが、小和清水の水筒の水を、伊勢子の墓石へかけてきた一トくだりでは、ついにたまりかねたように、声を放って泣いた。

その水は残っているかと聞き、維子が水筒を出すと、酒好きがカラになった徳利をふり、残りの一滴を掌上に注いで、舐めるように、その水筒を逆様にして、僅かに五、六滴を掌上に載せて、さも甘《うま》そうに舐めた時は、維子も袂のはしで、目がしらを押えずにはいられなかった。

三時すぎ、維子が自分の居間へもどると、やや不手際に寝床が敷いてあった。父が母の代りに敷いてくれたのに違いない。母ならもっと手際よく敷く筈である。

「父のために、泉中と別れよう」

維子はもう一度、決心を新たにした。男親と一人娘の間にだけある生ま生ましい感傷が、再び涙をさそった。そして、ほんきで泉中と別れる気になっていた。それは猛弥の中傷や時子夫人の嫉妬に押されるのとは別に、脩吉という人のいい父の心配を解くためであった。

翌日、十時近くまで寝すごした維子が、茶の間で朝飯を食べていると、脩吉がはいってきて、今しがた大阪から、飛行機で着いた泉中と、その事務所で面会する段取りがついたと云った。

「彼の前で別れると云ってくれるだろうね」

「はい」

昼すぎ、まだ頭痛がすると云う母を置いて、父と二人、維子は、わが家を出た。その日は強い日照りで、バスの停留所まで維子は青いパラソルをさして歩いた。

――泉中の事務所は、お濠に架っているT橋を渡って、T淵へ抜ける手前にあった。脩吉も維子も、はじめての訪問だった。焼ビルを改修した粗末なビルではあったが、眺望もよければ、風通しもよかった。歩いたために、帯の下まで通した汗が、間もなく引っこんだ。暫く待たせて泉中が出てきた。

「あれから東京へ帰って、また大阪へいらッしゃったの」

「そうなんだ。君もとうとう、猫啼へ行ったそうじゃないか——宿望を果したね」

「伊勢叔母さまの霊をなぐさめに……多分、それは成功したわ」

「それで今日の御用は？」

「その留守に猛弥さんが録音と取材の出張で来て、父にあなたと私のことを、みんな喋べったものだから、父が心配して、はっきり否定してくれって云うの……あなたの前で、何ンでもないことを」

「何んだ、そんな用か。私はまた、猛弥と君の縁談がまとまった話かと思った——」

「とんでもないわ」

「とにかく脩吉さん。よけいな心配はしないでいいですよ。私はね、今でもあのとき、思いきって、伊勢子さんを細君に貰えばよかったと、そう思っている男ですよ。少し思慮分別が足りなかった。それで選択を誤った。悪いボールに手を出してしまった。今は、私も少しは練れてきた。維子さんと、時々旅行したって、別段心配なことはないだけになったつもりだ。脩吉さん。維子さんを決して悪いようにはしないから、私に任して下さらないか。実は明後日も亦、名古屋まで行かねばならない。それで、維子さんに、私の秘書として行ってもらいたいがどうでしょう」

「そんなお役に立ちますのでしょうか」

「維子さんなら、満点さ……そら、お父さんの許可が出た——」

「しかし……」父は、顔色を失った。

「まだ御異存がありますか。脩吉さん。私はあなたの代りにと思って、つウちゃんを秘書にしているんだ。はじめは、あなたにうちの文書課へ来て戴こうと思ったんだが、それには停年規程にひっかかるんでね。秘書だから、どこへでも連れてゆく。国内はむろんだが、アメリカへでも、ヨーロッパへでも……むろん部屋《ルーム》は別々にとるし、脩吉さんの心配なさるようなことは一つもないからね……それなら異議なしでしょう」

これは日頃から泉中の持説でもあった。情事を人に認めさせようとするから、無理がおこるのだ。いかように説得しても、泉中と維子の間の関係は、男と女の性の悪事であって、第三者の腑に落ちるものではない。第三者にとっては、情事は悪事の別称で、それをなまじい正当化しようとすると、世間の道徳と強い摩擦をおこしてしまう……。

「脩吉さん……つウちゃんを、預かった。伊勢子さんの分まで、二人分きっと責任もちますよ」

こうして話は、あっさり顚覆してしまった。昨夜から、あんなにいきまいていた父の抵抗は、気の毒なほど萎縮して、気のせいか急に年老いて見えるのだった。

それにしても、あんなに何度も決心して、泉中と別れる気で来た維子自身、泉中の一言で、さらりと決意を翻したのは、我れながら女の豹変も鮮やかな次第だった。何ンのかのと云いながら、眠ったあとの男の胸毛に鼻をつけ、その匂いをかぎ廻るほど好きな男と、どんな精神の対立や決裂があっても、閨《ねや》の未練のはげしさには、一トたまりもないのだろう。

帰り際、泉中は脩吉だけを廊下へ出し、維子を抱寄せると、長椅子の隅に押しつけながら、

「おい、誰が何ンと云っても、蹤いてくるんだよ。いいね……名古屋へは来るだろうな」

「名古屋はいや」

「では蒲郡《がまごおり》にしよう。蒲郡の常磐館で待っていてくれ。そんならいいだろう」

維子は首肯《うなず》いた。それから、

「あたしをこんなにしておいて、若し捨てたら、闇夜は一人じゃ歩けないわよ」

そんなことが、口をついて飛出したばかりでなく、匕首《どす》を抜いて、彼の心臓部を突刺す手真似をした。

「何に……たった今、別れる気で、親父なんか引っぱって来たくせに……どっちが君の本音なの」

「知らない」

畜生と云ったかと思うと、まるで若い男のような劇《はげ》しさで、彼は維子の襟元を掻きひろげるなり、乳房を吸った。

…………

やがて廊下へ出ると、父はしょんぼり、待っていた。日盛りの道へ出るなり、

「俺はダメだ。あの男の前へ出ると、まるで意気地がなくなってしまう……あの男には何があるンだろう……一体どういう価値が……」

と自問するように云った。維子は黙っていた。泉中に舌を鳴らして吸われた乳房の刺戟が、まだ体内に揺れのこり、それが思惟《しい》を茫《ぼ》ンやりさせていた。父に返事をするのも、もの憂かった。


——次の日から、泉中は公然と電話をかけて来た。父が取次いで、維子が出ると、自分は何時何分の何んという列車で立つから、そのあと一ト汽車おくれてくるようにとの差図があった。維子は、父や母が聞いているのを承知で、打合わせをした。

「なるべく早くいらッしゃってね……」

あんまり待たせると、どこかへ行ってしまうわよ、とも云った。そんな男女の密話を聞く両

親は、無抵抗だった。泉中には勝目がないと思うにつけて絶望的だが、どこまでも男が放さず、女にも未練がある以上、親の力など匹敵する筈もなかった。

只茫然と、蒲郡行の荷造りする維子を、傍観するしかないが、何を持ってゆこうかと訊かれれば、吾が子可愛さに、それよりはあれを持ってゆくがいいと、助言さえするありさまであった……。

雪と狐の遠景

1

海は、今しがた夕立があがったばかりであった。土砂降りのときは、海面いっぱい、雨に覆われて、渥美半島・知多半島や篠島の遠望がきかないだけでなく、常磐館のすぐ前の竹島さえ、見えなくなってしまう。――雲と雲のところどころに、青空が覗いて来た。景勝の地といわれる蒲郡でも、四季を通じて、夕立のあとの海と青空ほど、水際立った風景を見せるときはない。

維子はこの景色に見惚れていた。のろい汽車の窓から、窓外の景色を丹念に見ることの好きな彼女は、雨あがりの海の刻々に移り変る水の色の変化にも、見飽きることがなかった。泉中は、こういう景色を落着いて見たりする暇がないのだろう。旅に出て、海や山を見る機会があっても、少しでも休息を欲する彼は、故意に海や山に目をふさいで、瞑想にふけっていたりすることが多い。彼のみでなく、多忙を人間の繁栄のように思っているこの頃の人は、落着いて海や山を眺めるのを、冗《むだ》ごとだというかも知れない。

――別室でこの地方の有力者と対談していた泉中は、やがて黒光りする階段を上って来た。

「脩吉さんに、豊橋のちくわを送らせておいたよ」

「あら、そんなことなさらないでもいいのに……」

「少々ご機嫌をとり結んでおかないとね」

「いろいろと気を遣わせるわね。相すみません」

「この間は、いよいよ開き直って、文句をつけに来たのかと思ったら、脩吉さん、案外おとなしく帰ったけれど、あれは猫をかぶっているのだろうね」

「お父さんはあなたの前に出ると、まるでだらしがなくなってしまうらしいわ……あの男には何があるんだろうって」

「あの男なんて云うのか。いつもは先生とでも、閣下とでも云いたそうな顔をしているのに……まア仕方がない。親とすれば然《しか》らんだ――」

「すっかり嫌いになったンでしょう」

「私は脩吉さんを憎めない人だと思うが、向うでは、私を極悪人と思っているのだろう……妹と娘をたぶらかしたのだからな……それに対する罰金が支払われてもいない。そいつが業腹《ごうはら》なのだ。この間見えたときだって、悲愴な決意を蔵していたのさ。私が高飛車に出たから、何ンにも云わずに帰ったけれども……」

「まさに尻ッぽ捲いてね……あなたが強引に、あたしを押倒している間、父は廊下で待っていたのよ……苦い顔して……」

「それだけに、私は心苦しく思ってるさ。いくら極悪人と云われても――」

「そうも云っていませんよ」

「然し、それに近い表現はしているだろう。隠しなさんな」

「隠してなんかいないわ」

しかし、維子はまだ、父との相談をありのまま、泉中に告げる勇気がなかった。が、泉中の想像は的中している。たしかに出かける前の晩、親子は、泉中との絶縁を認め合い、彼の前で、はっきり別れ話をする約束が出来ていたのである。それが会って見ると、別れ話のワの字も出ないでしまったばかりか、泉中の強硬戦術が成功して、こんどの蒲郡行が決ってしまった……。

「あなたがあんまり強引なんで、二の矢が継げなかったンですよ……大体が喧嘩は弱いほうだもの」

「そんなことはあるもんか。あの理屈の多いI県で、内政部の役人から図書館長へ出世した人じゃないか。芯はベラ棒に強いのだ。今頃、二人の離間策を練っているところだろう。お袋さんと額をあつめてね……」

「そんなに、悪意のない人よ」

と、やはり維子は、父のために弁護したかった。同時に胸がいっぱいになった。泉中に悪《あ》しざまに云われると、世にも父が哀れに思われてならないのである。

女中が夕飯を運んで来たので、二人は涼廊から座敷へ戻った。まず一杯と猪口をさす。それを口に運びながら、維子の目はまだ海面の色の変化に奪われていた。

「もう一つ訊きたいことがあるンだが」

「何ンでしょう」

「伊勢子に、私以外の男が、もう一人いたんじゃないかという気がしている」

「あらイヤだ。叔母さまに限って、まさか……疑ってるの、あなたは」

「いや、その男の正体はわからない。遂に今までわからないのだよ」

「あなたの鋭さを以てしても?」

泉中の語るところによると、時子夫人の妹で、その頃はまだ芸者に出ていた三郎丸というのが、水天宮近くの喫茶店で、同じ置屋の丸抱えや見習さんと一緒に珈琲《コーヒー》をのんでいると、そこへ伊勢子が知らない男と入って来て、一度テーブルについたのに、すぐ立って、そそくさと店を出て行ったそうである。しかも、最初入って来たとき、伊勢子の手が背ろへ廻されていて、そこで男の手を握っていたか、或いは、その手を更に男の腰のほうへ廻していたようにも見えたそうだ。三郎丸のほうでは、伊勢子の顔を知っていたが、伊勢子は彼女を知らない筈であるけれど、それこそ虫が知らすのか、たしかに三郎丸たちの存在を気にして、一度着席したのに、また立って行ったとしか思われない。臭いと睨んだ三郎丸が、その店を飛び出して行ってみると、甘酒横丁のほうへ曲って行く伊勢子の手が、やはり男の腰から下へ廻されているのが目についたそうだ。肩と肩の密着も普通の男女の程度を越しているように思われたという。

「時間的関係を云うと、その少し前に私の車から京橋の角で降りている。とすると、既に前から男に逢う約束は出来ていたンだ」

「まさかその男がお父さんだったンじゃないでしょうね」

「一晩伊勢子を責めてみたけれど、どうしても云わない。脩吉さんならかくすことはあるまい。笑って話が出来るだろう」

「叔母さまにも、そういう強情なところがあったのかしら」

「あるとも……私みたいに、不利益なことでも何ンでもチョロッカ、チョロッカと、喋べってしまうことはない。自分にとって、利益のないことは、絶対口を緘《と》じる。これは伊勢子に限らないさ。女一般の特徴だよ」

「女って、それでは愛す可からざるものみたいね」

——酒が廻るうち、もう一つの疑問が出た。伊勢子が水郡線に乗って、はじめて久慈郡と東白川郡との郡境の山々を越して、沿線の温泉へ出かける少し前、麴町のアパートに住んでいたことがある。泉中はそのアパートで、二、三遍変な電話に出た。むろん普通の間違い電話がかかって来た場合も、先方がこちらの声を聞いただけで、若し間違ったかなと思えば、すみませんも何もなしに、ガチャリと切ることはある。然し、変な電話だというのは、こっちに、モシモシ、モシモシを散々云わせておいて、まるでその声を吟味している風に、向うは黙って、しばらく聞いてから、ガチャリと切るのである。

「あれは不愉快なものだ」

　泉中はその当時を思い出すだけでも、不愉快そうだった。

　その頃、伊勢子は二つのキイのうち、一つは自分が持ち、一つは泉中に渡してあったので、彼は伊勢子の留守中でも、勝手に入室することが出来たのである。女のいない女の部屋に、ごろんと寝ころがって、手あたり次第に雑誌を読んだり、机や簞笥の抽斗をあけてみたりするのは悪くないものだ。男には無関心なものが異常な熱心さで、大切にしまってあったりする。只、あとから男が見たことを、絶対に気取《けど》られないように注意する必要がある。抽斗の中をかき廻すようなことは、避けなければならない。ビニールなどの中に入っているものを、あけて見て、再びもと通りに包みなおすことは、なかなか難かしい。そのかくし方が、余りに大仰なので、どんな大切なもの——またはイヤらしいもの、いけすかないもの、苦々しいものなどが入っているのではないかと心を刺戟されるのが、あけて見ると、実に他愛のないもの、とりとめないもの、笑い出したくなるようなものなどが入っていて、今更ながら女心のいとしさを思いはかることが出来る。泉中は、そういうアテものから女の秘密を嗅ぎ出そうという目的ではない。男の知らないどんなものを女は愛し、どんなものを大切に秘蔵するか、それが知りたいだけである。恐らく、そのつまらない栞とかブローチとかは、死んだ同級生の形見であったり、好きな人から貰ったものであったりするのだろう――泉中も、そのしまい方が余程手慣れているとみえて、女の抽斗や小筐《こばこ》の中をあけて見たことが、一度も発覚しなかった。

――そのとき、ジリジリ、とベルが鳴った。しばらく鳴るにまかせておいた。鳴りやめば、それで出ないつもりだった。最初から疑っていたわけではない。いつまでも鳴りやまないので、正直なところ、面倒くさいと思いながら、受話器をとりあげたのである。

向うはたしかに、私の声で何かをキャッチしようとしているのだ。私は慄然とした。あの電話の主こそ、水天宮の喫茶店へ伊勢子と一緒に入って来た男にちがいないと思った。お互いに黙って対峙するうちに、電話は切れた。

――二度目は伊勢子がいた時だそうだ。彼女は台所で、鯵のフライをあげていた。料理となると一心不乱で、それに手が油で穢《よご》れているから、ベルが鳴ったとき、

「すみません……出てみて頂戴」

と、紋哉にたのんだ。彼は炬燵にはいって、腹匍いになっていたが、手を伸ばして受話器をとった。

「モシモシ――」

返事がないので、更にまた高く声をはったが、この前と同じように、沈黙戦術である。憤然とした泉中は、

「おい、黙ってないで、何ンとか云え……そんな神経戦を挑んでも、へこたれないぞ……誰だ、キ様は……」

「………」

「名告《なの》れ、卑怯者――」

と呶鳴りつづける間、伊勢子はフライパンをおろしたまま、やはり無言で棒立ちになっていた――。

「それが少し、おかしいわね」

「そうだろう。私がそんなに、我鳴《がな》り立てているのだから、伊勢子だって、何んとか云ったらいいじゃないか」

「吃驚して、声がつまったンじゃアないでしょうか」

「つウちゃんは伊勢子贔屓だから、そういって善意に解するがね……私はそのとき、怪電話の主を伊勢子も知っていると睨んだのだ」

「そのうち、ガチャリなの……やっぱり」

「散々私を亢奮させておいて……あれで三分位、黙って聞いていやアがってから、ガチャンだ。そのあと味の悪さったら、ありゃアしない……」

「ご尤《もつと》もだわ」

「とうとう、それでこじれて、私は折角の鯵のフライに箸もつけなかった。どうしても伊勢子は知らないと云うんだ」

「変ね……」

そのとき、伊勢子は最近誰かが自分を調査しているらしいから、そういう探偵社あたりの電話だろうと云った。それを泉中が反論して、喧嘩になったのである。

「伊勢子が猫啼で死ぬとき、傍にその男がいたかどうか——これも今となっては永遠の謎だ」

この問題も、維子ははじめて聞く。それだけに、重要性もあれば刺戟も強かった。

「すべては九谷脩吉一人の手で処置された。伊勢子の死の秘密は、脩吉さん以外、誰も知らないンだ……こんどつウちゃんが猫啼へ行ってきて、何か新しい発見があったかが問題だが……」

「ナッシング——」

「ほらね……親父が全部、証拠らしいものを消しちゃったンだ……親父だけが知っていることがあるとおもう」

「あのとき、あたしは十七だったわ……叔母さまは元将校の深尾さんと結婚するつもりだったのよ……あたしが、紋哉さんはどうするのッて訊いたら、悪魔のことなんてもう知らない。紋哉なんて、悪い男の標本よ。叔母さんはバカだから、あんな人に騙されたけれど、つウちゃんは絶対に、ああいう男には近寄らないことよッて……叔母さまに厳重に釘をさされたわよ……」

「深尾中尉が怒ったそうだね」

「怒りもしましょうよ。結納の日取もきまり、仲人さんにも頼んだあとだもの……でも父が白河の焼場でお骨にして帰ってきたのを、あたしと深尾さんが上野の駅まで出迎えたとき、深尾さんは男のくせに、みっともない程、泣いたものよ。遺書は反故紙一つないし、薬も死ぬために嚥んだのか、それとも不眠なので、段々にふやすうちに、致死量に達したものか、それもよくわからないって……父の報告でしたわ」

「ほんとに薬で死んだのか。評判では、水郡線へ飛びこんだのだとも聞いたが……」

「そんなことはないと思うけれど、そのとき、誰より先にジープが来て、現場の写真を何枚もとったし、医者が来て検屍するのに、M・Pが傍にいて、叔母さまを全裸《まるツぱだか》にしたそうよ。死者に対する尊厳も何もない。父が見るに見かねて、部屋を出ようとしたら、大きな靴のまま、座敷へ上っている大男が、お前はこの女の良人か、良人なら立合うのが義務だって云ったから、父は良人じゃない。血を分けた兄妹だと云うと、では外へ出ていろと廊下へ押出したンですって……あの頃のM・Pは、傍若無人だったわ。でも、彼らの撮した写真を見れば、伊勢叔母さまが、薬で死んだか、それとも水郡線へ飛びこんだかは、一目瞭然でしょう」

「それどころか、私はあれが心中じゃなかったかとさえ思ってるンだ」

「心中?」

「そうだよ。水天宮の喫茶店で逢ったり、怪電話を掛けてきたりした男とだ……そいつと、猫啼へ行って、無理に薬を嚥まされたンじゃアないか」

「それでは無理心中じゃありませんか」

「そうだよ……伊勢子は死にたくなかったンじゃないのか。遺書がないのが、それを証明している」

然し維子は思い出した。何一つ伊勢子が云わずに、死んだのは、それが死ぬ者の正しさである。死後に何かツベコベ云い残そうとするのは、ペテン師の死だとまで脩吉が云っていたのを。

——既に海面はとっぷり暮れて、遠い篠島や近い竹島の影も、鳥居もろとも宵闇に呑まれていた。

2

夕立の余波か、その夜は少し浪が立ち、渚うつ音が蚊帳の中まで響いた。

「それもあるけれど、若し伊勢叔母さまに、そんな影のような男がいたとすると、あたし、ずっと気が楽よ……今までは、あなたに抱かれるたびに、叔母さまに悪いことをすると思って、気が退けて、気が退けて……この光景を、夜見《よみ》の国で、叔母さまが見ていらッしゃるんじゃないか。そう思うと、矢庭にあなたから逃げたいという気がしてくる……」

維子はわざと、夜見の国などと云って、ちょっと泉中をまごつかせるのが好きだった――。

「そんな気をおこさないで、いつまでも蹤いてきてくれよ……今、つウ子に逃げられたら、私は挫折だ」

「信じられないわ。すぐ、おあとが控えてるンでしょ。でも、あたし、蹤いていく気よ……どこまでも……離さないでね」

「離すものか。逃げても追いかける。君に伊勢子の二の舞はさせない」

「ホラまた、伊勢子が出た――」

さっきから、二人の話というと、何度話題を変えても、またそこへ落ちてゆくので、今夜は伊勢子を禁句にしようと約束したのだが、それは簡単に破られてしまう……。

「実は前々から、相談しようと思っていたんだが、君、両親と別にアパートへ入る気はないのか……」

という話になった。

「アパート?」

「いやか」

「いやじゃないけれど……その必要あるの? こうして逢ってりゃ、いいじゃないの。一世帯もつとなると、大袈裟よ」

「それもそうだが……脩吉さんに、邪魔されそうな気がするんだ。何ンのかのってね。私の味方とは云いきれない。となると、その中へ、君を置いておくことは、頗《すこぶ》る心配なのだよ……」

「そんなに心配しないで大丈夫……つまり、あたしが親の襟にくっつかなければいいンでしょう」

「いくら、そういう意識があっても、長い毎日ではね……脩吉さんとすれば、チクリチクリと注射するさ……伊勢子のときよりは、手廻しもいいし、経験者でもある……それより、世帯を別にして、電話一本で連絡がつくところに住んでもらいたい」

「あなたがどうしても、そうするのがいいって仰有れば、あたしは命令通りにします」

「私は、つウちゃんのほうで、それを望んでいるかと思ったが——」

「あなたを狙っている世間の目を心配するのよ。それに負担も多くなるでしょう」

「そりゃアそうだな。今までのように、お小遣ってわけにはいかないから、毎月の暮しを見て上げることになる。どの位、欲しいか」

「そんなこと急に云われても、すぐ返事ができないけれど、実は今までのやり方は、あんまり好きじゃなかった」

「そうか。そんならそうと早く云えばいいのに……私のほうは、前からそうしたかったのだ」

「でも、今までのほうが、便利で安易《イージー》で、男の人には、トクではないの」

「代りに、いつ逃げられるかも知れないからね。二ついいことはないものだ」

「ほんとね。つまり、いよいよ、お金であたしが縛られるという段取りね」

「縛られると考えるの？　つウちゃんでも……」

「では、どう考えたらいい？」

「愛の束縛と考えてくれよ。完全に愛されるために、必要な金という風に」

「………」

泉中の口説《くぜつ》はこのように、なかなかうまいと、維子は思った。実際は金で縛るのだが、そうは云わない、愛で縛る。そのために必要な金だという。

維子は、そんなことはどっちでもいい。只、そうなったと聞いたら、父も母も、どんなに嘆くだろう。恐らく自分の娘が、妻子のある男の愛人になることほど、親にとって、悲しく辛いことはあるまい。

「わたしは維子を、そんな女にするために育てたンじゃありません」

と云って、母は泣き叫ぶだろう。母に泣かれると父は弱いから、維子が別世帯になることには、大反対するにきまっている。その騒ぎを想うと、この話に飛びつくわけにもいかなかった。

「どうだ、いやか」

と促されて、宿題にして——と云った。泉中とすれば、宿題もいいが、親子三人で考えこんだあげ句は、否定的な線が出るにきまっている。それより、宿題などと云わず、ここで維子が承知して、親たちを説得するほうが、まだしも脈があると考える。

「それで、時子さんとはどうなるの」

「時子は寄せつけない」

「何遍聞いたかしれないわ。伊勢叔母さま以来の台詞じゃありませんか。狡いわ。親父が憤るのも、そこですよ」

と、維子は端的に云った。ここで、よく話合わずに、泉中のするままに、何から何まで許してしまったのが、伊勢子の縮尻《しくじり》である。

「寄せつけない人を、なぜ、おくさんにしておかなければいけないの?」

「離婚訴訟は、面倒なのだ。今それをやれば、反対党の好餌《こうじ》となる——」

「伝家の宝刀が出た。それを云われりゃ、女はグウの音も出ません」

「然し、私の息のかかっている者には、そこまで考えて貰わないと、とてもこの世の中を切りぬけてはいけないのだ」

泉中はしんみり云ったが、恐らく、彼は天下に名前をあげようという野望のために、公然と、時子夫人との離婚を実行するわけにはいかないという意味を、反覆して説得させたいのだろう。

「少し、頭を冷やしてくるわ」

維子は蚊帳をまくって、涼廊のほうへ逃れた。海の彼方に、晩《おそ》い月の出が、望まれた。

さっきまで、下の座敷で土地の芸者が「桑名の殿様」を唄っていたのが、いつのまにか宴果てて、ひっそり閑《かん》としている。

月がなか空にかかると、竹島の半分が光りだした。夕立があがったあとの汀《みぎわ》も美しいが、皎々《こうこう》たる月光を浴びた島と岬のシルエットもすばらしい。

「どうした」

と、浴衣に巻帯の泉中が、涼廊へ出てきた。

「一人にしておいて……もう少し……」

「まア、いいじゃないか」

「でも、あたしにとっては大問題よ……あなたには、お金の出し方だけのことだろうけれど……」

泉中は無言で維子の両手をとって、自分が腰かけているイスのほうへ引寄せた。

「――浪の音が大分してきたわ」

「浪の音なんぞ、耳へ入らない」

「ほんと」

「いい年をして、こんなに惚れているのが、君にはわからないのか。去年の秋の、音戸山時分より、比較にならないほど、つウちゃんを愛している。それはわかるだろう」

「でも、あのときだって、あたしが云うこと諾いたら、時子とは別れるって明言なすったくせに――」

「あの時、君のペディキュアした桜貝のような足指の爪に、一本一本、額ずいてベゼしたっけな」

「あれ以来、話の内容は一歩も発展していませんよ」

然し、維子のほうも、あの夜示した自分の慕情と熱中は、はるかに利害の観念を越えていたとも云える。若し泉中が嘘を云って、いつまでも時子夫人を離別しなければ、そのときは仕方がない。自分の位置は、側女《そばめ》であるが、側女でもいいから、彼の云う通りになろうと思った。そう思えばこそ、腰にまいたバスタウルを屑《いさぎよ》く脱ぎすてて、ベッドの中へもぐりこみ、泉中を待ったのではなかったか。

——維子はあの晩のことを思うと、すぐ刺戟に負けてくるのだった。

「はいりましょう、蚊帳へ」

さっきは半分だった竹島が、殆ど全島を月下に青く光らせていた。維子はオペラの豪奢な舞台背景を見るような眺めにも未練があったが、泉中の技巧も欲しくなっていた。春の水が、とろとろ、胸の奥の髄から、こぼれ出し、押えれば押えるほど、指の尖まで、濡れてしまいそうである。

蚊帳へはいると、泉中は再び劇しく維子を愛したが、ふと、顔をはなすなり、

「おい、阿魔っ子——オレに、唾をひっかけろ」

と叫んだ。それも彼の面上へ、思いきりパアッと、沢山に唾液を吐きかけろと云うのである。維子はベゼとかペッティングとかについては、映画や雑誌で教えられてきたが、今夜の泉中の要求は、あまりに異常で、曾て聞いたこともない。

「イヤよ、そんな——」

「イヤなんて云うなよ」

「だって……困るわ」

「誰もしないことを、なぜ、してはいけないのだ。かまわないじゃないか。二人だけの秘密があったっていいじゃないか。あるいは独創が――」

「そんな独創は、いけませんよ」

「人のやらないことをやるのが、そんなにいけないことか。そう思うことが、おかしいじゃないか。どんなことにも、工夫は必要なのだ。人生には、工夫をすれば、もっともっと愉しいことがあると思う」

「………」

「どうしても、いやなのか。そんなこと云わないで、オレの顔を、流しか唾吐きの壺だと思ってな、やってごらん。人間の顔だと思うから、怯《ひる》むのだ。さア、お吐き――私はそういう目にあいたいのだ。遭ってみたいのだ」

と、まるで囈言《うわごと》のように云った。然し維子は、そんなマゾヒズムのようなことは、真ッ平だと云って、承知しない。しまいには、彼は起上って坐り直し、頭を下げて頼む始末だったが、とうとう維子は、いやの一点ばりで押し通してしまったのである。

3

翌朝、海は曇っていた。晴れた日にはよく見える半島の山影も、今日はうすがすれて、雲とも岬とも、区別がつかない。泉中は名古屋で講演をたのまれていて、迎えの車がくる手筈になっていた。彼は朝飯前に、竹島まで行こうと云った。維子は五体がもの憂くて、歩くのが億劫だったが、

「そんなら、私もよす」

と云われたので、支那服に着かえた。母が持って行けと云った通りにしたのが、役に立った。

「へえ。こりゃアよく似合う」

泉中は目を細くした。

「時々、気が向けば着るの……でもこれはおニューよ。伊勢叔母さまも洋服は着ないけれど、支那服は似合ったわよ」

「見たことがない」

「あら……そうかしらね……外側の腿が割れて見えるのが気恥かしいって、ここまで縫合わしていらッしゃったわ」

「つウちゃんのは縫ってないから、えらく色ッぽいぞ」

「そんなところばかり気にしないで、全体を見てよ」

「すばらしい」

ところが、さア大変、肝腎の靴を忘れてきたというので、では宿の下駄を借りて行け——それじゃアぶちこわしだわ。脱ぎましょうか——かまうもんか。下駄でいい、下駄でいい。どうせ、前の竹島まで、石橋を渡るだけだ——でも羞かしいじゃない——まだ早いし、誰も見ていない。よしんば見ていたところで、宿の丹前に細帯で歩いている女もいるじゃないか。あのほうが、よっぽど羞かしい恰好だ……支那服に下駄位、何ンでもないさ——そうかしらん、そんならそうする。という一コマがあって、泉中はノーネクタイでつきあって、二人は朝の宿を出た。橋までの砂道を降りて行くうち、沖にはヨットが三艘、帆に朝風を孕み、島と島の間には、モーターボートがけたたましいエンジンの音を立てて走りすぎた。

橋のたもとで、泉中はカメラに、維子のすがたをおさめた。

「足は写さないでね」

まだ、支那服と下駄にこだわっていた。然し、いかつい下駄に、不似合なほどの美しい足だった。

長い石の橋を渡ってゆくと、竹島には八百富神社が祀ってあった。その道々も、泉中はいろんな話題を出したが、もう一晩、泊ろうとは云わなかった。

「——脩吉さんが何と云おうとも、私にあくまで蹤いて来るには、今までのように何も彼も両親に泣き話を云ったり、云わずもがなのことまで喋べるのが一番いけない」

そう云われると、大小洩らさず、よく喋べったと思った。母が聞き上手で、

「それで？　それで？」

と、うまく聞き出すものだから、つい要らざることまで、ベラベラお喋べりをしてしまったのである。泉中の美点をあげることよりも、欠点を論じることのほうが多い。それに泉中を褒めれば、惚話になり、父も母もあまりいい顔はしない。ところが、泉中を非難すれば、忽ち両親の機嫌がよくなる。

「そら見ろ、だから云わないこっちゃない」

父のきまり文句である。

だからつい維子としても、褒めるよりも、貶《けな》すことになる。

泉中はその光景を見ていないのに、悉《ことごと》く読んでいて、維子が親に告げ口をしすぎるのだという忠告は、肯綮《こうけい》に当っている。

泉中の考えでは、脩吉と彼は根本的に利害を異にしているのだから、永遠の平行線であり、維子が少しでも愚痴ったり、彼を裏切るような口吻があれば、脩吉は得たりかしこしと娘を離反させるにちがいない。その点では、罰としてたとえいかに高額の金を積んでも、脩吉夫婦を根本的に説得することは不可能である。

「脩吉さんたちは青森へ向っているし、私は博多に向っているのだから、実に妥協しにくいも

のがある――その上、あの人は、図書館長なぞやって、金銭を超越する振りをされる……率直に云うと、金の有難味を解さない風がある。私はそれを尊敬しているのだ。決して、当てっこすりや、お座なりを云ってるのじゃない。人間の有難味は別としても、金の有難味のわからない人は、実に弱る。つウちゃんに頼むのはそこだ。脩吉さんを説得するのは、難かしいから、いざというときは、単独に行動して欲しいんだ」

――二人は社殿に向って参拝をすますと、再び島をめぐって、もとの鳥居のところへ戻って来た。単車を走らせて来たジャンパーの男と、その背ろに豹くっついていたスカーフを巻いた女とが、鳥居のそばにその単車を転がすように置いて、神社の横の雑木の茂みのほうへ入って行くうしろ姿が見えた……。

「普通の人は恋人のことなんか両親には云わないものなのかしら」

「つウちゃんは一人娘で、甘ったれで、ちょっと風邪をひいても大騒ぎをして育ったンだろう。トゲを刺しても、お父ちゃんじゃなかったのか」

「そうかも知れないわ……痛くもないのに、すぐ痛いって云うと、みんなが心配するんで、それが得意だったかも知れないわ」

維子は悪びれずに云った。この頃でこそ、

「痛い」

が、少なくなったけれど、昔は草履をすべらしても、袂が風に翻っても、

「痛い――」

と、大袈裟を云って、しまいには笑われたものである。そのデンで、泉中が親には云いなさんなと云うことでも、こうしたの、ああしたの、喧嘩したの、撲《ぶ》たれたの、泣かされたのと、全部親に喋べっていたことは、なるほど失敗であった。それを聞かされれば、脩吉はやっぱり面白くないのだろう。すぐ、コン畜生と思うのだろう。大事な娘を、台なしにしやがった上に、碌素法金《ろくすっぽう》も出さないでひっぱり廻して、いろいろ勤めさせたあげ句、叱ったり、ドヤしたり、目が腫れ上るほど泣かしたり、勝手なことをするのがいかにも業腹で耐えられないにちがいない。

――宿へ帰ると、名古屋から迎えの車が着いていた。維子は彼がネクタイを締めるのを手伝いながら、

「もう絶対に親には何ンにも云いませんから、安心して名古屋へ行ってらっしゃい――あたしの利害を、あなたの利害に一致させればいいんでしょう……今までたしかに悪かったわ……」

そう云うと、彼は安心したのか、小さい溜息を洩らしたが、次の間で女中が脱いだものを片付けているのもかまわず、維子の顔を両手に挟んで、頬や唇に口づけの雨を降らせるのであった。

「玄関まで送らないほうがいいでしょう」

「そうだな、誰が迎えの車に乗って来ているかも知れないから」

「あなたが立ったあと、帰ってもいいのね」

「帳場に切符をたのんでおいた」

「今夜はこっちへはお帰りにならないの」

「ここへは帰らない」

そうは答えたが、ではどこへ行くとも云わなかった。維子もそれは訊かなかった。

4

泉中が出て行ってしまうと、支那服を白地の塩沢お召に着かえた維子は、一度御油《ごゆ》まで出て、そこから豊川稲荷へ向った。稲荷といっても神仏混淆で、実は豊川閣妙厳寺という曹洞宗のお寺なのだ。その鎮守様のお姿が白狐にまたがっているから、そう呼ばれているのだそうである。何しろ商売繁昌の御利益があるというのだから、信者の数が全国にわたっている。稲荷に狐はつきものだから、境内至る所に狐の石像が置いてあり、しかもその首に赤いきれの首掛けをかけているのがいかにもなまなましく見えて、まるで生きた狐が飛んでいるような錯覚を与えられる。維子は本殿から法堂《はっとう》、弘法堂、参籠堂、大鐘楼、大黒天堂などを廻って歩き、山門や唐門をくぐったが、興味は境内至る所にある狐の石像に惹かれた。狐と狐の飛び交う間を歩いていると、その一匹にたぶらかされて、現《うつ》し心もなく、薄暗い寺の敷地をさまよい歩いているような気がして来る。ぐるぐる廻るうち、またもとの狐に会うのか、何匹も何匹も、狐が飛んでいるようで、だんだんにその数がふえて来る。しまいには群をなした狐の中にまじって、境内をあてどもなく歩いているような気がする。なかなか顔もよく彫ってあって、ふと視線をあげると、狐の目がじっとこちらを見ている感じもする。

どの位歩いたろう。

維子はくたびれて、クタクタになった。狐に化かされて野山を引廻されるときも、こんなだろう。いつの間にか、景雲門をくぐり、杉と檜の長々と続く植林の間を抜けて、再び奥の院の参道を渡った。ますます薄暗いその拝殿の前の狐の像の下に佇んでいると、奥の院から引返して来た男が、ひょっと立止って維子を見た。

維子は何者とも判じ難く、なるべく視線を逸らしていると、向うでは維子と見定めたかツカツカと寄って来た。

維子は、狐のそばを離れ、反対側に出ようとすると、

「九谷はん……」

と呼びかけられた。ふりむいてよく見ると、京都旅行の時、諸事世話役をつとめた鈴江堂と

いう道具屋の主人だった。

「ほりゃお珍しい……あの折は仰山引ッ張り廻して、えらいすみまへんどした。折角お馴染はんにしてもろうたに、あんまりご無沙汰しましたさかい、お見それされはったとちがいまっか。ほんまに豊川はんでお目にかかるって、思いもよらんことだす。一年前よりまたお美しゅうなられましたな。九谷はんのような、あんじょう、インテリのお嬢はんでも、豊川稲荷をご信心かいな」

と、彼はひと息に云った。

「あら、鈴江堂さんでしたの。ごめんなさい。あの節は大変お世話になりました。あたしはまた全然知らない方に声をかけられたのかと思って、びっくりしましたわ。折角の旅情がフイになるのもいやだと思って、逃げる工夫をしましたの」

「相変らず口の悪いお嬢はんやな……」

「豊川稲荷は東海道の名所だから寄ってみたの……信心なんて、アホらしい」

「まずそうでッしゃろな。赤い首掛のお狐はんの信心なら、うちらに任してもらわんと、あきまへんな……今日は大将の講演、名古屋でありますの、御存じかいな」

「大将って？」

「泉中先生の獅子吼《ししく》だす。ほんまにご存知ないのか」

「うち、何ンにも知らん」

維子は故意に、少し訛って云った。

「私は一ト目見たとき、昨夜はどこぞで大将と一緒やったろな、想像しました。この近くやったら蒲郡の常磐館か、それとも名古屋の八勝館やろか。まずその辺だっしゃろ……どうや、ピーンと来ましたがな」

「鈴江堂さん、誤解しないで頂戴よ。泉中さんには、あのときの京都旅行だけのおつき合いですよ。時子奥さまだって存じ上げているのに……先生とはこの頃、滅多にお目にもかからないのよ」

「さよか、ほれやったら、偶然ちゅうもんかいな……維子はんはどこぞのお帰りにお稲荷はんにご参詣、私かて一人でお詣り。今、千本のぼりを五本あげて来たところどす。大将は目と鼻の名古屋で講演しなはる……」

「ほんまに、けったいどすな」

維子は冗談を云ったが、一歩踏み込んで、

「鈴江堂さんは、先生の今夜のお宿をご存知ですか」

「今夜はたぶん桑名とちがいまっか。さきほど講演会場に秘書の谷口はんがいやはりまして、講演のあと名鉄のパーティーへ顔を出し、それから桑名の船津屋までハイヤーたのんでおく云うていましたさかい、きっと桑名で主だった陣笠集めはって、次期の政変に備えて対策を練るのやろ、思います。私もご機嫌さん伺いに、今夜寄せてもらいまほ」

「それじゃア時子奥さまもご一緒なのかしら、今夜は」

「大将のことだから、陣笠集めるときは、きまって奥さんをお呼びはるよって、よくは知らんが、つばめで名古屋へ来られるとちがいまっか」

維子は、少し膝がふるえた。そんな話は昨日も今日も、けぶりにも出さなかったではないか。昨夜あんなに自分を愛してくれた泉中が、今夜はもう相手を変える。たった一日でも一人ではいられない。だからこそ今夜もう一晩泊っていいとは云わなかったのである。講演がすんだら、蒲郡へ帰って来られないわけがないのに、そういう先約のスケジュールがあるので、維子を疎外するよりほかはなかったのだろう。さっきも云う通り、奥の院の拝殿の前は、特に木立が高くて薄暗かったからよかったが、そうでなければ、一瞬維子の顔から血の気が引いたのを、鈴江堂に見破られていたかも知れない。

然し、維子が出し抜かれたと等しい分量で、時子のほうも騙されている。昨夜常磐館で維子と寝たことを、時子は知らないだろう。時子はただ夫の呼ぶままに、スーツケースに手廻りの品を詰め合せ、いそいそとして今朝のつばめに乗ったのではないか。

泉中の世渡りは、いつもこのデンで、七変化のように次から次へと移って行く。

維子と鈴江堂は、奥の院から本殿へ戻る裏参道を歩き出した。今立てたばかりの鈴江堂ののぼりを見せてもらった。数万本と立ち並ぶのぼりの数は、盛観をきわめ、その中には東京や京都の有名な料亭の名も書いてあった。いずれも商売繁昌、千客万来を祈るしるしと見える。

「時奥さんのもどこぞにある筈や……」

鈴江堂がさがし廻ったが、見当らなかった。

「鈴江堂さんにたのみます。今日、あたしとここで会ったこと、先生には黙っていて頂戴ね……指切りしてくれる?」

「有難いね。そんなことで、維子さんのお手々に触れてもええなら……絶対に口外無用や、心得た」

——二人はそこで指切りして別れたが、鈴江堂がその場限りの約束を、守る道理のないことは、維子にもわかっていた。第一、鈴江堂は、いくら維子が否定したにせよ、直観したことを、自ら破棄することはない。恐らく、維子が一人でこんなところにいるからは、昨夜蒲郡あたりで、泉中と寝て、今朝別れてきたばかりのところを、鈴江堂に見つかって、逃げようとしたが、逃げ損ったと見る目に狂いはないと自信たっぷりなのである。

維子は腹立たしいけれど、今夜の宿を聞き出しただけが白星と観念して、豊橋の駅まではバスを利用した。

5

昨夜常磐館で維子と寝たのに、今日は船津屋で、時子夫人をまじえた家の子郎党会議を開く——その内容は、恐らく次の内閣改造の際、同じ派閥の中で、最も呼び声が高く、既に新聞紙上の組閣予想リストの中にも挙げられている某々を、いかにして厚相、或いは労相の椅子から、蹴落すかの密謀を練るにちがいない。政治家にとっては、組閣の人事ほど血眼になるものはないから、既に政変気構えの濃い今夜あたりは、さぞかし一同亢奮の色をかくせないだろう。そういう時に、才はじけた時子夫人の演じる役割は軽くない。家の子郎党たちも、泉中になくてはならぬ女軍師として、結構ゴマをするし、彼女も政治性を発揮して、このときとばかり、わがもの顔に振舞うのだろう。

然し、これだけは、父の脩吉には、隠しておこう。蒲郡の一夜は、月が佳《よ》くて、海はまるで湖水のように静かだったと、報告しておけばいい。維子が常磐館で、泉中を送り出した頃、桑名で泉中とその一党に逢うべく時子夫人が特急で東京駅を立ったと云ったら、忽ち脩吉は絶望するだろう。維子は泉中との超自然な愛慾に耐えていくつもりでも、父はとても耐えられないだろう。

豊橋駅で、維子は岐路に迷った。今夜桑名にいることが確実である以上、その場へ訪ねて行って、時子夫人に対決し、一か八かをきめるのも悪くはない。いかに面の皮が千枚張りの泉中でも、維子の不意討ちに対しては度胆を抜かれるだろう。一挙にして終局を告げることが出来るかも知れない。

維子は、一度は名古屋までの乗車券を買った。桑名へは、名古屋からハイヤーで約四十分、伊勢大橋を渡ればすぐだそうである。然し、維子はいよいよ改札がはじまろうというとき、その乗車券を精算所でキャンセルした。

間もなく上り急行の改札がはじまった。

——堅く心に禁断を持って、維子が東京の家へもどったのは、その晩、九時をすぎていた。父の書斎へあがってゆくと、一緒にテレビを見ていた母が、

「ああ、よかった——帰ってきてくれて……」

と、維子の両手を握って振った。

「帰って来ないとでも思っていたの?」

「どこか遠くへ、紋哉さんに連れていかれちゃうンじゃないかと思ってたわ」

「お母さんもノイローゼだな……あの人、二日とは、あたしを連れて歩けないのよ。一人の女では、すぐ飽きちゃうの……もっとも、あたしも二日目には、飽きられる程度の女だけれど」

「そんな自嘲はよせ」

と、父はファナティックに云って、同時にテレビを消した。

「泉中は今日、名古屋で講演があるのじゃないか」

「よく知ってるわね」

「フン」

家でとっている三種類の新聞の小さい政界往来の欄を、父が目鯨立てて、読み漁り、泉中に関するいかなる消息をも見のがすまいとしていることは、前から知っていたが——。

「聞いたのか」

「いいえ」

「どうして聞かなかったのか」

「照れくさくって、聞けないわよ。前の晩寝た男の講演なんて……およそ、バカバカしいでしょう」

「それで帰ってきたのか」

「まっ直ぐに帰るのも癪だから、豊川稲荷へお詣りしてきたの。聞きしにまさる盛んなものでした。稲荷さんにも、ピンからキリまであるものと思ったわ」

「お母さんも二十年ほど昔、一度、あなたに連れてって戴いたことがあるわね。あのとき、伊勢子さんも一緒でしたね」

「桑名へ行った帰りだ」

「そうでしたわね。桑名もいい宿屋でしたよ。長良川、木曾川、揖斐《いび》川と三本、大きな川が流れていて、桑名の海へそそいでいるの。七里の渡しだの、住吉浦だの、金竜楼だのを見たわね。宿の名は何ンと云いましたっけか」

「船津屋だよ」

「そうそう——伊勢子さんもあの時分は、健康だったたし、綺麗でしたね……水が垂れそうな美人——」

母は、美人の形容詞というと、いつも、「水が垂れそうな」と云うのがきまりで、それ以外の形容詞は知らないみたいだ。それがおかしくて、維子は笑った。母はそれに一矢を報いて、

「維子が豊川さまへお詣りしたりするから、せっかくのお天気がぐずついて来たのね——」

「あら、いやだ……」

「それでどうだったンだ。泉中氏の御機嫌は？」

「上乗よ……常磐館では、下の座敷で芸者が『桑名の殿様』を唄ってたし、月がよくって、海はまるで湖水みたい……」

「せめて二タ晩位、蒲郡へ泊ればいいのにね」

と、母が云った。それは痛いところだ。然し維子は反駁した。

「忙しい政治家なんてものは、ひとつの場所に二タ晩いるなんてことは考えられないんですよ。お父さんのような閑人とはそこがちがうの……文字通り東奔西走よ。第一、あの人のスケジュールは秘書が心得ていて、あの人自身は何ンにも知らないくらいなの。秘書の指図する通り、あっちへ行ったり、こっちへ行ったりしてるんですよ。つまり、スケジュールがべったりなの」

「そんなことは云われなくたってわかっているさ。しかし、お母さんが、云う通り、せめてもう一晩常磐館へ帰って来てくれるなら、あの人の愛情に対しても、もうちっといい見通しがつくだろうが、蒲郡くんだりまで連れて行って、たった一日で帰すのは、あんまりひどいと思うのだって、無理ないじゃないか」

父は母を弁護した。同時にそれは父の云い分でもあった。ところが、これで若し泉中が三日も四日も乃至一週間も維子を連れて歩いて離さないとしたら、今度はあまり連れて歩き廻ると云って、また文句を云うだろう。可愛がり方が足りないと云って怒ってみたり、多いと云って怒ってみたり、どちらにしても異議があるのは、よくせき泉中との不自然な関係が面白くないからである。要するに、はじめっから反対投票なのである。反対投票を投げておきながら、ときどき賛成投票を装わなければならない。そのジレンマに脩吉はアゴを出しかけている。

「あの人、お父さんのことを決して悪くは云わないわよ。I県の図書館長時代に、鼻下髭をたくわえていた頃から、お父さんの顔がとても好きなンだって。この頃少し血圧が高いと云ったら、とても心配して、いろんな薬の名前を云ってたけれど、うっかりまたそんな薬を飲んで、副作用でもあるとイヤだから、別に書きとめても来なかったけれど……別れる時も、とても心配して、躰に気をつけて下さいって、何遍もそう云ってたわ」

「………」

これは維子のつくりごとで、泉中はよろしくとも云わなかったのに、どうやらこの程度の政治工作が必要だと思って云ったのである。父は父で、ありがとうでもなかった。

「お母さんがそう云うから、支那服は着てみたけれど、生憎靴を忘れてね」

維子は話題を変えた。

6

「豊川稲荷で、鈴江堂に遇ったのよ」

と、維子はお土産に買った静岡の安倍川餅をひろげながら、云った。

「鈴江堂って何ンだ」

「お父さん。そう可怕い顔しないで、安倍川でも召上れ……鈴江堂と申しまするは……」

父の手に、黄な粉の餅を渡してから、鈴江堂の説明をした。それがはずみで、あんなに堅く自分に口外を禁じた時子夫人のことを、喋べってしまった。いや、いくら、禁断を自分に布《し》いたつもりでも、あの時すでに、両親に云いつける肚《はら》になっていたのかも知れぬ。純情な父は果して怒った。顔面は蒼白となり、唇のへんがブルブル震えた。

「そういう侮辱を、お前は承知でも、私は許さない——これ以上の恥が、またとあるか——ああ、やっぱり、あの時、彼を殴りつけるべきであった。私の勇気が足りなかったのだ」

「そんなに亢奮しないでよ。当人が平静——でもないけれど、とにかく、おとなしくしているのに、親が騒ぐなんて、みっともないわよ」

「いや、驚いた男だ。私はこれからでも、桑名へ行って、彼らの寝ごみを襲って、決闘したい位だ」

「でも向うは、大ぜい家の子郎党やらボデー・ガードやらがついているから、お父さんの痩腕では敵いっこないわ」

「何に、一対一なら負けん……暗殺してやってもいい。ああいう化け物を退治すれば、国民は助かる」

父に泉中をそんな風に悪しざまに云われると、維子はあまり楽しくなかった。豊川稲荷の奥の院で、今夜、時子夫人が桑名へ来て、泉中に会うと聞いた瞬間は、血が逆流するほどだったが、豊橋から急行に乗って、一等指定席に坐る頃には、自分で自分をなだめにかかっていた。泉中程度の社会的存在ともなれば、八面六臂のスケジュールも組まねばなるまい。愛人と細君の乗り継ぎをする位のことは、お茶の子菜々であろう……。それを一々咎めるほどなら、彼の愛を拒むしかない。彼に反省を求めても、所詮無理なことだと——。

「それが暗殺に値するとまでは思わないわ。偶然、鈴江堂に遇ったから、バレたンですものね。天網恢々疎《てんもうかいかいそ》にして漏らさずよ、って冷やかせば、それでいい位に思ったけれど……少し暢気かな」

「そりゃア、お父さんの仰有る通りよ……維子。女としても、大恥じゃアありませんか」

と、母は涙を浮べて云う。

「では、どうすりゃいいの」

「今のうちに、お暇を戴くことね……一日でも早いほうがいいわ。女は深入りすると、未練が出ます……まだ、お前……思い切れるでしょう」

「さア、どうかな」

「いやだよ……まるで、他人《ひと》ごとみたいに」

「維子……冗談じゃないぞ」

父は再び猛然と、咬みつくような語調になった。

「お前を蒲郡に呼びつけておいて、翌日、こんどはおくさんを桑名へ呼ぶ……これが一流紳士のやることとか。しかも、国政を担当する政治家を看板にしている男だ。匹夫下郎《ひっぷげろう》にも劣るとは思わないか」

「そりゃアひどい仕打とは思うけれど、お父さんが思うほど、潔癖にも考えないわ……今の政治家なんて、みんなその程度のことはやってるンじゃないの。それが人間のニュアンスだぐらいなことを云って……お父さんのような古武士の精神に照らすと、怪《け》しからんでしょうが……それにさ、あたしはあの人の家来のような陣笠の中へ、しいやしゃり出る気は、全然ないの。たとえば、今夜、桑名の宿へ電話をかけて、彼をおどかしてやる手も知っているし、時子夫人を呼出して、小母さまって云っただけでも、彼女にはショックでしょう。でも、あたし、興味ないわ。そんな陣笠を集めての密議なんて、面白くも何ンともないから、それに関心の強い時子夫人に、委せるのが当然だと思い直したの。間違ってますか」

「間違っている。私はあくまで、彼を非難するぞ」

「お父さんが絶対にゆずらないというなら、あたしも考えなくちゃア」

「どう考えるのだ……両親に背くというんだな――」

「あなた――」

と、さすがに母が制した。父は拳を握りしめている。

「つウちゃん……お父さんは将来のことを心配して下さってるのよ……このままで、いいことはないの。現にそうして、掌を返して、おくさんを桑名へ呼ぶ方でしょう。そんな方に蹤いていっても、いつどこで、ポイと捨てられるか知れないじゃありませんか」

それだけ云うにも、母は涙でオロオロ声になる。

「お父さんは絶対に、そんなことをなすったことはないでしょうけれど……只、自分がしないからって、それで人を極端に非難していいものかしら」

「その代り、お父さんは伊勢子さんを、妹以上にお可愛がりになったよ」

と、母が突然、別の話題を挿入した。然しこれも母が云い古しているカビの生えた警句のようなものである。

「それとは違う……泉中のは、破廉恥で不道徳だ……」

「では、これはどうなの。伊勢叔母さまに、みんな誰も知らないもう一人の男があったってことは?」

「…………」

突然、父が言葉に窮した。父は連鎖反応的に多弁になっていたから、この維子の発言に対して、すぐイエスかノウか、そしてそれに伴う爆発的な表現がつづくものと思ったのに、暫く声が切れたのは、ひょっとすると、その影の男というのを、父は知っているのかも知れぬ。父が知っているとすれば、勿論母も知らぬ筈はない。

が、父はやや低調に否定した。

「そんなことは、ありません」

「ほんとに、否認できるの」

「…………」

「紋哉さんが云ってたわ。麴町のアパート時代、何遍も怪電話があったンですって」

「…………」

「出ると、黙って切ってしまうンですって……そのために、とても悩まされたそうよ」

「あれは、私が掛けたのだ」

と、父が告白した。

「なぜ、そんな悪戯したの。お母さんも知ってたンでしょう……どうして、お父さんを制《と》めなかったの」

「お母さんとは関係のないことだ」

「いいえ。お父さんのすることは、全部お母さん知ってるの……お父さんって人は、すべて、お母さんには話す。そうしないと気がすまないの。一人お肚の中へためておけないから、何ンでも聞かせるの……お母さんには興味のないことでも——知ってるわよ、お父さん」

「そんなに、お母さんにガミガミ云うな。全部、私の責任だと云ってるだけだ。電話の中で、彼は呶鳴り狂った。それを聞くだけでも、私は溜飲がさがるのだ」

「お父さんの恨みは深いのね……そんなことまで、したいのかしら」

「当時、向うは錚々《そうそう》たる軍需会社の社長だし、こっちは、図書館を馘《くび》になった男だからね……そんなことでもして、僅かに慰めていたのだ――」

「それで怪電話の主はわかったけれど、ほかにも臭いフシブシはあるのよ……今夜はよすわ。それより、猫啼温泉で、ほんとに一人で死んだのかしら」

「誰かと死んだというのか」

「無理心中だったンじゃアないかって」

「ああ、ああ――これはひどすぎる。地下の伊勢子にとって、これ以上の侮辱があるだろうか。伊勢子は最後まで、信ずべからざるものを信じ、愛すべからざるものを愛して、自分はその一生を棒にふって、散り急いだのだ。泉中は勝手にそんな敵役をでッち上げ、それによって、死者を辱しめると同時に、彼への非難を回避しようとする謀略なのだ……」

「伊勢子さんの遺体を火葬にしたお父さんが無理心中か自殺かは、ちゃんとわかっていらッしゃったんだもの……今になって、そんなことを云ったって、無理ですよ、つウちゃん……」

「では、そのことについては、お父さんの仰有る通り、伊勢子叔母さまを信じます」

と、維子は立って、西側の棚にある仏壇に向って、合掌した。それから、振向いて、

「おやすみなさい」

「結論は出さないのか」

「もう少し、時間が欲しいわ」

「どうか、両親に背かぬことだけ、誓ってくれ……これ以上、私達を苦しめるな。両親が死んでしまったのなら仕方はない。まだ、生きているのだ。その両親に、生き地獄の苦しみをさせるのは、残酷すぎる……お父さんもお母さんも、こんどの維子の事件で、一どに五年は年を取ったと云っているのだ。それはお前もわかっていいような」

父がわが子に跪《ひざまず》くような気持で云っているのは、維子にもよくわかったが、さりとてこの場の感傷にそそのかされて、簡単に「別れる」とは、云いきれなかった。

7

夜が更けるに従って、維子は嫉妬の情に、輾転反側《てんてんはんそく》した。さっきはあんなに、父の意見に反対したのに、一人になって、寝床へ入ると、一々、それがもっともに思われて、泉中の勝手放埒に腹が立つ。昨夜も夜通しだったのに、今夜も亦、眠れそうにない。こういう時には、例の日記を読むことで、心の迷いを追っ払うほかはないと、すでに幾度も読み返した「和泉式部日

記」を繙《ひもと》き、

「雨うち降りて、いとつれ〴〵なる日比《ごろ》、女はくもまなき眺めに、世の中をいかになりぬらんと、つきせずながめて、すきごとするひと〴〵は、あまたあれど、たゞ今は、ともかくも思はぬを、世の人はさま〴〵に言ふめれど、身のあればこそと思ひてすぐす。

宮より

雨のつれ〴〵はいかに、とて

おほかたに
さみだるゝとやおもふらむ
君恋ひわたるけふの眺めを

とあれば、折をすぐし給はぬを、をかしと思ふ。あはれなる折しもと思ひて

しのぶらんものとも知らで
おのがたゞ身を知る雨と
おもひけるかな」

と、読んで行くと、さすがに心が静まってきた。宮とあるのは、今は亡き弾正尹為尊親王の

弟宮に当る帥の宮敦道親王のことである。これより先、式部はすでに和泉守橘道貞の妻で、小式部内侍を生んでいる。それなのに、年若の皇族、為尊親王に挑まれるや、その愛を許し、また親王が腫物を病んで薨《こう》ずるや、一周忌を迎える頃には、その帥の弟の宮とも、恋愛歌の贈答をしている。この日記を読んでいると、夫橘道貞などは、殆ど彼女の眼中にないようだ。

女だって、男に負けないほど、多情なのではないかと、この日記を読む度に、維子はいつも、そう思う。

情人為尊親王を喪った式部は、しばらく孤独の生活を送ったようだが、その実、「たのもしき人」として、源少将や兵部卿などのその道の猛者《もさ》が、しきりに式部のもとへ通ってくるのを拒まない。そのほか、

来ると云っておいて、来ない男
ほかの女のもとへ通っているという評判を聞く男
にわかに口論して別れた男
心にもなく、よそよそしくなった男
一日も忘れず、音ずれすると約束したのに、それッきりの男
たがいに、忘るまじと契った男
必ず今宵は、と云った男

自分を怨んで久しく音ずれぬ男
久しゅうあって、突然音ずれた男
つらいけれど、忘るまじという男
かたらおうと、しきりに求める男
夜がふけて来たる男
来たけれど、ほかに人がいると聞いたので帰った男
大好きだと思ってそうなったのに、ほかにも出来ている人があると聞いて、ぴたり音ずれなくなった男

これらが全部、別々の男でも、又、同一人であるともきまっていない。その中には、為尊親王や敦道親王もまじっているに違いないが、それにしても、男なしにはいられなかった生来の好色心は覆うべくもないだろう。然し、その式部にも、陰の女の抵抗はあったようだ。

帥の宮の夫人は、藤原済時のむすめで、その中の君である。兄宮の妃（藤原伊尹の第九女）は、夫の薨後四十九日でおとなしく尼になったが、中の君は、夫と式部の情事には黙っていられなかった。時には泣いて、その悲しみを訴えられる。それに対して、式部は式部で、あくまで宮に蹤いてゆく。帥の宮がとうとう、式部を宮邸へ連れて来てしまう。そのために、世間の評判がうるさくなった。北の方も、式部と一緒に住むことの煩わしさに、邸を出ようと考える。

春宮《とうぐう》の女御《にょご》である北の方の姉君が、丁度実家へ帰っていられる時だったので、

「いかにも、このごろ人の言ふことはまことか。我さへ人げなくなんおぼゆる。夜の間にも、わたらせ給へかし」

という御文を寄越される。これで北の方の決意も固まり、

「うけ給はりぬ。迎へに給はせよ」

と返事を書く。帥の宮と式部の灼熱の恋が、とうとう北の方の離反となって、宮邸を去ってゆく……。折から、宣旨さえ、帥の宮の北の方の慰留を希望されるのが、式部には心苦しいことである。帥の宮も宣旨の手前、一応北の方の部屋へ行って、女御の御殿へ帰られるというのは、まことか。それにしても、車の支度は、と訊く。北の方は只一言、女御様からお迎えをよこして下さいます、と云ったきりで、あとはろくに物も云わない。夫の不行跡に腹を立てた北の方の憤懣やる方ない物腰が、この日記の最後の鮮やかな印象になっている。

昔のことは知らぬ。現に今、泉中の北の方時子夫人が、維子のことを知ったら、どうするだろう。帥の宮の夫人のように、腹立ちまぎれ、自ら去ってゆくようなことは、しないだろう。勝つか負けるか。維子に激しく迫るに相違ない。

もっとも、式部の味方である赤染衛門《あかぞめえもん》ですら、帥の宮のことでは、式部へ忠告を辞さなかった位だし、世評も式部には冷たかった。のちに「栄華物語」や「大鏡」によっても、この恋愛

は支持されていず、相手の兄宮弟宮の両皇族についても、人品軽々しく、華美にすぎ、軽佻浮薄の譏《そし》りがあったと、批判的である。にもかかわらず、この日記のうつすところは、やむにやまれぬ純情と恋慕の率直さが心を搏《う》つのだから、仕方がない。

赤染衛門の歌というのは、

道貞去りて後、帥の宮に参りぬと聞きて

という詞書《ことばがき》があって、

うつろはでしばし信田《しのだ》の
森を見よ
かへりもぞする葛《くず》のうら風　（赤染）

これに対する返しは、

秋風はすごく吹くとも
くずの葉の恨み顔には
見えじとぞ思ふ　（式部）

とあって、一向無頓着な表情なのは、赤染衛門に何んと云われようとも、式部は自分を生かし切っているからである。伊勢子が、死ぬまでこの日記を離せなかったのも自分は式部のように、強く生きたいが、ついにそれをなしとげられなかったからではないか。

この時、式部は三十五をすぎた女の爛熟期だった。伊勢子もそれに劣るまい。式部が夢中になった為尊はそれより四つ年下。帥の宮は更にそれより若かった。彼女はすでに初老すぎた夫の和泉守に飽き、この年下の華美な皇族の、世間はばからぬ情事に惹きこまれると、自制も謙《けん》抑《よく》も失って、躰ごとぶつかっていった気持は、わが身の恥を思えば思うほど、泉中に盲目になる今の維子には、よくわかるような気がする。

彼は蒲郡の夜、彼の顔を唾吐き壺か流しと思って、思いきり唾液を吐きかけてくれと求めた。維子はそれが出来なかったが、今夜になって見ると、請わるるままに、唾を吐いてやればよかったとおもう。それはどんなに、甘美な倒錯だろうか……。

この次逢ったら、してやる。

維子は闇の中で、大きな目をあけ、口の中に、反覆した。こういうときの女の目は、たとえ、まっ暗やみでも、あの猫啼の猫の目のように光って見えるかも知れないのである。

――とうとう終りまで読むうちに、夏の夜は白んできた。維子は蚊帳を出た。東側の窓を、音のしないように明けると、星空なのに、窓枠の下が、びっしょり夜つゆに濡れている。両親の寝ているところとは、離れているので、彼女は足音を忍ばせて、二階の書斎へあがって行った。また夜明ししてしまった維子は、父の書斎にかくされているかも知れぬ伊勢子の遺書を見つけようとする欲求を、どうにも押えかねたのである。それは蒲郡から帰ってきた自分が、伊勢子の死因は何か？　無理心中ではないのかと、問い詰めたときの、父の表情の変りようが、その疑惑を一層深めずにはいなかったからである。

何かあるような気がしてならない。伝えられている死因だけでなく、もっとほかの真相を語っている遺書か日記か、或いは小説のようなものでも、父だけが見ていて、この十何年間か、強い秘密が保持されてきたのではないだろうか。常磐館で、泉中からヒントを受けて以来、維子はその想像から、脱けだすことが出来なくなっていた。

書架を一つ一つ、当ってみた。暇にあかして、父がしらべている上世・中世の歴史的資料やノートの類いも、全部見た。抽斗にも文箱にも押入にも、どこにも見当らぬ。あとはカギのかかる机の下の観音びらきの戸の中だ。

維子がカギを捜していると、

「コラ、何をしているンだね」

と、背ろに父の声がした。維子は驚いて、イスの背に靠《もた》れたが、そのまま、じゅうたんの上に崩れた。

「ごめんなさい」

ピシリと殴られるかと思ったのに、父は微笑して、

「心配するな。昨夜は私が叱りすぎた。大人げなく亢奮して恥かしいよ。まだ寝てないのか。身体を痛めるぞ。それが一番つまらないことだ」

維子は無言で父にかじりついていた。

8

今度維子の住むことになったアパートは、半蔵門の三叉路から、イギリス大使館よりの通りを入って、二つほど右折、左折した下り勾配の途中に新しく建った貸ビルの6階にきまった。昔伊勢子のいたアパートとは、それでも三停留所、坂二つ、谷二つ、へだてではいるが、それほど遠い距離でないのが気になった。もっとも、昔のアパートは、とっくに焼けて、今はガソリン・スタンドになっている。

こんどのは、1階から3階までが貸事務所で、4、5、6階が、アパートである。各室とも家賃なら三万円以上。買取なら、いくらとなっているが、泉中は住んでみて、イヤになる時のことを考えると、買取は危険だと云って、少し高いが、三万二千円の家賃で借りたのだ。

部屋は畳敷の日本間が七畳。次の間はリノリウムで、これにダブル・ベッドをおくと、いっ

ぱいになってしまう。それとアコーデオン・カーテンで仕切った手前が、リビング・キッチンで、二人か三人なら、ゆっくり食事ができる程度のスペースがある。

維子は両親に手伝わせて、そこへ家財道具を運ばせた。ラジオ、電蓄、書架、机、抽斗、タンス、洋服ダンスなどは、今まで、維子の部屋にあったものの引越しだが、テレビ、食卓、肘椅子、ミシンなどは、今度世帯をもつについて、新しく買い集めたもの。泉中の分担は、ダブル・ベッドと、冷蔵庫、石油コンロ、ガス・ストーヴ等であった。

極力反対投票を投じつづけた父も、いよいよ引越しとなると、一生懸命、テレビを買ってきたり、肘椅子を見立てたりした。ミシンの置き場所に困ったり、脚立へのぼって、高窓の縁へカーテンをかけたりして、息を切らした。然し、そうだからと云って、父が反対投票をやめたわけではない。依然として、両親は泉中を憎み、その男にあざむかれてゆく維子が、いとしくてたまらない。

両親とも、腹では泣いているのだ——と維子は思った。

「アラッ——お母さん……こんないいお皿をわけて下さるの——」

皿箱の中から、九谷家の家宝にしてもいい赤絵の皿や菓子器が出てきたので、思わず叫び声をあげてしまった。

「だって、泉中さんが御覧になって、碌なのが一枚もないのでは、恥かしいもの」

「そんなご斟酌には及びませんのに――」

然し父は云った。

「いや、こういう引越し騒ぎでなければ、お前は一人娘なのだし、家の中のものはそっくり維子のものなんだ。全財産をお前にやっても、両親は惜しくも何ンともない。私が親から嗣いだものを、あらためて、維子にゆずる……それは当然だが、今はそういう気持になれない。お母さんと相談して、この程度にしたのだ……」

「充分結構すぎるわ……何一つ貰えなくたって、文句は云えないンだもの……親不孝の限りですから」

「自分で云ってりゃア世話はない」

父は苦笑を咬みころした。

「伊勢叔母さまのときも、引越しの手伝いなすったンでしょう」

「そんなことは云うな――」

「私は、伊勢子さんの時は、何ンにも知らなかったわ……お父さんと伊勢子さんと、二人でコソコソ相談して、お母さんはいつも仲間外れだった」

「伊勢子と維子とでは、お前の立場が違うじゃないか」

父は母を窘《たしな》めるように云ったが、母はそれが不服に違いない。

伊勢子と泉中が喧嘩になって、麴町のアパートを引払うときも、脩吉は一人役者の観があった。伊勢子を引取っておいて、彼一人で、綺麗に片付けてきた。その手際があまりいいので、家主の家族が、目をまるくしたほどだった。

脩吉は、こんどは維子の引越しの手伝いをしながら、また半年か一年先に、伊勢子同様、今つるしているカーテンをはずし、今運んでいる風呂桶を運び出す時がくるだろうと思った。今日の重苦しさにくらべて、引払うときは、鼻唄でも唄いたいような亢奮にうずきながら、片っぱしから、トラックへ積みこんで行く。まさに、雲泥の相違とは、これを云うのだろう……。

どうせ、悪魔に捨てられるんだ。

そう思うと、新しいアパートを借りて、イソイソしている維子が哀れで仕方がない。

そこへM百貨店から、ダブル・ベッドが運ばれて来た。脩吉はトラックの運転手にも手伝わせて、それをリノリウムの部屋へ据付けた。泉中の獣慾が、維子の身体を征服するためのベッドを、自分が据付けたり、また少し、位置をかえてみたりして、世話を焼くのが、いまいましいが。

「お父さん……それはあとで、あの人が来てからでもいいわよ」

「然し、彼一人では動かせまい。今なら、人の手があるし……どうだ。これでいいか」

「窓からもうちょっと、離して頂戴」

「こうか」

「もうちょい」

手伝いの人達も、妙な顔でやっている。人毎に、ちがった連想が飛ぶのだろう。やっと位置がきまって、みんなが出て行くと、母は大きな吐息を漏らした。

「そりゃア誰だって、照れくさいさ……そういう思いを、みんなにさせて、一人平気なのは泉中だ」

と父は云った。

「そんなに目の敵にしないで下さいよ」

「然し、彼と私は、平行線だ。いつまで行っても、一つにはならない。それは維子も知っててくれ」

「平行線ならいいけれど、うっかりすると、妨害《インターフェア》もするでしょう、お父さんは……」

「そんなこと云って、維子。お前一人で、泉中に対抗できると思っているのか。こんな引越しだって、お前だけでは出来ないじゃないか」

「手伝って下さらなければ、自分でやるわ。自分でやるほかないじゃない――」

「生意気云うな……現に手伝って貰っているのに……私の手がまっ黒なのが見えないのか

「――」

「だって、恩にばかり着せるからよ」

「泉中は怪物だよ。それは知ってるな」

「百も承知です」

「怪物は何をするか知れないのだ。お前が逃げようとしたら、彼はヤキを入れる……お前一人では、どうしようもない。そのときのことを云ってるのだ。私はね……維子……お前に伊勢子のような最期をとげさせたくないのだ。それだけが、私の望みだ……伊勢子は可哀そうに、猫啼温泉のような山奥へ逃げこんで、そこで死んだのだ……維子だって、泉中に骨までしゃぶられた揚句、どんなところへ彷徨《さまよ》っていくか知れたものではないと、思うのだ」

「あなた……そんな不吉な……」

と母が制した。

維子は涙が落ちて来た。自分はどうしても、泉中に背中を向けられないで、こうしてアパートまで借りてしまった。それこそ、因果な話である。

「あなたがあんまり云うンで、とうとう、維子を泣かしてしまったわ……お父さんも、ある点はあきらめて、男らしく、何も仰有らないほうがいいと思うわ」

と、母が泣き出した維子の肩をもつと、父は怒りにまかせて、あり合う灰皿を、リノリウムの上に投げつけるなり、ポイと外へ出て行った。

「すみません、お母さん」

「お父さんの気持もわかります。どんなに口惜しいか……悪い子よ、あなたは……」

「そうね……悪い子ね。あんな男に誰がッて思ってたの……たとえ、乞食と夫婦になっても、泉中だけはイヤだと思ってたのに……選りに選って、あの男とこうなっちゃうなンて……」

「縁談もいろいろとあったのにねえ。何もかもわかっていて、やっぱりダメなんだねえ」

「お父さんの云うこと、みんなピタリなの。伊勢叔母さまのペースへ入って、同じ運命を辿ることも考えられるわ……やっぱり、惚れているンだわ……」

「苦しいのね」

と、母も云って、袂で目をおさえた。

父が帰ってきた。さっきは御免よ、と云って、機嫌を変えていた。

「今日は泉中氏はいらッしゃらないのか。若し来ないなら、どこかへ飯でも食べに行こう」

と、父は流しで、黒くなった手を洗った。然し、今夜、暗くなる頃には、借りた部屋の様子を見がてら、泉中は来ることになっていた。

「では、それまでに、私たちは引上げないといけないわね」

と、母が怯えるように云った。父も母も、泉中がうとましいだけでなく、彼に対する強迫観念さえあるようだった。

9

東京には珍しい大雪の日であった。窓から見おろす雪景色は、いつもの街の印象をガラリと変えて、深い山にでも、閉ざされているような気がした。母からの電話だった。

「大そうな雪だけれど、別に変りはないの」

「別に――」

「今日も一人ですか」

「はい」

「雪が降ってたりすると、一人は可哀想ね」

「お母さまのおハコね。すぐ、可哀想がるのが――待つのが商売ですもの……」

「話相手に出かけたいけれど、何しろこの雪ではねえ……タクシーも走っていないそうよ」

「……」

「いらッしゃるには及びません」

「冷えるといけないから、何か温かいものでも、つくってお上ンなさいよ」

「はい」

「こういう時こそ、泉中さんが寄って下さるといいのね」

「お母さん……心配しないで……」

「いつ、お帰りになったの？」

「十日ほど前よ」

「まア十日も——」

「その代り、十日分も愛してくれるからいいの——」

「まア大口きいて——」

然し、そういう風に云っておけば、一時的にしろ、母は安心する顔をする。母が安心していれば、父を焚きつけないから、父も仮りにおさまっている。そうでなく、維子がかりそめにも、泣き言を云ったが最後、母がオロオロ心配しはじめる。母のほうが先に泣声を出す。すると父が、赫くなって憤《おこ》り出す。手がつけられない。伊勢子の昔からの、怨みつらみが反覆される。そのために、父も母も、どれほどのエネルギーを使い果すことか。

伊勢子が死んでからは、維子にのみ、愛と希望を賭けてきた脩吉は、雨につけ風につけ、維子が心配でたまらない。この頃の脩吉の目には、維子のほうが若い日の伊勢子より、美しくなっているように思われる。伊勢子も美人ではあったが、どこか田舎臭いフシが、ほの見えた。維子は主に東京で育ったので、垢ぬけしている。どこへ出しても恥かしくない容色だ。その上、勉強もしている。字もきれいに書く。国文の素養だって、すでに伊勢子に追いついたと見られる。縁談は何様からでも申込まれ、充分に選択して、誤りなきを期することも出来たろう。選ばれた花婿は、維子を大切にして、かしずく。維子の希望を、素直に容れてくれる。邪慳な口をきいたりは絶対にしない。たまには、両親と一緒に食卓を囲む。新郎は愛する花嫁の両親だから、大切に扱ってくれる。二タ月に一度位は、里帰りも認める。その晩だけは、結婚前の娘にもどって、両親に甘え放題甘えてくれる。亭主の惚話も云えば、また悪口も叩く。脩吉たちは、目を細くして面白がって聞く。惚話だけではつまらない。時々、悪口をまぜてくれなくては——。

そうした夢が、全部崩壊して、伊勢子の情夫であった泉中の餌食になり、妻子ある男にかしずくことになってしまったのだから、脩吉は絶望するより手がないのである。然し、あきらめたわけではない。何ンとかしてでも、維子を奪いかえしたい。二年かかっても、三年かかっても……泉中に吠え面をかかしたいのだ。

父の心は、維子には全部わかってしまっている。

一刻小降りになり、この儘《まま》降りやむかと思ったのに、また大きなのが降り出して、外濠からその向う牛込、市ケ谷、四谷などの人家の瓦にどんどん積って行った。

ベルが鳴った。すぐ卓上のボタンを押すと、それが入口に赤いランプをつける。ベルが通じたという返事である。それでもまだドアの外の客が誰であるか、内部から見定めるために、アクリライトのぼかしの小窓がついていて、そこから覗くと、泉中が立っていた。雪だらけだった。ハンドルを廻して、

「まア可哀想に」

母の真似をした。泉中は帽子と外套の雪を払って、ドアのこっちへ入った。維子はその場で彼の肩を抱き、冷たい鼻に押しつけて、ベゼをした。

「おコタが暖かくなっているわ。早くお入りなさい。寒かったでしょう」

「東京では何年振りの大雪だろう……北陸は青空だそうだ」

泉中は電気炬燵にもぐり込んだ。維子は待っていましたとばかりチーズやソーセージやキャビアを並べて、ウイスキーの瓶を置いた。維子はこの頃戦術を変えて、逢うたびに痛いことを云うのをやめることにした。そういう話をしたところで、おいそれと承知する相手ではなし、云い争った揚句が、特に局面の打開もないので、当らず触らずにして置いたほうがよい。そうしておけば泉中はご機嫌で、商売柄話題も豊富だから、次から次へと維子には珍しい世間話が繰り拡げられる。彼は政界のことばかりでなく、芸能界の裏話などにも通じていた。

突然電話のベルが鳴った。反射的に維子は炬燵を出ようとしたが、ふと思い直して、

「あなた、出てみない」

「………」

泉中は突嗟に怪電話かな、と思う様子であった。

「きっと、父よ」

「そうかな、出てみよう」

と泉中は手を伸した。受話器を取って耳にあて、モシモシと呼んだが、果して返事がなかった。

「ホラね、黙ってるでしょう。さっきは母からだったの。だから今度は父なの。あなたが出たので黙ってるの。きっとそうだわ」

泉中は、もしもしを二、三度繰返してから、

「君は一体誰なのだ。いい加減にしろ。こんなつまらないことはよせ。そんなに私が憎いなら、決闘を申込んだらいいだろう。いつでも相手になってやるぞ。無言の電話などをかけて来て、私を脅迫するつもりでも、私は何とも思わない。君のやることは逆効果だけだ。維子の肩身が狭くなるばかりとは知らないか。オイ、名乗れ、ハッキリ名乗れ、君は九谷脩吉なんだろう。そうなんだろう。黙っていないで覆面をとったらどうなんだ屑《いさぎよ》く」

然し、相手はまだ沈黙を持しているようである。何も云わないが切りもしない。

「伊勢子の場合は、他の男かと疑いを持った。私は維子を信じているから、君は九谷脩吉にち

がいない。君は厭がらせのつもりだろうが、こういうことをすることで君自身傷つくとは思わないのか……こんなに電話をたびたびかけるようなら、君の家へ部下を差向けるからそう思え」

泉中はそう云って受話器を置いたが、とうとう向うは沈黙を通したようである。

「伊勢叔母さまへの疑いも晴れたでしょう、これで」

と、維子は云った。

「息づかいも聞えない……君の親父って奴は大変な奴だな」

「私がきらいになった?」

「そんな影響は受けない。親とは別だよ。向うだって私をきらいだろうが。私もああいうファナティックな男は戴けないのだ」

「いつか憎めないって仰有ったじゃありませんか」

「要するに、とるにたらない男だ……それが泣く子のように憤り立ってぶつかって来る。そうなりゃアやっぱり押倒してしまうほかはない……些か可哀想だがね」

「残酷ね、あなたは」

ウイスキーをきりあげると、維子はベッドへ行った。

「ねえあなた……残酷な人……もうお酒やめていらっしゃいな。湯たんぽが熱くって気持がいいわよ」

泉中の酒は節度があったが、それでも足許がふらつくようであった。水わりを三、四杯は呑んでいるのであろう。

「ダメねえ、酔払ったりして。ヨロヨロしてるじゃない」

「どうも少し弱くなったかな、この頃」

「いつか蒲郡でしてくれって云ったこと、してあげましょうか」

「何ンだろう」

「あなたに負けずに残酷に」

「ああ、あれか」

と、彼は思い出すようであった。

「思い出したでしょ。あの晩は夕立のあとでしたね。あなたがしてくれって云ったけれど、私にはとても出来ないってことわったの。けれど、東京へ帰ってみたら、やっぱりしてあげたらよかったと思い直したわ。そんなにあなたがご所望なら、こっちは造作ないんですものね……今日は雪が降ってるし、怪電話はかかって来るし、せめてあなたのしてくれって云うことをしなくっちゃ。そうでしょう、してもいい？」

「ああ、してくれ」

泉中は、顔を仰向けて、何かとんでもないことを待つような表情をした。維子は右の手を男のうなじに廻して、自分は首を枕からあげ、一度唇を閉じて口腔に溜って来るものを充分に含んでから、七、八寸離した距離で、思いきり吐きかけた。

それは男の鼻の下や、左右の頬に降ったが、泉中は冷然としてそれをうけ容れ、降ったものが更に首のまわりや、またその下の敷布《シーツ》や枕かけを濡らすのを、意にもとめなかった。

10

次の日の午後、漸く雪はやんだが、町一面の雪景色は、薄日がさして来るに従って、白さを増すようであった。やがて青空が覗き、チカチカ光る日ざしを受けると、雪は目に痛いほどの白に輝き、一層濃度を密にした。靴を雪に埋めて、父が訪ねて来た。三日続きの雪で不自由をしているだろうからと云って、母が煮たり焼いたりしたものを、重箱に詰めて持って来てくれたのである。

「こんなこと一々しないで頂戴よ。うるさいなア」

維子は故意に冷たく、突放すように云った。母の親切が嬉しくないわけではない。然しこれでは維子の生活の主体性が失われる。父は炬燵に入って、風呂敷を解いた。子供のときから見慣れた春慶塗の重箱が出た。続いて父は伊勢子の形見の「和泉式部日記」をとり出して、炬燵の上に置いた。

「これはお前に預けたほうがいいと思う。その代り大事にしまっといておくれ」

「私がひとりでいるのを、お父さんたちはそんなに淋しいと思うのかしら。それでせめてこのお形見をそばに置いて淋しさをまぎらすほうがいいと思うのかしら。でもこうしてひとりでいるのって、案外いいものよ……お嫁に行っても大家族と一緒にごちゃごちゃ雑居するのよりは遥かに……」

「しかし、一人しょんぼり朝昼晩と飯を食うのはたまらないだろうからな」

「お父さん、お形見はほんとにこれだけなの。ほかには何ンにもなかったの」

「あるものか」

と、父は辞色を励ました。維子は式部の日記を一度おし戴くようにしてから、箪笥の上の文庫にしまった。

「昨日お父さんは伊勢叔母さまにかけたような変な電話をかけたでしょう」

「いや、私はかけないよ……お母さんがかけただけだ」

「お母さんとは話をしました。そのあとでもう一度かけたでしょう。正直に仰有い。なぜあんな変な電話をかけるの。あれで泉中をノイローゼにしようったって不可能よ。泉中は財界、政界の人の悪い猛者《もさ》と闘って来て、顔の皮が千枚張りなの。お父さんがいくら策戦を練っても、ビクともしないから、骨折り損のくたびれ儲けだわ。これからはおやめなさい」

然し、父は絶対にかけないと云う。恐らく誰かほかの人の悪戯で、今度は自分でないことを神明に誓ってもいいと云う。

「それじゃアほんとかな。おかしいなア。このアパートの番号を知ってるのは、あの人とあなた方だけな筈なのに」

「そこがお前のヌカリだ。時子夫人が嗅ぎつけているかも知れないじゃないか」

「まアイヤだ」

突然維子は背骨のあたりへ氷の塊を押しつけられたような気がした。

「たとえば泉中氏の手帳に、ここの番号が書いてあれば、奥さんが見つけない筈はない」

「若しそうなら泉中が我鳴りたてたのを、黙って聞いてたのね……人が悪い」

早鐘を打ち出した鼓動がいつまでも静まらない。穴があったら入りたいような恥かしさと共に、維子は貧血性の汗を流した。脩吉は坐り直した。

「維子、ひとつよく考えてみてはどうかね。夫人からそういう電話がかかって来たり、またそれをお前の親と間違えて彼が怒鳴ったり……第三者が聞けば、まことにアブノーマルな話だ。そういう混乱と異常の真ン中にお前がいつも一人でいるということは、親としてもたまらないのだ。公平に云って、海千山千の彼を愛するのは、お前には荷が重すぎる。その上に時子という女房も亭主に負けない化け物のような存在だ。それを思ったら、この辺で廻れ右をしたらどうだ。いいかね、よく胸に手を当てて考えてごらん。今ならまだ遅くない」

今日のようにしんみり云われると、維子も返す言葉がなかった。父の云う通り、ひと思いに別れられたらと思う。

然し日を追うに従って怪奇で、残酷で、時には野蛮だとさえ思われる泉中との愛慾が、通俗的のようであって、実は最も反俗的であるような――もっともわかりやすい言葉で云えば、抽象絵画を見ているような、超現実で、不条理で、完全な諒解を得られないにもかかわらず、頭の中を不思議な、詩的な静脈血が微かな音をたてて流れ出す一瞬……たしかに泉中にはそういうアブストラクトな愛慾のつかい方がある。維子はそれに新鮮で、清らかな魅力を感じる――たとえば、それは彼の顔に維子の唾をかけろという、脩吉などが聞いたらそれこそ唾棄すべき性愛の表現法などに端的に現われているのだが、それは実際にやってみて、客観的に考えてみる以上の甘美で、清新で、抽象的な快楽が存在する。

そのことを維子はうまく父の心に伝えることが出来ない。泉中と維子との組合わせによってはじめて実在するもので、泉中と時子との組合わせによっては、必ずしも創り出せないものかも知れない。たしかにそれは一人の男の性の技巧というようなものではない。二人の男女が協力して醸し出す異常な独創の世界である。

彼がそれを自覚と設計の上でやっているかどうかはよくわからないが、ある日、

「誰もがやることをやってるだけではナンセンスだ」

と、彼が云うともなく云ったことがあった。そういう異常な愛慾の表出法を、若し父や母のように不道徳だと云ってしまえば終りである。

――維子は重箱の蓋をあけた。母はそら豆を煮たり、玉子を焼いたり、手製で塩からを漬けたり、酒の肴にもご飯の惣菜にもなるようなものを作るのがうまかった。おからで作る卯の花の味なども、維子には真似が出来ない。維子はまず卯の花から食べ出したが、

「お母さん独得のニュアンスね」

「どうしてああいうお母さんにお前のような不肖な娘が生れたんだろう」

「だからお母さんは、維子がこんな女になったのは、みんなお父さんが甘やかしたからだって、いつもそう云うわ。ところがあたしはお母さんには甘えにくいの。そのためにお母さんは一人で泣いたにちがいない」

「たしかにお母さんに罪はない。みんな私が悪いのだ。お前たちの疫病神は私なのだ。私が家庭のことなんか顧みないで、男の世界で勝負をして行く人生だったら伊勢子もお前も全く別な星の下で、自由で楽しい毎日を送ったかも知れない」

父はそう云って突然泣いた。われとわが気管をむしるような、悲痛な声だった。然し、維子

は泣けなかった。父の低迷する世界こそ、純情のようで、実は陰惨で、卑俗で——動きのとれない秩序はあっても、その中でただひしめいている混乱と停滞、つまりデカダンスだけであると思った。

暫く泣いていた父は、一枚のハンケチを涙で濡らしてしまい、胸のポケットのもう一枚のハンケチを出して、頰を流れる涙を拭いてから、

「もう一つお前に見せるものがあるんだよ」

「何ンでしょう」

今泣いた鴉がもう笑ったように、父は笑った。ポケットから出したのは、豊川稲荷で売っている白狐の像の玩具のお土産だった。

「実はこれは云うまいと思ったンだが……」

「あらイヤだ……いつ行ったの」

「お母さんと二人で、この間一晩泊りで行って来た。奥の院へも行ったよ。二十年前に伊勢子と行ったときは、御本殿にお詣りしただけで、奥の院も妙厳寺のお庭も拝見しなかったから、今度は全部見て来た。千本のぼりも五本ばかりあげて来た」

「どこへ泊ったの」

「夜行で行って朝早く豊川へ着いたから、ついでに名古屋まで行って、かしわときしめんの水

たきを食べ、桑名と蒲郡のどっちにしようと迷ったんだが、結局常磐館のあんた方が泊った部屋で一晩寝て来た」

「お父さんたちも変ってるわね……呆れかえった」

全く唖然としてしまった。怪しからん、怪しからんと云いながら、父はそのあとを追駈けて、豊川稲荷の奥の院へ行ったり、白狐の玩具を買ったり、常磐館へ行って泊ったり、父は父なりに奇怪な、不条理な世界に引込まれ、泉中の創り出す愛欲の抽象的な方法に対して、いつ知らず抵抗力を失っているのかも知れない……。

「でも、海は湖水のようだったでしょう」

「お前の泊った日とちがって、よく晴れていたから、篠島はむろん、渥美半島も知多半島も鮮やかに望まれた」

「芸者が『桑名の殿様』を唄ってはいなかった?」

「三味線は聞えたが……」

そう云いながら、また一つ、二つと白狐の玩具を出して並べた。都合三匹であった。それから雪を踏んで、父はションボリ帰って行った。

その晩、泉中は新潟へ行くことになっていて、立つ前に電話を一本入れる約束だったが、とうとう掛らなかった。北陸のお供はいつも時子夫人ときまっていたから、この晩も二人はお揃いで、寝台車の旅をするのだろう。

維子は待ちくたびれて、ベッドに入ったが、炬燵の上の三匹の白狐が、じっとこっちを見ているようで、このまま寝ると今夜は狐にたぶらかされ——たとえ狐でも三匹に襲われたら、女の躰は防ぎようがないだろう、身ぐるみ脱がされて、手も足もバラバラに宙を飛ぶかも知れない。いや、それよりも奥の院の狐が二十匹も三十匹も現われて、裸にされた自分が遠い野の果ての狐の穴へ咬《くわ》え込まれるグロテスクな夢を見るのではなかろうか。

「お父さんが余計なものを買って来るからいけないの」

維子はベッドを下り、白狐の玩具をどこへかくそうと思ったが、それも面倒くさかった。

痩牛のいる遠景

1

西下する泉中を送ってきて、昨夜小涌谷で別れた維子は、今日は東京の両親へ電話をかけて、箱根へ呼んだ。もっともこれは東京を発つ前から、あらかじめ両親には含ませてあったのだが、泉中には隠しておいた。隠さずとも別にかまわないが、それを泉中が、心よく思いっこないのだから、黙っておくほうが利口だろう。泉中の車には五反田から乗りこみ、四時すぎに箱根へついて、一ト風呂浴び、夕飯を共にしたあと、彼は九時前に宿を発って、元箱根・箱根町を経由、三島へ降る国道を走って、沼津からおそい夜行列車へ乗って行った筈である。そのあと、維子はひとりで、箱根の一夜を送った。淋しいと云えば淋しいが、今朝の寝起きはさっぱりしていた。その頃彼を乗せた急行も大阪へ着き、一ト足先に向うへ行っている時子夫人が、寝台車まで出迎えたろう。

——昼前の登山電車の小涌谷の駅で、維子は両親の着くのを待っていた。この電車は、緩い速度で箱根の山から谷、谷から山を、スイッチバック式に、登ってくる。時々、甲高い警笛を鳴らすと、青葉若葉の葉末を顫わせ、それから山々谷々に反響して、遠い嶺まで山彦になってゆく……。

軌道のまわりには、山百合とあじさいの花が、幾つも幾つも咲いていた。樹々の繁みが、電車の窓まで垂れていて、窓際の客の耳に当りそうになることもある。じゃれるように、若葉の露が、山霧と一緒に、窓を越して、客の襟もとを濡らすこともある。それが危険でないのも、軌道のまわりの山百合の花の匂いまで嗅げるほどなのも、山へ登る電車のスピードが緩いからだ。

やがて、二台目の電車の後部車輛から降りてきたのは、父ひとりだった。焦茶のワイシャツに、同系の背広で、粗いチェックの鳥打帽をかぶっていた。

「あら、お母さんは？」

「崎山さんの奥さんの容態が悪いという電話があってね……急によすことになったのだ」

「何んだ……つまらない」

「親父一人では、イヤか」

「照れくさい」

「まア、そう云いなさんな。たまにはいいだろうじゃないか」

「それもそうね……泉中には黙っておいたのよ」

「云ったって、かまわんのに……」

「向うだって、云わないもの……時子夫人が大阪へ行ってることは……」

「相変らず、やってるな」

父の声は非難の色を含めている。それは嫉妬をかくせない維子を、あさましいと云うのか、二人の女をあやつる泉中の軽業を、見苦しいというのか。恐らくそのいずれでもあるのだろう。

二人はもう一度、登山電車に乗り、山百合とあじさいの中を走って、二の平から強羅《ごうら》の終着駅で降りた。そこには、早雲山までのケーブル・カアが待っている。これはもっと緩い速度だ。途中で飛降りても、怪我はない。

「お母さんって、やっぱりあたしが嫌いなのね」

「そんなことはない」

「いいえ、そうよ……あたしも、お母さんより、伊勢叔母さまが好きだったンだから、仕方ないけれど……」

「邦子はお前が、結局泉中さんと別れなければ、ヘソがまっ直ぐにならないんだよ」

「無理なことばっかり云ってるわ、お母さんって……」

「では、いつまでもこんな生活をつづけるつもりか」

「今日はその話はやめましょうね……湖尻《こじり》からスカイラインを登って、十国峠までのうちに、富士山が見えるかどうかが、一番重大な問題点よ」

「そうか」

父は携帯のオリンパスで、ケーブルの外の景色をうつした。公園下、公園上などというプラットホームだけの駅があった。中強羅の近くで、上りと下りのケーブルが、すれ違う。そのへんから、大分勾配が急になり、同時に、明星・明神・金時・乙女とつづく外輪山の見晴らしがひらけてくる。戦争前、父は伊勢子と二人で、早雲山から大涌谷へ登り、湖尻と元箱根の湖上をモーター・ボートに乗ったことがあったと話した。

「兄妹には見えなかったでしょう。誰が見ても、ランデヴーだと思ったろうな——」

「その時分にくらべると、箱根もひらけて、俗化した」

然し、山を登るにつれて、山鶯がしきりに鳴いた。早雲山の駅を出ると、湖尻まで、バスに乗った。桃源台《とうげんだい》からは帰り車が拾えて、スカイラインにかかる。が、空は相変らずどんより曇っていて、一向に晴れ間が出なかった。

「あたしって、ほんとにお母さんの子なんでしょうね。お腹を痛めた……」

「あたり前じゃないか、邦子はお前が可愛いからこそ、泉中氏のやり方が気にくわないのだ。彼はお前を玩具にしているとしか思えないからね」

「あたしだって、あの人を玩具にしてないとは云えないもの……おたがいっこよ……」

山伏峠を登り切ったところで、暫く車をとめて貰ったが、隠れた富士は、うす朧ろにも見えなかった。更に芦の湖の上までくると、その辺は湯本へ下る新道やら、大観山へ登るコースやらが、入りこんでいて、その上、立体交差のための一方路がダブってくると、馴れた運転手でさえ、ハンドルをまちがえるそうだ。

少し雲が動き出した。

この分では、ひょっとして、富士山が見えてくるかも知れない。若し見えるなら、たとえ一時間でも立ちつくして、六月の富士を、心ゆくばかり眺めたいのである。

十国峠の入口の遮断機を入った。やがて窓の右手はるか下に、三島・沼津へ降りる国道が望まれる。昨夜泉中を乗せた車が、この道を走っていったのだろう。

——昨夜の宿の女中が、廊下の立ち話に、こんな要領のいい客は、見たことも聞いたこともないと、聞えよがしに云っていた。女中はあらわに反感を示して、維子のスリッパを蹴っとばしたりもした。女中は二人で泊るものと思っていたのに、泉中だけ帰ることになったのが、第一に面白くなかったばかりでなく、それを泉中が、公給領収証の中の素泊り料として計算しろと要求したことからのゴタゴタが、女中の反感をそそったのである。泉中にはそういう几帳面な性格もあるが、知らない人はそれをひどく勘定高いものとして受取りがちであった。

「お父さんはどう思う」

と、維子は昨夜の顚末を語った。

「泉中氏のことは、話題にしないで、と云ったくせに」

「でも――」

「そういうところのある人だ。ご身分にかかわるような……」

「だって、泊らずに帰れば、それだけ引くのが当り前でしょう」

「そりゃア合理的ではあるが、彼ほどの男になったら、そこまで云わないほうが、奥ゆかしいね」

「お父さんはきっと、そう云うだろうと思ったわ……その宿屋、昔は評判のいい家だったそうなの。ところが今は、近所に出来た大きなホテルに圧倒されて、斜陽だもんだから、お客さんを怒らせてばかりいるそうよ」

脩吉はその話に身を入れて聞かず、

「あとで維子の肩身がせまかろうと、そんなことは、おかまいなしに、やりたいことをやる人だ」

「泉中に関しては、お父さんとは、絶対に対立的だわ……あたしは、宿屋の考えがまちがっていると思うの……昨夜おそく帰った彼は、朝食だって食べていないのよ。それを引かせるのが、なぜ悪いんでしょう」

「悪くはないが、やっぱり、彼はがめついな……」

「それをがめついと見るので、お父さんはソリが合わないのね」

親子の口争いが終らぬうちに、峠の見晴台まで来てしまった。そこでタクシーを降り、咽喉がかわいたので、自動販売機の果汁をのもうと紙コップを取った。五人ほど列がつくられていた。若い一組が、折角富士山、富士山と云いくらして、やっと、登ってきたのに、何んにも見えへん、と苦情を云うのが、きこえた。思いは似たり寄ったりだと、維子は思った。十円玉を二つ入れると、ジャン・ジャンと音がして、黄や紫の果汁が落ちてくるのが、紙コップにいっぱい溜る……。

野山の景色をゆっくり見るには、特急や超特急の窓からではわからない。そういう速い列車を運転していると、熟練の運転士でも赤や青のシグナルの色を見損うくらいだそうだ。富士山を見るのにも、一日や二日で見ようとしても、誂え向きに、なかなか姿を見せてはくれぬ。見たいと願うと、よけい、見えない。それで昔、裾野にある湖畔の宿に五日も六日も逗留したことがあった。六日目の真夜中になって、ふいに雲が吹き払われ、山巓《さんてん》から晴れてきたことがあった。維子は嬉しくなって、宿のバルコニーを躍り歩いたものである……。

――バスは何台か通りすぎた。

維子は父と並んで、見晴台の突端に立って、見えない富士を捜し求めた。いつもこの辺は、帽子を吹き飛ばされそうになるほど、風があるのに、今日はさっきからソヨとも吹かぬ。これでは何時間立っていても、雲はどくまい。維子は立ち草臥《くたび》れて、青草の上に足を投げ出した。ときどき、下から緩い霧が、吹き上げてくる。

——大阪・神戸・岡山から九州一円を歩く予定の泉中は、一ト月近くも東京へ帰らない筈である。その間維子はアパートで、一人でぼんやり暮さねばならない。それを見はからって、父や母が電話を掛けてよこすのは、さぞ淋しかろうと同情してくれるのではなくて、

「お前一人じゃ、淋しかろう」

と、イヤ味が云いたいからである。事実、そう云われて見ると、ほんとうに淋しい気分になってしまう。それを誰かにアッピールしたくなる。苦情というものは、云えるとなると、あとからあとから、出てくるのだ。

泉中はこのアッピールに反対である。たった一人で、茶の間、寝室、キッチン、浴室を独占して、見たい時に、自分の好きなチャンネルをひねることの出来るご身分は、この上もないもので、それを淋しいと云うのは、栄耀の餅の皮だと云うのである。どんな気の合った友達でも兄弟でも、一つのテレビを共有していれば、おたがいにひねりたいチャンネルは違うものだ。ましてて、食べるものも違えば、寝るとき起きる時が、それぞれにニュアンスが違うのに、一つ場所に寝起きすれば、必ず摩擦が起るのが当然、起らないほうが不思議である。それに反して、

維子の朝夕は、好きな時に起き、寝たい時に寝て、食べたいものを勝手に食べることが出来る。そういう自由を享楽するときは、しておきながら、こんどは淋しいと思い出すと、俄《にわ》かに淋しがって、まるで泉中のために軟禁でもされてるように不平を云うのは、贅沢すぎる話だと云う……。

でも、普通の凡人は、孤独を愛してみたり、また賑やかな社交を好んでみたりして、そのどちらかに徹することは難かしい。少し孤独がつづけば淋しがり、毎日雑居をくりかえせば、一人ぽっちになりたくなる。凡人ほど勝手なものだ。そこへまた、母が電話をかけてきて、

「今日もまた独りなの……淋しいでしょう。可哀想ね」

と、ハッパをかけられると、維子は自分を抑制しきれずにさっそく両親の家へ出かけてしまう。

すると、きまってその留守に、泉中から電話がかかる。アパートの交換台は、一々維子の行先を知らないから、

「信号しても、お返事がございません」

と云うので、泉中は先ず、脩吉の家へ掛け直すと、必ずそこに維子がいる。ごめんなさい。こんど作った着物のことで、染上りの具合を見に来たの、とか、竹の子御飯を焚いたから食べに来い、と云われたとか、見えすいた弁解をくり返すが、そういう時の泉中の返事は芳しくな

い。彼とすれば脩吉夫婦と維子の三人が顔を合わせれば、碌な話は出ないと踏んでいる。恐らく、維子が先ずこぼす。泉中の愛情が、まっとうなものでないと云って――それをトッコにとって、脩吉が怒り出す。邦子も尻馬に乗って、紋哉攻撃をはじめるだろう。その様子が見えるようなので、維子が両親の家へ行くのを、泉中は好まないのだ。

「昨夜の話でも、泉中はあたしが、お父さんお母さんの家へしげしげ、行くのが面白くないって云うの」

「しげしげでもないじゃないか」

「あれだけの部屋を与えてあるんだから、もっとお臀をおちつけたら、どんなものかって」

と維子はこぼすまいと思いながら、やっぱり、こぼした。父はやや皮肉に、

「では、泉中氏は、お前が親の家以外に、ボーイ・フレンドの所へでも行ってて、あの人をイライラさせるほうが、いいと云うのかな。あの人は大分変っているそうだから……」

「あたし、云ってやったの。あなたこそ、ちっとも落ちついていらッしゃらないくせに……たまにお帰りになったと思うと、すぐまたお出かけになるじゃありませんか。もっと度々お帰りになって下されば、あたしだって、出歩きませんって……」

「そうしたら、何んて云ったね」

「まだ完全な彼女ではないねって」

「イヤなことを云う人だ」

そのとき、維子は、この頃の自分がいかに献身的で、すべて泉中の云うままになり、一度でもイヤと云ったことはない、泉中もそれに満足してくれてもいいではないかと、反駁すると、彼は自分が逢いたいと思って電話をかけるときに、維子が不在で親の家へ行っていれば、すぐ呼返すわけにもいかないのだから、結局、維子が泉中の欲求を、イヤだと云って拒絶するのと同じことになり、彼はいつも、我慢させられているのだ、とはっきり云ったが、それは今、父の耳へは入れなかった。

——いつか、父も維子の横へ腰をおろして、焦茶のズボンの足を揃えて投げ出していた。

ザワザワ、見晴台の人たちが動いたと思ったら、突然、二人の頭の上で、

「富士山だッ」

と、叫ぶ声に、維子は我に返って、目をあげた。方角はてんで違っていたが、折から、茫漠たる層雲の衣裳が脱げ落ちて、奇蹟のように、青富士の肩のあたりから、山肌が見えてきた。青というよりは、碧瑠璃《へきるり》が勝ち、そのまた翳になる部分は、ダッチ・ブルーのような濃密な青を染めている。そこへ乳白硝子をはりつけたような白高麗《はくこうらい》の縞が、二筋、三筋、山肌を裂くとも見えるのは、そこだけに、冷たい雪が凍ったままになっているのだろう。富士がこれだけでも、頭を出したのは、ざっと一ト月ぶりだと、土地の運転手たちが喋べっている。どんなこ

とでも、シビレの切れるほど待ち草臥れてからでないと、この通り、実現しないものである。風もないのに、彼方の空に白高麗の青富士が望まれたのは、峠の上で、一時間近くも待ちあぐんだおかげだった。

2

箱根から帰った維子は、べつに部屋に異状がないので、吻《ほっ》としたものの、しばらくたって、いつもおいてある衣裳簞笥の上の泉中の写真が見えない、銀製の写真立ごとなくなっているのに気がついた。夢中になって、手あたり次第捜し廻るうち、伊勢子の形見の「和泉式部日記」も、紛失している。これは本立の小説本の並んでいる一側奥へ、見えないようにかくしておいたのだが、それを嗅ぎつけて、持って行ったのは只のネズミではない。父の脩吉がわざわざ持ってきてくれて、

「これはお前に預けたほうがいいと思う。その代り大事にしまっといておくれ」

と念を押された品だけに、紛失したとなると一大事である。維子は正直、青くなってしまった。

「さア大変だ」

彼女は独り言を云い、留守中に誰かが闖入《ちんにゅう》したとなれば、窓をこじ明ける外はないと思って、

曲者の侵入個所から調べて見たが、何んの異状もない。それでは、キイを使って、出入口の扉をあけ、堂々と入って、目的の品を奪取したのだろう。このキイを持っているのは、維子と泉中の二人である。泉中が維子の留守に入室して、何んの理由で、自分の写真を持ち逃げする必要があろう。彼がシロだとすると、彼のポケットから、キイを盗んで、こっそり、部屋をたずねた別人があるに違いない。維子は貸室ビルの地下にいる管理人の杉下へ電話をかけ、二、三日、箱根へ旅行して、部屋をあけたが、その間に誰か入室したものはないか、二、三点ほど、紛失物があるのだと云うと、驚いて杉下が見舞に来た——。数年前に女房が死んで以来、独りで暮している五十男である。

「どういうものが、紛失したのでしょうか」

「ほかにもあるかも知れないけど、今気がついたのは、これこれ——」

「おかしなものばかりですね……金目のものは？」

「通帳とかそんなものは、あります」

「どこかへ置き忘れたか、しまい忘れたンじゃないでしょうか」

「そんなことより、杉下さんに聞きたいのは、留守中の入室者の有無ですよ」

「それが何しろ、地下室とこちらでは、目が届きません」

「それもそうね」

維子はあきらめる外はなかった。が、泉中のキイを盗んで、こっそり入室した者があるとすれば、時子夫人だけである。この人が大阪へ先乗りしたというのは想像で、維子と泉中が箱根へ発ったあと、かねて盗んでおいたキイを以て、扉をあけ、この部屋に入って、銀製の写真立と「和泉式部日記」を奪い取り、何喰わぬ顔して、その晩の急行へ乗ったのではないか。泉中とは打合わせができていて、沼津から乗込む夫のために、上段下段のコンパートメントを手に入れてあって、その列車が沼津へ着くのを、待ちかねていたのだろう。とすると、維子はまたもいっぱい、くわされたわけである。

女のことだから衣裳簞笥や葛籠《つづら》の中まで、きっと目を皿のようにして、見たに違いない。思ったより、着物がないとか、ろくな宝石も持ってないとか、そういう点で、相手を軽蔑するのは、さぞ痛快だろう。花柳界出の女は、くたびれた浴衣がけで風呂屋へも行くくせに、法外な着物や帯を持っている。時子夫人にくらべたら、維子の簞笥の中は、貧弱なものばかりだ。別段、引ッ搔き廻した形跡はないけれど、抽斗を明ける度に、彼女が優越感にひたったことは、争えない。それがやっぱり、口惜しかった。これから泉中の本宅へ行って、報復的に時子夫人の衣裳簞笥をひっくり返して来たかった。きっと、その部屋のどこかに、「和泉式部日記」がかくされているだろうが、それを捜し出すのは、造作もないことである。

然し維子は、復讐心を抑えて、ホテル・ニュー大阪のフロントへメッセージを依頼した。間もなく、泉中から電話があった。

「あなた……今どこにいらッしゃるの」

「吉兆にいる。何の用だね」

「おくさんとは一緒の汽車でいらッしゃったンでしょう」

「そのことで電話を寄越したのか」

「いいえ。そこにキイを持っていらッしゃいますか。あたしの部屋の……」

「キイ?」

と彼は問い返したが、ポケットのキイ・ホルダーを出して見ている風で、

「こりゃアおかしい。半蔵門のキイだけが抜かれている」

「やっぱり、そうなんだわ」

「たしかにない」

「もう一度、落ちついて、ごらんになって」

「………」

キイ・ホルダーのチャラ・チャラいう音まで、送話器からはいってくる。何度しらべても、ないものはないのだ。

「ない」

「間抜けね……大事なキイを盗まれたりしては……」

「盗まれたのかな」

「そうでしょう。あったものがないンだもの……あなたから、キイを盗んだ何者かが、あたしの部屋へ入って、あなたの写真立と、伊勢叔母さまのお形見の和泉式部日記と、またその中にはさんでおいた写真と、都合三点を奪《と》って行ったの」

「ほんとか」

「箱根から帰って、びっくりしたの……犯人、わかるでしょ」

「わからない」

「正直に、胸に手を当てて考えて見て……あなたのキイ・ホルダーですよ。わからない筈ないわ」

「時子だというのか」

「はっきり仰有らないでもいいわ。でなければ、そのキイをおくさんから受取った誰かが……譬《たと》えば小塚猛弥さんみたいな人が頼まれて……」

「まさかとは思うが、調査しよう」

と、泉中は云った。が、その狼狽はかくし切れない――。

「ねえ。三点とも、見つかり次第、返して戴けるでしょうね」

「むろん、わかればすぐ返すが——まだ僕には信じられない」

「それで汽車はどうだったの？」

「汽車か——汽車は別だ」

「では、おくさんは何時に発ったの」

「それは聞かなかった」

「嘘つき——あなたって、大嘘つきよ——二人で、コンパートメントを取って行ったんでしょう……あたし、そんなことは覚悟の前よ。あなたが正直に云って下されば、ちゃんと納得するんです。それなのに、何んのかのって、嘘ばかりつくンだもの……蒲郡のときだって、嘘ついて、あなた、桑名へおくさんを呼んだでしょう」

「いや、呼ばない。桑名は男ばっかりだ。船津屋へ訊いてごらん……そんな、猫の目の玉が変るようなことは絶対にしない」

「あたし、何もかも知ってて、黙っていたのよ」

「不気味だな……君の耳に、いろんなことを入れる奴があるんだな。そいつは誰だ」

「あたし、豊橋から、東京へ帰らずに、桑名へ行こうと思ったの」

「来ればよかったのに……そうすれば、そんな濡衣を着ないですんだ」

と、泉中は図太く白《しら》を切った。維子もこれはもっとよく調査してから、云いのがれの出来ない証拠を押えておいて、切札に出すつもりだったのが、うっかり、はずみに乗って、ぶちまけたのは、やや軽率のうらみもあった。

「そうか、鈴江堂に聞いたんだな」

と、彼は逆襲してきた。

「いいえ」

「いや、彼が君に、豊川稲荷の千本のぼりの辺で逢ったと云ってたぜ……彼は何ごとによらず、聞きッ囓りで誇大に云うクセがあるんだ。来もしない時子が、来ていることになったり……」

「知らない」

維子は泣きたくなった。そうまでして、鷺を烏と云いくるめるのも、ありようは時子を庇いたい一心からだろう。

「そんなに、おくさんが大事なら、あたしなんか捨てればいいのに……」

それからは、泉中が何を云っても返事もしずに、只黙って、彼の声を聞くだけで、それからガチャッと、受話器を置いた。

3

維子の発作は、この長距離電話が切れた直後に突発した。急に胸が迫ってきて、息苦しく、数えきれないほどの動悸が、とまらなくなった。同時に、精神的には、濃い絶望感が、目の前を昏くした。維子には生れてはじめての経験だった。

立っていられないので、リノリウムの上へかがむと一緒に、猛烈な嘔吐感がこみ上げた。彼女は這うようにして、こらえこらえ、流しまで行き、それに向って、

ゲイッ――ゲイッ

とやった。冷たい汗が全身に流れ出し、気が遠くなっていった。

しばらくして気がつくと、悪寒のためか、痙攣なのか、手足の顫えがとまらない。寒中、裸で氷雨を浴びているような顫えだった。このまま、どうかなるのではないか。明日の朝、冷たくなったまま、発見されるのではないか。場合によると、三日も四日も経過して、糜爛《びらん》死体となったのを、父か母に見つけられる……。

維子は漸《や》っと電話機のところまで行って、杉下を呼出し、父か母にすぐ来るように云ってもらうことにした。まもなく、マスター・キイをぶらさげてやって来た杉下は、流しに吐いたものを、水で流してくれたりした。杉下は親切そのものだが、男としての好奇の目もなくはない。今夜の維子は、浴衣に細帯で、それも苦しむ拍子に着くずれて、ぶざまな姿になっている。そんなところを見せたくないという意識はあっても、手足が云うことを聞かない以上、まくれている腓や膝が、杉下の目にさらされるのを、どうすることも出来ないのである。

両親のくる前に、近所の女医の岡さんが来てくれた。杉下に手伝わせて、ベッドまで運んでから帯をといた。嘔吐したものが、着物や帯を汚しているので、維子はいさぎよく裸になり、洗濯したての浴衣に着換えるのを、岡さんに手伝ってもらった。杉下の視線が、女の素肌に向けられていたが、それを遮切ろうとする力もなかった。すべてがさらけ出される一瞬も、維子は不貞腐れたように、そのままの姿勢でいた。嘔吐したものを、流したり拭いたりさせたあとなので、杉下に廊下へ出ていろとも云えなかった。岡さんの聴診器が、当り出した。胸から腹へ移った。

「夕食は何を食べましたか」

と、岡さんは訊いた。小海老のピラフが、急性の胃カタルをおこして、消化不良になっていたせいも多少あると云うことだが、主には自律神経の違和による脈搏多動の症状と、それにつづいて起った強迫感からの脳貧血性失神だと説明した。

「ご心配無用。絶対に狭心症とか、心筋とか、または虚血とかいうものではありません」

「あたしはまた、てっきり心臓の発作だとおもって……」

「季節的にも、一番食あたりの多い時ですから……もう一度、注射しておきましょう」

維子は黙って俯伏せになり、枕へ額を押しつけた。左右のヒップの筋肉に、一本宛、筋注が行われた。

血圧も計ったが、特に異常はないものの念のため心電図も撮ることになって、岡さんはポータブルの電圧心電計の感度調節をした。それから、もう一度、維子の胸は裸にされた。電極板にペーストを塗った布をまいて、維子の四肢に密着させる仕事を、岡さんは杉下に手伝わせた。杉下の手が、じかに触れて来たが、維子は黙って、意識を投げ出していた。撮影がはじまった。同時に現像焼付が行われるのだが、その幾通りかに写される心房筋や心室筋の亢奮による曲線の図式は、素人にはチンプンカンプンである。

「どこにも、異常はありませんね」

「では、はずします」

と、杉下が、維子の胸から電極板を除いていった。

「杉下さんは馴れたものね」

「へい。去年亡くなった6階の水窪さんの旦那が、何遍もこれをとりましたものね。そのたびに、私が手伝わされたもんで、おぼえました」

「そうそう……水窪さんのは、タチのわるい心不全で、心臓が右へ三横指以上も肥大していてね……腐ったゴムマリのように、伸び切っていたンだもの……あれでは助かりっこないわ……最期は心室の梗塞でしたがね」

「九谷さんのは、そんな心配はござンせんでしょう」

「全然、違いますから」

「よかったね、九谷さん……でも、最初はびっくりした」

岡さんが、注射箱を片付けているところへ、父と母が連れ立って、入って来た。それを潮に、杉下がバカ叮嚀な挨拶をして、出て行った。つづいて、岡さんも帰った。

「さア維子……丁度いいから、この際、アパートを引き払いましょう」

と母が云った。父も同意の顔だ。いや、父のほうが、原案を出し、それに賛成した母が、代りに発言しているのかも知れない。脩吉は、ベッドの上に、取り乱した恰好で寝ている維子を見た瞬間、これで泉中に対する敵を取ったような気がしたのではないか。

これを機として、親が維子を引取る。こうなったら、二度と再び、泉中の手には維子を委ねない。それが禍いを転じて福とするたった一つの道である。

「どうだ。少しおちついたら、今夜にもお前だけ移ることにしよう。家財道具の引越は明日にして……」

「………」

「岡さんは、心配ないと仰有ってたが、親とすれば甚だ不安だ。電話のところまで匐って行けたからいいが、そうでないと、助かるものが、助からぬかもしれない。それでは困るよ」

「心臓の器質的疾患ではないそうだから、あんまり大袈裟に云わないでよ」

「でも、つウちゃん……こんな発作は、あなた、はじめてでしょ」

「交感神経と副交感神経のバランスがちょっとした刺戟で、均衡を破っただけのことですって――」

「今頃そう云っても、さっきの騒ぎは大変だったわよ……とにかく今夜は、家へ帰りましょう」

母はそう頭ごなしに決めてかかっていた。それで、しまいには、

「どうしても連れて帰りたいって云うなら、帰ってもいいわ」

とうとう維子も承諾させられた。泉中のキイ・ホルダーから、アパートのキイが盗まれ、それを使って、無断入室した者が、伊勢子の形見を奪ったことで、維子も彼と自分の前途に、絶望を感じている以上、両親の提案に、堅く耳を塞ぐわけにもいかなかった。

注射の効いたせいか、心の動揺もおさまって来た。父がタクシーを拾いに行く間、母だけになったので、

「杉下さんたら、診察中ずっと、あたしの身体を見ているのよ」

「あら、いやだ」

「はじめ、着物も下着もみんな汚れちゃったんで、それを着換えるときも、岡さんたら杉下さんに手伝わせるんだもの」

「ことわればいいのに」

「それがふしぎね。ちっとも恥かしくも何んともないの……見ていやアがるな、って思うだけなの。見せてやろうって気もないんだけれど……」

「そこが、維子の変ってるところさ」

「あら、そうかしらね……生き死にの場合でも、女は恥かしがったり、見せまいとしたり、いろいろ、防禦の意識があるのかしら」

「普通の女性は、どんなときでも、それがなくならないと思うわ」

母はいつもそう云って、維子を変り者の特別製のように片付けるが、母みたいな権力に弱い女が、最後まで恥の意識を、五体から離さないとしたら、お目にかかりたいとおもう。

「杉下さんも、いい年をして、何んだろうね」

「……岡先生がまた乱暴に、着物を脱がせるんだもの……杉下さんとすれば、この機を逃さじとばかり、見ない顔して見たに違いないわ」

「……不潔ね。なぜ、あっちへ行けって云わなかったの」

「それを云うのも億劫なの……ええ、どうにでもなりゃアがれって……そんなものよ……お臀へ筋注するときも、彼はそこに、ノッソリ立ってるの」

「図々しい……男が遠慮するものなのに」

「男の眼なんて、女を凌辱するために、二つくっついているンでしょう」

「まさか」

「そうなのよ。絶えず、それを狙ってるんじゃありませんか……あたしって、どうしたんだろう。見られている最中は、平気だったのに、今になって、とても恥かしいわ」

「オヤオヤ……いつも気取り屋さんだものね、つウちゃんは」

と、母は皮肉を投げた。

タクシーが拾えないのか、父の帰りがおそかった。維子はベッドの上に起き、その浴衣の上に、ひとえ物を重ねて、ツケ帯をしめた。

「お父さんは、どうしようって云うのかしらね……お母さん」

「この際、泉中さんとは別れてもらおうと考えていらッしゃるの……だから、あなたもこんどは決心なさいよ」

「どういう理由で」

「狭心症の疑いが充分だから……」

明らかに誤診だが、維子も争う気はなかった。それに、こんな騒ぎをしただけに、このアパートにもいにくくなったことはたしかだった。

——やがて、父がタクシーを拾ってきた。維子は父の肩につかまって、車の中に入ると、グッタリした。父が地下室の杉下に挨拶しに行ってくる間、タクシーは待たされた。ルミナールが効いて、うつらうつらする頃、父が戻ってきて、車は動きだした。送って来た杉下が、車と一緒に小走りしながら、

「お大事に、お大事に」

と云う声が、維子の耳にはいった。半眠半覚の状態で、父と母の話も聞えていた。

「私は断乎として、泉中と闘うよ。今度こそ負けないぞ」

「あなたはいつも気の強いことを云うけれど、すぐ位《くらい》負けしてしまうでしょう。今度は、竜頭蛇尾にならないようにして下さいよ」

「見くびるな、邦子……岡さんだって、はじめはびっくりして、ジギタリスやネオフィリンを射とうとしているンだぜ。万が一にも、狭心症の発作に移行しないとは云えない……その場合、誰が責任を取るんだ。泉中はきっと、俺の知ったことじゃないという顔をするにきまっているさ。あの男に、ほんとの誠実のないことは、伊勢子を猫啼で死なしたことで証明済みだ。私は親として、維子の生命の安全を図る絶対的な義務がある」

脩吉は段々に亢奮して声高になった。むろん母にも異議はない。父にもまして、母は常日頃、維子と泉中の断絶を希望して、神信心までしているのだから。

その具体策としては、この際アパートを引払い、再び維子を泉中に逢わせないのに限る。彼

を相手に、千万言を費やしても、脩吉に勝ち目はない。それより、維子を家に閉じこめ、泉中から、どんな脅迫があっても、これを受入れないことにする。そのためには、維子にも協力してもらわねばならぬ。維子だって、今夜のように取り乱して、両親に救いを求めた以上、いつものように、すぐまた気の変ることは許されまい。

西下した泉中は、当分帰京しない筈だが、アパートを引払ったと聞けば、さっそく家へ電話をかけてくるだろう。そして維子をどこかへ引っ張りだして、もとのようになることを強要するに違いない。逢わせたら、女は弱いにきまっている。それを防ぐために、両親は命がけで、維子を護る……。

「向うは躍起となって、誘い出しを策すだろうが、社会的に多忙な人だから、毎日のようにかかりきりになるわけにもいくまい。要するに根くらべだ。根くらべなら、多忙な者より、暇人に強味がある。維子さえその気なら、この根くらべは、私の方に分がある――」

「ほんとに今度はうまくいきそうね」

と、母が相槌うつのがきこえる。

「実際のところ、維子を返して貰わなくっちゃ、私たちは死ぬにも死ねないからな……命がけでやってみるつもりだ」

「つウちゃん、聞いてるの」

と母が云った。

「聞いてるわ」

「みんなつウちゃんの幸福のためですよ……あんなアパートで、たった一人で、雨の日も雪の日も、紋哉さんの帰りを待っているのかと想うと、私は涙が出て来て、止らなくなっちゃうのよ……何んとかして、元通り親子三人で暮したい。それぱかり云い暮しているのよ。この頃はテレビ一つ、見る気がしないの。見ているうちに、画面が昏くなって、見えなくなっちゃうンだもの」

「それもみんな、泉中のエゴイズムのせいなんだ。その犠牲なのだ。そんな無法なことってあるか」

「紋哉さんのおかげで、私は五ツも一どきに老けましたよ」

「邦子！」

感極まって、父が母を呼ぶ声がした。

やがてタクシーは、門の前にとまり、再び父が抱くようにして、維子をおろした。ルミナールのせいで、まっ直ぐに立っていられず、地べたにでも坐りたかった。母も手伝って、両脇を支えられると、爪先立て、玄関までの砂利道を歩いた。

部屋には、床がのべてあった。母の寝床の隣りであった。そこへ横たわると、維子はやっぱり、わが家へ帰ってきた思いで、安心できた。

「家《うち》はいいわ」

「それ見ろ」

「アパートはどうするの」

「明日、私が行って、きれいに片付けてくる。何に二時間とはかからずに、全部引き払ってくるから、心配しなさんな」

父は可愛くてたまらぬように、維子の額へ手を当てた。

その晩の脩吉は、千万人と雖《いえど》もわれ行かんの気概を示していた。

4

一晩寝ると、維子の発作は大体平静に戻っていた。

胃がカラッポになるほど吐いたと見えて、朝から食慾があった。母が買物に出掛けているので、父にトースターを出してもらって、自分でパンを焼いた。苺のジャムを塗って食べると、びっくりする程うまかった。腹がくちくなると、維子はやはり、泉中のことで頭がいっぱいなのを自覚した。

半蔵門にいる間に、二号族の生態を、あからさまに見ることが出来たが、自分もその一族の一人なのに、ひどく異分子だったものだ。普通のおメカケさんたちのアパート生活に限っては、大ッぴらで、出入りにも、臆したり怯えたりする風がない。旦那とは平気で腕を組んで、笑い興じながら、帰ってきたり、出ていったり、或いは見送りのために、階段をガヤガヤ云いながら降りたり、昇ったりする。自動車のある連中でも、多くはオーナー・ドライヴで、彼女たちはフロントの助手席におさまるのが定型だ。時にはタイヤの入替を手伝ったり、バックから荷物を出したり入れたりもする役だ。駐車のとき、彼女たちが、

「オーライ、オーライ……ストップ」

と、女車掌もどきでかける声が、部屋の中まで聞えることもある。まったく臆面なしだ。むしろ車持ちの旦那のあることを自慢しているようにも響く。出てゆくときも同様に派手っ気で、車のドアをしめるにも、

バタン、バタン

と景気よく響かせる。決して、静かにしめようとしないのは、聞えよがしでもあるのだ。誰もが自分を日蔭の花と卑下する様子は、さらにない。旦那のほうも、逃げかくれせず、近所隣との交際が華やかで、管理人の杉下とも、遠慮ない口をきく。そういう中で、いつも孤独で、足音一つ立てずに出入りするのが、維子だった。泉中と二人で、同じ車から降りたことは一度もない。ごく稀《ま》れに、相乗りしてくることがあっても、維子はイギリス大使館の九段寄りの外

れか、三宅坂の交差点を越したあたりで、車を降り、そこからは、一人でポツポツ歩いて帰る。泉中が迎えに来るようなことがあっても、関東クラブの前とか、麴町警察署の裏通りとかに車をとめ、その辺の赤電話で呼出すと、支度して待っている維子が、すぐ出てゆくという具合で、杉下にしても、一ト足外へ出てしまった維子の行方を突留めるということは難かしかった。恐らく、九谷さんの旦那は誰だろうというのが、そのアパート中での話題だったに違いない。そんなにみんなが目を皿のようにしても、尻っぽは摑まれたことがなかったのである。

もっとも、オーバーヒートで飛んだヒューズを入れに、杉下が維子の部屋へ入室したとき、銀製の写真立の中の泉中の写真をチラッと見たことはある。然し、それを追及する風もなかった。泉中の顔はたまに新聞や雑誌にも出るので、気がつけばつく。然しその後泉中の噂が出なかったところを見ると、杉下は彼の顔を知らなかったのかも知れぬ――。維子は格別、臆しているのでも、評判を懼《おそ》れているのでもないが、なるべくほかの連中と、派手に交際したくなかったのにすぎない。つきあい上手の女性は、アパート中の家族とことごとく接触してしまう者もある。階段の一つや二つは、苦にしない。むろん、麻雀や花札に遊びふける場合は、徹夜がつづいても、意としない位だから、他人《ひと》の部屋へ蒲団を引っぱって行くようなことはザラである。ところが、維子はとうとう、どの部屋ともついに接触を持たなかった。それで九谷さんはよっぽどの変り者か、でなければ、旦那さんが第三国人か、或いは人に見せられない片輪者ではないかと、そんな評判まで立ったそうだ。

その維子が、突然疾風のように、アパートを去ったのだから、目を皿にしていた連中が、さぞかし蜂の巣を叩いたような騒ぎをしているだろう。彼女が足音も立てまいと気を遣って、只々、無事を保守していたのが、突発的に均衡を破ったのだから、彼らの関心は、いやが上にも、亢ぶったことだろう。それを思うと、維子はひとりでに、顔が赤らむように覚えた。みんなに取巻かれて、杉下が質問責めに合っている様子が、ありありと目にうかぶ。彼は昨夜見た維子の発作騒ぎを、尾鰭をつけて話すだろう。

「旦那と箱根へ出かけた留守に、旦那のキイ・ホルダーからキイを盗んで、部屋へ入った何者かが、写真立の旦那の写真と大事な本を奪ったとかで、九谷さんがショックを起しなすったんだ」

その程度には、少なくとも騒ぎの輪廓をつかんでいる筈の杉下であり、アパートの物見高い人達を動かすに足りる事件の報道でもある。

——トーストを食べ終る頃、父がはいってきた。ジャンパーを着て、腰に手拭をぶらさげていた。

「まア何んという出立《いでたち》なの？　まるで敵討《かたきう》ちにでも行きそうじゃない。維子の讐をとってくれるの」

彼女は冗談めかして云った。脩吉は生硬な表情に、少し微笑をうかべたが、

「その通りだ。お前の讐を討ちに行く。そうしないと、お前の命が危くなる。私は絶対にお前を殺したくないのだ」

「お父さんって、やっぱりファナティックだわ」

「こんどは、わしも遠慮しないよ。思った通り断行する。二時間ほどで、鮮やかに引きあげてくる……細工はりゅうりゅうだ」

脩吉は得意そうである。その昔、伊勢子のアパートを引き払ったときのことを連想しているに違いない。父に云わすと、引越しは重苦しいが、引き払うときは、はな唄まじりで、片っぱし積みこんで帰ってくるのが、いっそ痛快だそうだ。然し、アパートの人達は、手ぐすねひいて、脩吉が来るのを待ち、荷物をまとめて、トラックへ積み入れる図へ、いかに露骨な、興味満点の視線を投げこむことか。

「それで、もう一度、念を押すが、維子はほんとに同意しているのだな……異議はあるまいな」

「こんなことをしてしまったんだから、異議申立の権利なんかないわ。お父さんのしたいようになすったら、いいじゃない。その代り、当分寝ていていいかしら」

「いいとも、いいとも。いくらでも、お前が寝ていたいだけ、寝ていなさい。泉中のような悪

魔のために、お前は知らず、知らずに、大分痛めつけられている。ここらで充分に休養しないと、とんだことになるところだったんだ」

「ほんとね」

「その代り、休養したら、また縒《より》をもどすなんて云い出さないでくれよ。そんなことになるんだったら、目も当てられないからね。すべて水泡に帰すからね」

「はい」

「大丈夫だろうね。約束してくれないか、絶対に戻らないって……泉中がどんな誘惑、若しくは脅迫がましいことを云い出しても……いいか、維子」

「はい」

「そんなことしたら、この上ない親不孝だよ……私も邦子も、絶望する」

「これ以上、親不孝はしませんわ」

「ありがとう。それを聞けば、お父さんにも勇気が涌く……。邦子の心配だって、そればかりさ。また維子が、紋哉さんのところへ帰りたいと云い出したらどうしましょう……そのときは、私たちの世界はまっ暗になってしまうって云ってな……昨夜も一晩中、それを云っているンだ」

「お母さんは苦労性なの」

「それもみんな、お前が心配をかけるからだよ……」

「もうわかったわよ……お父さん」

「あとで邦子が戻ったら、お前からじかにお母さんにもそう云っておくれ」

父は維子の手をとって、押戴くようにした。目にいっぱい、涙を溜めている。

脩吉とすれば、この維子の同意を、天の福音のように聞いたに違いない。

彼の具体的な、また叛逆的な夜逃げの企画は、先ず同意しがたいと見た維子が、容易に同意したことで、意外に幸先のいいスタートを切ったことになる。この分で行けば、あっさり泉中も、維子への執着を捨て去るかも知れない。

それさえ出来れば、九谷一家は一陽来復で、再び親子三人水入らずの生活に復帰することが出来、一般的なモラリズムと常識の境地に落ちつく。

「維子——お前は悪い夢を見ていたのだ。その夢が破れたのは、お前の幸福と共に、両親にも、有難いことだ。悪夢は去り、正常な道徳の中へ戻る……家庭の常識が、そこにある。男も女も、これに服従していれば、先ず怪我がないのだ」

「もう、いいわよ、お父さん——早く行ってらッしゃい」

と、維子は少し不機嫌な声を立てた。父はまたしても、ノーマルな常識と秩序を説き、泉中のやり方をグロテスクな魔法のように云うつもりなのだろうが、正直維子はそれを聞いていると、そのグロテスクな魔法に、グイグイ惹かれだされないとは限らないのである。要するに父は、秩序や道義を説きながら、娘に権力への服従と、被支配者の卑屈な忠誠を守らせたいのに違いない。維子はふと気がついた。実はその父の道徳と常識の強制がいやさに、属懇《ぞっこん》泉中に惚れたのかもしれないと——。

「よし……わかったな。では、行ってくる」

父は腰の手拭で汗をふき、労務者のような活気を見せながら、アパートへ出かけて行った。

5

泉中は博多Nホテルへはいると、講演時刻までのひとときを利用して、維子のアパートの番号を廻した。ビルの交換台が出た。

「6階の17番へつないで下さい」

と云うと、いつになくお待ち下さいという返事で、代って管理人杉下の声になった。

「一昨日、お引き払いになりました」

「えッ——えッ」

不意をつかれて、泉中はとっさに口がきけなかった。

「えッ、引き払ったって？　ほんとですか」

「はい。こちらも突然なので、驚きました。親御さんが見えて、即座に連れてお帰りになりましたよ……あなたは泉中さんでしょうか」

「イヤ、違います」

杉下も維子のパトロンが誰であるか、はっきりは知らなかったが、一人二人、その背ろ姿を見た者もあるところから、うすうすは泉中の名前をカン付いていて、今日は思いきって、鎌をかけてみたのである。然し、高飛車に否定されると、それでもと問い詰める気もなくなって、電話を切ってしまった。

泉中もさすがにあわてふためいた。このまま電話をつづければ、声が震えださないとは限らない。そうなると、この管理人に、内かぶとを見透かされてしまうから、それではうまくない。一旦心をおちつけてから、掛け直してもおそくないと思ったのである。受話器を投げるように置くと、彼は片方のベッドの上に、仰向けにぶっ倒れた。手足が、二、三度、痙攣風にブルブルした。

女の心変り――。彼はそう思うしかなかった。然し、小涌谷の古い温泉宿で示した女の露骨なほどの熱中を思い出すと、信じられなかった。夢のような気がする。狐にでも騙されているような気がする。泉中が朝までつき合わずに夜のうちに宿を出て、沼津へ降りて行くのを、いかにも怨めしそうに見たその目が、まだ自分の網膜に灼きつけられている。あの目色に嘘があったとは思われない。嘘がないなら、どうして斯《か》くも鮮やかに、掌を返すことが出来るのだろうか。

（冗談じゃない。これではドロンだ。夜逃げだ。逐電だ。しかもそれは堂々と行われたらしい。要するに俺は女に尻毛をぬかれた。あの阿魔ッ子に……いや、やったのは維子ばかりじゃァあるまい。軍師はあの親父だ。九谷脩吉の報復なんだ）

彼は口の中に反芻した。それにしても、泉中には珍しい油断だった。女の手足を縛りつけ、勝手に逃げ出したり出来ないようにしておく方法は、いくらもあった。が、まさかと思っている隙を、まんまとしてやられたのである。

たしかに泉中の注意が足りなかった。安心して、維子にたよりすぎていた。伊勢子はともあれ、維子に限って、逃亡とか裏切りとか不貞とかは考えもつかないのであった。それほど、たしかな手ごたえがあった筈である。昨日今日出来た仲ではなし、泉中に一言のことわりもなしに、アパートを引き払うということは、明らかに暴力沙汰である。少なくとも、常識を逸脱している。これが程度の低い匹夫匹婦《ひっぷひっぷ》の場合なら、仕方もあるまい。維子のような女が、一季半季の傭人のするようなことを、恥かしくもなくやったところに、泉中の驚きと怒りをつくった。

「これでは救われない……やっぱり、維子にも男がいたのだろうか」

想像はひたすら悪い方向へ走った。すぐにも東京へ帰りたかった。一日二日と、時を空費するうちに、維子は父母の家を中継所として、どこかへ飛んで行ってしまいそうな気がする。泉中の胸からふりもぎるようにして出て行った維子には、どんな男が、待っているのだろうか。

然し、九州に於けるスケジュールはぎっしりだった。博多、佐賀、唐津、伊万里、早岐《はいき》、諫早《いさはや》、長崎と、息つく暇もないことになっている。長崎のあとが、雲仙で休息するが、そのあと、また日程がつまって、熊本、鹿児島、宮崎を廻って、大分県へ一巡する。飛行機は大村からも、熊本からも、飛立つが、東京で一泊する暇は許されない。

突然、彼はベルを押して、ボーイに秘書の来室を命じた。

「予定を変更する。佐賀市の観光懇談会は出席取りやめだ。すぐ電話を掛けてくれ。唐津をやって、大村から、一度、東京へ引っ返す」

「はア……」

秘書は目をまるくしている。

「何か事件でしょうか」

「そうじゃない。君に関係ないことだ……早く、手続きだけすればいいのだ」

「はい」

秘書が出ていってしまうと、彼はまた、ベッドの上に、大の字なりに倒れた。そう云えば、昔、伊勢子にも同じようなことがあった。やはり泉中に無断で、麹町のアパートを引き払ってしまったのであるが、その時の軍師も、九谷脩吉だった。彼が一人で、女の部屋を片付けて、ダットサン・トラックを二度往復させると、部屋はカラッポになってしまった。今度はもう少し手がかかったろう。

（イヤな奴だ）

泉中は脩吉の、陰険味のあるニヒルな顔を思い浮べ、それに思いきりビンタを張りたい気持が亢ぶってきた。然し、イヤな奴は脩吉ばかりではない。これに許可を与えて、脩吉の行動を速やかならしめたものは、維子の離反である。泉中にことわらなくても、維子さえ諒解すれば、脩吉は何んでも出来ると思っている。親だからだ。然し、それはまちがっている。あのアパートは、泉中が維子名義で借りていて、三万二千円の家賃を出していたことを、脩吉は承知していたわけだ。

維子が諒解してやったとなると、維子自身の逃亡で、脩吉はその手伝いをしたにすぎない。一体、いつ頃から彼女は、それを企てていたのか。そもそも、あのアパートへはいった頃から、彼女の去就は一転していたか。それとも、衝動的に飛び出したので、それを脩吉や邦子が、待っていましたとばかり、親の家へ引取ってしまったのか。

——ドアがあいて、時子が顔を出した。

「あなた……どうなすったの」

「どうもしない」

「だって、急に日程を変えて、大村から東京へお帰りになるなんて……」

「急用なんだ」

「東京へ電話なすったそうじゃないの」

「一々、うるさいな」

「つウちゃんのアパートへお掛けになったんでしょう」

何から何まで知っているのには、おどろいた。ホテル・ニュー大阪へ、東京からかかった時も、時子にはすぐカン付かれた。行先、行先に、維子の影がつきまとうのが重苦しいと云って、時子は食ってかかった。

「一体、つウちゃんは何んて云ってよこすのよ」

「………」

「淋しいから、顔が見たいって云うんでしょう……一晩、東京へ帰ってきて頂戴って?」

「そんなことじゃない」

「ホホ。きっとそうよ。あなた、鼻の下が伸びてるもの……つウちゃんの威力も大なりね。あなた、その一言で、佐賀も長崎も蹴とばして、東京へ帰る。でもそれじゃア、県民に対する約束はどうなるの。みっともないじゃアありませんか」

「長崎はとばさない。伊万里と早岐をぬかす。ここは最初のスケジュールにはなかったんだから、カンニンして貰おう」

「では、どうしても、東京へお帰りになるというの」

「………」

「いけません。あたしが許さない」

「………」

「そんなに逢いたければ、つウちゃんのほうから、こっちへ来ればいいじゃない？　雲仙へでも、阿蘇へでも……あたし一晩ぐらいなら、ゆずってもいいわ。あなたと維子が、雲仙ホテルで一晩泊ってくるのを、長崎の諏訪荘でおとなしく待ってて上げるわ。その位の我慢はするから、日程通りやって頂戴」

「フン、えらく低姿勢だな……歌舞伎の貞女みたいなことを云うな」

「ほんとに貞女よ、あたし……」

「糟糠の妻は、堂より下さず、って云うからな……実は、維子がアパートを夜逃げしたのだ」

「なんだ……それでなの――」

時子は別段たまげる風もない。かねて予感したもののようで、急に顔付がなごやかに変っていた。

「あなた。そんなことで、東京へ帰るのはよしてね……あなたの役が悪すぎるわ。逃げる人を、未練たっぷり追っかけるなんて、男が下がる一方よ……あたし、自分の利益について云ってるんじゃないわ。あなたって人が、何んてまア、憑いてるんだろうと思うの。伊勢子さんは、死んでくれるし、つウちゃんは逃げてくれるし、あなたはほんとに果報者よ」

「何を云ってるんだ」

「いいえ、そうなの……そりゃア今の女の子だもの、つウちゃんだって考えますよ。あの子は利口者だもの、あなたの犠牲にばかりはなりません……何んてったって、自分が可愛い。自分ほど可愛いものはない……つウちゃんだって、最初はあなたに惚れて、自分のことなんて、どうでもいいと思って、男のメカケにでも何んにでもなる気になったものの、時が経てば、やっぱり考えますよ……惚れた腫れただけでは、女の一生は立ちゆかないものね……あなたとつウちゃんが逢ってるのを知って、あたしが我慢するのだって、つまり一生のことを思うからでしょう」

時子もこのくだりは、ひどくしんみり云った。

「いや、軍師はあの脩吉なんだ」

「いいえ。いくら親でも、つウちゃんが頑張れば、その壁は突き破れない。やっぱり、張本人は、維子ですよ」

「そうかな」

「きまってるじゃない。やっぱり、あなたって、鼻下長《びかちょう》さんよ。ホホホ、ハハハ」

時子は腹をよじって笑いながら、泉中の鼻の下へ、二本の指を当てたりした。

「それより、時子……維子が逐電したのは、僕のキイ・ホルダーから、キイを盗まれたことが、原因なんだ……お前が失敬したんじゃないのか」

「いいえ」

「ほんとのことを云いなさい。お前でなければ、お前が小塚猛弥に、命じてさせたのだろう――」

「猛弥が可哀そうよ、あなた」

「ほんとに知らないのか」

「知らないわ」

「伊勢子が持っていた和泉式部日記だけでも返してやれよ、維子に――」

「あたし、知らないものを、返せません」

と、時子は切口上で答えた。

「それに、キイの紛失が、こんどの夜逃げの原因だと仰有るけれど、前からつウちゃんは、逃げたかったのよ」

「そんなことがどうしてわかる」

「そう思わなかったのは、あなたが自惚れているから……あなた、つウちゃんが惚れてると思ってるの……とんでもないわよ」

「惚れてるよ、あれは」

「まア驚いた。現在の女房の前で、そんなのろけを云うなんて……図々しいにも、程があるわ」

「では、惚れてないというお前の論拠は？」

「論拠も何もないけれど……つウちゃんは若いし、あなたは老人よ。親子ほど年の違う男に、本気で惚れるわけがないの」

「なるほど」

「あなたとすれば、最愛の女に寝首を掻かれたと云って、深刻がりたいところでしょうが、彼女はとうから、あなたなんか眼中にないと思うの。やっぱり、あの子に相当した若い男と結婚したいのよ。それが女の本能だし、煩悩だし、目的でもあるもの……あなたのような頭のいい人が、どうしてそれがわからないんでしょう」

「では、前から面従腹背《めんじゅうふくはい》だったと云うのか」

「当り前でしょう。女がどの位腹黒いものか、あなたは知らないのね。つウちゃんは、甘ったれながら、実は叛逆の機会を狙っていたんですよ」

泉中は、ふーんと大きなため息を洩らした。時子の云う通り、維子はとうから、離反していたが、それをオクビにも出さなかったのか。顔と腹とが、アベコベだったのか。泉中と遊べるだけ遊び、飽きたら別れて、外の男と夫婦になる下心だったのか。然し、小涌谷の夜のように、彼女が淫らになり出すと、泉中の手に負えないほどになるのは、何んであろう。そのとき、維子はいかにもあどけない顔をして、

「もっと淫らになってもいい？　かまわないかしら」

と、つぶやいた。泉中はその一言で魂を抜かれるような前後不覚の陶酔におちたのをおぼえている。維子はまた、囈言《うわごと》のように、

「淫らになっちゃうわ……淫らになっちゃうわ」

とも云った。果してあれが、愛の擬装で、腹の中は、悪《にく》むべき離反に満ちていたといえるのだろうか。女というものは、それほどまでに、信ずべからざるものなのか。そのように信じられないものを、天はなぜ、あのように愛すべきものに、造ったのか。信ずべからざるものを、愛さざるを得ないのが、人生の至味なのか。泉中は自らの問に答え切れず、疑問の中に、ぶっ倒れるような気がした。

「可哀そうに――あんた、こんどは大分、参ったわね」

時子はそう云って、寝ている泉中のそばへ来て、自分も足を伸ばした。

「あなたは、政治や商売にかけては、掛引の強い人だが、女には甘いだけね。伊勢子さんにだって裏切られたのよ……そうでしょう。正当な結婚以外、女はいつも背信しているの……どんなに首っ丈みたいに見せかけていても、面白くないの。お腹の中はちがうんだから、あなた、騙されないでよ。女同士はお腹の底が読めるから、いくら女に持ててるようでも、実は男が騙されてるのがわかっちゃうの……それでバカらしくって、イヤだなアって思うンだわ……ほんとよ、あなた。だから、そんな女を追わないで——悪魔を払って、はじめのスケジュールの通りに、やって頂戴」

こうなっては泉中も、頷いて見せる外はないのだった。

6

千鳥ケ淵のほとりにあるベンチに腰掛けて、脩吉は暫く休息した。何しろ相手は大物だし、敵の本城へ入って行くようなものだから、充分に度胸をつけておかなければならなかった。

実は今日までの間に、九州の旅先から、数度にわたって、泉中の電話があった。そのうち二度は、邦子が出て、脩吉に取次いだ。あとの三度は脩吉自身出て、何通話という長い話をした。

維子には、一切の電話に出ることを禁じてあった。脩吉と邦子が交替で、一日中維子を監視し、電話のベルが鳴れば、夫婦のどちらかが、すぐ受話器を取った。

アパートを引き払った当座、少なくとも二、三日は、維子も泉中とこの際手を切る腹がかたまっていたものの、衝動が一ト納まりするにつれて、後悔が起ってき、同時に泉中への思慕が復活して、時々虚脱したような顔になるのを、脩吉は見のがさなかった。むろん口にはしなかったが、泉中への離反の再離反として、脩吉たちへの反抗がはじまっているのを、最初に感じたのは脩吉で、邦子はまだそれほど、神経質にはなっていない。

「維子が危いぞ。また気が変ったぞ」

と、脩吉は囁くように云ったものだ。邦子はそれでも、まさか、という顔付きだった。いくら女の心は、猫の目のように変化すると云っても、ついこの間、あんな大騒ぎをして、アパートから逃げて来たのに、もう気が変って、男を慕い出しているとは信じられなかった。

「そういうあなたが、グラグラしだしたんじゃアないの」

「冗談じゃない。私はますます闘志に満ちているつもりだ」

「アパートの敷金を持って来ちゃったのを、気になすってたじゃない……あなたは案外弱気よ……維子より、あなたのほうが心配なの、わたしは――」

「よせよ」

と、脩吉は笑ったが、内心痛いところを云われた気もした。昔、伊勢子のアパートを引き払ったときより、その点で、荷の重い感じがすることは、事実だった。思いきって、やっては見たが、果してこれでいいのか。このまま、こっちの思惑通り、きれいさっぱり手が切れるのか。

果して、九州からの電話では、泉中が劣勢で、

「どうか一度、つウちゃんに逢わして下さいよ」

と、愁訴するものの、その底に逢いさえすれば、局面が転換して、向うが優勢になることが、はっきりしていた。そこへもってきて、肝腎の維子が、日一日と変化してくるばかりで、脩吉自身も敗北的な気持を否めなかったのである。そのために、泉中の事務所まで来る途々も、足が重かったし、邦子が指摘したように、脩吉の最初の決意が、いつとはなしに鈍って来ているのを、自らも認めざるを得なかったのである。

然し、それではいけない。維子の一生の幸福を守るのは、親の義務だと、彼は強《し》いて自分に云いきかせた。

いや、ほんとうなら、帰京した泉中がさっそく逢いたいと云っても、自分のほうから、ノコノコ法律事務所を訪ねる必要はない。泉中が出かけてくるまで、腰をあげないほうがいいと、百も承知していながら、やはり電話がかかってくると、すぐ抵抗を放棄してしまうのは、泉中との力関係で、いつも脩吉が劣勢を意識するからに外ならない。

やがて、脩吉は事務所の入口に立ってベルを押した。

「どうぞ——」

女秘書が、彼をこの前と同じ応接間に通して、イスをすすめた。脩吉は叮嚀に挨拶して、出された冷たい飲物を一ト口すすった。——泉中は、二十分近く待たせて出て来た。

「九谷さん……どうも恐れ入りましたねえ、わざわざお運び願って……」

と、脩吉に負けない慇懃さだった。

「いいえ、これは当り前です。先生は超多忙なのだし、私は浪人ですから……少しも苦にしません」

「そう承れば、私も多少気が楽です。筋から云うと、私のほうで伺わなくっちゃならぬところです」

「実はあなたに来て戴けるような住居ではありませんから」

「どこか別の場所も考えたのですが、人の耳のないところと思って」

「それでお話はどういうことでしょう」

「佐賀からも、熊本からもお掛けした例のことなんです。つウちゃんは、まだ怒っているんでしょうか」

「いや、怒るというのでなしに、伊勢子の形見の盗難が、非常なショックでしたものですから……このままにしておけば、気でも狂うんじゃアないか。親としては、どうしてもそういう風に考えたくなる状態でしたから、先生にはまことに相済まないが、いっそこの際アパートを引き払って、暫く休息させてやりたい。大分、あの子も疲れています……或いは、電話でも仰有ったように、私共親子が取った方法は、夜逃げ同様かも知れない。あなたはたしかドロンという表現を使われた。ドロンは困るっていうことでしたね。その点のお叱りは覚悟してやりました。手段は不都合にしろ、その結果が、あなたにも維子にも、プラスになることなら、手段方法に関する非難は、脩吉一人負えばいい——そんな風に考えたのです」

これだけ云うにも、脩吉は顔面が硬直したり、息が弾んできたりするのを、どうにか胡魔化すのが精一ぱいだった。然し泉中は、極力論争になるのを避けたい風である。

「脩吉さんの仰有ることは、一々ご尤もです。維子に対する私の愛し方に、あなたが疑問を持たれ、この際清算しろというご気分もわかりますが、こうなってみると、実にあの人は貴重な存在で、とても別れるとか、清算するとか、そんなことは考えられない。早い話、あなたの提案に、悉く服しかねるのです……お父さんも、ひとつ機嫌を直して下さいませんか」

「そんな機嫌を直すの何んのと云う問題じゃないので……私共には感情的なものはありません。たとえば先生に対する不満とか、反省を求めるとか、そういうことはオクビにも出して居ません……今まで、あの我がまま者を、世話していただいて、ヤレ塩原だの、蒲郡だの、京都だのと、方々へ連れて歩かれるさえあるに、それも立派な自動車にはのせて下さる。汽車も展望車だし……まるで大名旅行そのままの味を教えて下さるんだから、それについて、文句があるなんてことになると、罰が当ります。料理にしても、私共の行ったこともない処へつれて行かれ、親が食べたこともないものを食べさせて戴く。すべてこれ、先生の恩寵です。それは重々承知していますから、そのことに不満で、今回の措置に出たのではありません。くれぐれも誤解のないように……」

「いや、いや。そんな風に云われては、お恥かしい。京都へ行った時も、もっとつウちゃんを喜ばして上げたかったが、生憎いい座敷がふさがっていたり、芸者のいいのが来られなかったりして甚だ不本意だったのです。そのうち、お父さんもお母さんも、一緒に行きましょう……上方情緒を味わって戴くためにね……」

「それは恐縮千万ですが……」

「おイヤですか。脩吉さん……気の短いことをしないで、つウちゃんに逢わして下さいよ……頼みます」

「気の短いことなんて仰有られると、困ります。何も私共が、維子を雲隠れさせたわけじゃアないんです。医者も狭心症の発作と思って、ジギタリスを射ちました。当分、安静にして、シヨックのないようにしなければいけないって云って居ます。もう暫く、そっとしておいては下さらんでしょうか」

脩吉のほうでは、もっと強硬に手を切らせるつもりで来たが、話はこの程度に軟化したものの、泉中にすれば、ピタリと木戸をつかれた思いで、二の句に詰った。心臓がおかしいから面会謝絶とは、うまいことを考えたものである。この煙幕を破るには、簡単にはいかない。泉中は思いがけぬ伏兵にひっかかったような気がした。親の威厳も手伝って、いつもは維子のお供にしか見えない脩吉が、ひどく手重《ておも》な存在に見えてくる……。

「では伺いますが、その面会謝絶は、いつまで続ける考えですか」

「医者は少なくとも一ヵ月の静養を要すと云いましたが、一ト月経ってみると、あと一ヵ月、二ヵ月で元通りになりましょうかな。まだ、ダメですな、今日あたりの様子では――」

「寝ているのですか」

「寝たり起きたりですが」

「信じられないな……大分、サバを読んでいるんじゃないのですか」

「そりゃア先生が、直接御覧にならないからだ、あの状態を……。維子は伊勢子と違って、理性が勝っていますから、ふだん、取乱したことはないのですが、今度ばかりは見苦しい程、泣いたり喚いたりして……あれは先生、よっぽどあなたに手を焼いて、絶望したからなんですよ」

脩吉はどうやら、第一回の会談を自分に有利にしめくくったような自覚をもった。この調子でいけば、第二回の会談も、泉中の旗色はよくなるまい。夜逃げと云われようと、ドロンしたと非難されようと、やはり強硬に引き払ったのが、この場の強味となった。こうして、遷延策《せんえんさく》をとるうちに、維子もあきらめ、それと知って泉中が挫折すれば、すべては脩吉の成功となる。

「では、先生……今日はこれで帰ってもいいでしょうか」

脩吉は切上げ時もうまくやった。九段の事務所を辞した彼は、木々の青葉を吹き流れる涼風に、長い欝屈が洗い去られる思いであった。

再びベンチへかけた。千鳥ケ淵の水景が、目に快い。天下の泉中を向うへ廻して、今日の優勢を維持できたのは、それだけ自分の進境を意味する。ダテに齢はとらなかったと、脩吉は夕暮れてくる青い透明な水面を眺めながら、ちょっと鼻をうごめかしたい気持になっていた。

7

脩吉は維子はまだ寝たり起きたりだと云ったが、それは嘘である。病人でもないものが、いつまで寝ていられる筈はない。

ほんとうは、三日も寝てはいなかったのである。テレビさえ、寝ながらなんぞは見ていられない。起きて見てこそ、ちゃんと見えるテレビである。

退屈でたまらない。

泉中を待っている時は、待つのが苦しいと不平を云ったが、待つ人もなしに、毎日を暮すほうが、どんなに辛いかは、こんどはじめて知った。

父と母を、交る交る呼びつけて、彼らを聞き役に、一人でベラベラ喋べっていたかと思うと、半日でも口を閉じてしまう。父と母に、

「つウちゃん、どうしたの」

「気分が悪いの」

と、訊かれても、プツリと話をしなくなってしまうのだ。

引越してきた荷物は、涼廊に積上げただけでは足りなくて、母の箪笥の抽斗を二つ三つあけて貰ったり、洋服ダンスも父の分を片付けさせて、そこへ同居させて貰ったり、僅かの間に忽ちふえた維子の世帯が、親達の世帯から、はみ出してしまった。

何分応急措置だったので、どこへ何が入ってしまったのかもわからないものもあって、寝ていた当座も、維子が父に、

「これを持って来て頂戴」

「あれを持って来て頂戴」

という度に、父の捜し方がへたなものだから、すぐに見当らず、間違ったものを持って来て、維子を自烈ッたがらせた。

譬えば香水の霧吹きを持ってきて、と云うと、オーデコロンの瓶だったり、これこれのライターを持ってきてくれと云っても、すぐわかるところにあるのに、それがどうしても見当らなかったりした。

「こんどの引越しで、まるでグチャグチャになっちゃったわ。お父さんのお節介焼き――」

維子は当てっこすりも含めて云った。

泉中は、夜逃げか逐電だと云ったそうだが、そう云われても文句は云えない。発作を起して、やたらに鎮静剤をうたれた病人の維子に、正確な判断もできないのをいいことに、父は勝手にふるまって、アパートの中の衣類、調度を片付けて来たのだが、むろん維子にも責任があると云い条、十のうち七までは、脩吉がイニシアティヴを取ったのである。真実のところ、あのアパートに於ける秩序は、維子一人のものであって、泉中には箪笥の抽斗もあけさせなかった。どこに何がしまってあるかは、維子一人が知っていることで、たとえ停電で真っ暗になっても、どの抽斗のどこにどの着物がはいっているか、手さぐりで引き出せるのは、彼女一人であった。ところが、引越しのときは脩吉だけでやったので、途端に維子の秩序がひっくり返って、さっぱりわけがわからなくなってしまったのである。こんなことなら、もう暫くあの部屋をそのままにしておいて、健康が回復してから、自分に立合わせて、引越しをしてくれればよかったと思う。その秩序のまま荷物を運べば、こうして寝ていても、そこ、あすこ、あっち、と云うだけで、立ちどころに欲しいものが枕もとへ集められる……。

「お父さんがやったから、わけがわからなくなってしまった。これでは運送屋に、一枚二枚、失敬されても、わかりゃアしない……お母さん、見て来てよ……カシミヤのコートはあるかしら……」

母は仕方なしに、簞笥の前へ行ったが、

「コートはありますよ、ちゃんと……」

と答える。

両親に淋しいだろうと云われると、アパートの一人住い程淋しいものはなかったが、そこではしかし、自分だけがわかっている秩序があって、そういう秩序を支配するということが、どんなに贅沢で楽しいか、それは自分だけがわかっていることである。淋しいほうはいい易いが、秩序のほうは云いにくい。

然し、こうして両親のところへ戻ってきて見ると、この家の秩序はやはり母が握って居り、父がそれを支持しているにすぎない。かつて維子が同居していたときとはまた違った別の秩序が支配していて、簞笥の中のものにしても、母が別にしまい直したものもある。前には、たしかにその抽斗に入っていたものが、そこには見えない。まるで母が故意に維子にわからないようにしたのではないか、と思う位である。父は二言目には、

「この家の全財産は維子にゆずるのだから、今は維子から借りて、こちらが使っているようなものだ」

と、うまいことを云うけれど、暫く留守の間に、こんなに秩序を変えてしまったところを見ると、やはり自分たちの財産に対する占有感は、人一倍強いのではないか。血をわけた娘にも、まだまだ財産をゆずる気はないにきまっている。

維子は完全に自分のものである衣服や食器はいいとしても、新世帯のためにふえた冷蔵庫やテレビやミシンをどうしたものか……そんなことが気になってならなくなった。冷蔵庫はこの家の台所にもあるけれど、その容積は、維子のそれより大分小さい。これから夏になって、段々に入れるものが沢山になると、つい維子の冷蔵庫にも入れたくなるのではないか。

そうかと云って、電気もいれずに、大きい冷蔵庫をおいておけば、無用の長物であるばかりでなく、せまい台所の場所塞ぎになってしまう。

果して維子が起きるようになって、台所へ行ってみると、大きい冷蔵庫に、バターが半ポンドとビールが二本はいっていた。

突然維子は叫んだ。

「お母さん……どうしてこっちの冷蔵庫へ電気を入れたの……あたしにことわらずに……いろんなものが、冷やしてあるじゃないの」

母は驚いてやってきて、

「つい、はみ出したから入れたの。でも気に入らなかったらご免なさいよ、これからは気をつけます」

と、あやまった。

それなのに、母はまた無断でミシンを使った。母のミシンは古い型の、足で踏むミシンだったし、新式でポータブルの電気ミシンである維子のを使いたくなるのは、当然であった。

然し無断で使われてみると、維子はやっぱり面白くなかった。

「お母さんはどうしてそう忘れッぽいの……冷蔵庫のことを忘れたの」

「ああ、そうか」

母は少し赧くなった。それを見ると、維子のものを、あわよくば利用しようとする母の底意が窺われて、維子はむしょうに腹が立ってきた。

その日も半日すぎ、維子は口をきかなかった。

翌日の夕方、急に電蓄が鳴り出した。曲は〝巴里《パリ》野郎〟の主題歌だった。この映画には、珍しく泉中と二人で行って、ダニエル・ジェランの演技に感心したものである。母に訊いた。

「誰が掛けているの」

「お父さんだよ」

「………」

維子は少し青くなって、仮りに電蓄を入れておいた客間へかけこんで行き、

「お父さん……どうしてその電蓄を使うの。それは泉中が買ってくれたものですよ。お父さんが無断で掛ける権利はないわ」

「いや、私が聴くためじゃない。お前に聞かせようと思って掛けたのだ」

「それはお父さんの一人合点……あたしが聴きたければ自分で掛けます。お母さんは勝手にミシンを掛けるし、お父さんは電蓄を使うし……みんな、封印することにしましょう」

「そんながめついことを云うもんじゃァないよ。LPの一枚二枚掛けたからって、泉中氏がまさか文句も云うまい」

「それがだらしのないもとよ。そこにあるからと云って、人のものでも何んでも使う。どうかそれだけはやめて下さい。泉中さんと話がつくまで、彼が買ってくれたものには、手をつけないと誓って下さい」

「これは凄い剣幕だな……」

そう云って父は電蓄の蓋をあけ、電気をとめたが、誓いを立てることまではしなかった。

感じ易くなっている維子は、それだけ親と争うと、そのあと当分心が曇って、知らぬ間に涙が頬を濡らしていた。

——その夜は暗くなる頃から、しとしとと細かい雨が降っていた。母が呼ぶので行ってみると、アパートから持ってきた着物の中から、男ものの浴衣を一枚取り出して、膝の下においたまま、

「つウちゃん……これは紋哉さんのでしょう……」

「どうするの？」

「それだったら、洗濯屋へ出したらどお」

「いいの、そのままで……」

「もう大分臭いわよ」

「まアうるさいなア、そんなことどうだっていいじゃないの」

「それではこのまま、入れとくつもり？」

「第一、その抽斗をお母さん、あなたが勝手にあけることはないじゃありませんか。そういうのを親の干渉というのよ。むやみにそんなことするんなら、明日建具屋を呼んで、全部の抽斗に鍵を取付けてもらうわ」

「それは悪かった……気がつかないで——つウちゃんがそこまでケジメを立てて云うとは、知らなかったものだから、何の悪意もなしに、私はこの浴衣を洗濯に出そうと思っただけですよ」

「ではお母さん……云いにくいことをはっきり申上げますよ――泉中さんとは思わざることで別れてしまった。もう二度と逢えない。一緒に旅行も出来なければ、御飯も食べられない。ナイトクラブへも行けない。あたしがあの人に最初に惹かれたのは、ナイトクラブで踊っていると、あたしの鼻の尖が、彼の頸のへんに密着《くっつ》いて、あの人の体臭を嗅いだからなの。その臭いを、どっこにも嗅げなくなった今、残っているのは、この浴衣だけじゃない。そうだとすれば、これを洗濯屋へ出すことは、あたしにとっては、マイナスでしょう……」

「そういうことは、私には理解できません」

母は急に顔色を固くして云った。たしかにそうだろう。母は男の体臭の残った浴衣をなつかしむような空気とは、およそ縁遠い人となりであったろう。そういう点では、維子と母とは永久の平行線だが、伊勢叔母ならわかって貰える。伊勢叔母が泉中に惹かれたのも、彼の頸のへんに漂う得も云われぬ体臭のせいだったのではないか。

女が男を好きになるのに、そういう思いもよらぬ個人差とか、ニュアンスとかに左右されなければ、どうして大勢の中から、一人の男を選ぶことができるだろう。そこが母には、永久に理解し難い点となっているのである。

維子は母の膝の前から、男の浴衣を引奪《ひった》くると、それを持って自分の部屋へ走りこみ、電気を消して、まっ暗にした。

廊下の明りが、欄間越しに僅かにさしこんでくるだけで、真の闇に近かったから、維子は自分の胸を押しひろげ、双《そう》の乳房の上に、その浴衣をすっぽり冠せて、衿首のところへ鼻を近付けては、クンクン嗅いだ。

……あの塩原の宿で、泉中は先に眠りに入ったのか、軽い鼾を立てていた。暑いと見えて、麻の掛布団さえ掛けていない。男を揺り起して挑んでみる気もなかったが、何んとなく寝顔が見たくて傍へ行き、耳のそばへ鼻をやって、

クン　クン

と嗅いでみた。男臭い男の臭いである。男臭さは女にとって、いいときもあれば、イヤな時もある。いいときはその中へ鼻を押しこんでも嗅ぎたいし、イヤなときは一つ部屋にいるのも息苦しい。房事のあとで、こんなに男の臭いが好もしいのは、やはり惚れているせいであろうか。

クン　クン　クン

維子は飽きることなく嗅ぎ廻るうちに、一人で淫らになりそうになった。彼の体臭は、若者に劣らぬほど、まだ甘かった。

今、維子は、彼の形見とも云うべき浴衣の衿首に鼻をあてて、その甘い臭いを嗅ぐことが出来た。母はどうしても理解できないことだと云ったけれど、自分はまだこれを洗濯に出すこと

は出来ない。

袖を通したとは云っても、まだ一、二遍着たか着ないかの浴衣だから、肩や背中のへんには、糊が充分効いていて、それでじかに、乳房の尖をこするうちに、維子は久しぶりに陶酔してきて、泉中がすぐ傍に寝ているような実感があった。

母が心配して廊下のそばまで来て、

「どうしたの、つウちゃん」

「………」

「まっ暗じゃないか」

と、声をかけたが、維子は劇しく拒絶して、

「もう寝たの……誰も来ないで」

「まア……つウちゃん」

「あっちへ行って、お母さん」

と、極《き》めつけた。おっかなびっくりの母は、とうとう部屋の障子に手をかけず、自分の部屋へ去っていった。母のために遮断された維子の夢は、再びもとへは戻らなかったが――。

8

その翌々日、維子はついに、伊勢子の日記の捜し出しに成功した。それは父の部屋の仏壇の下の、花梨《かりん》の三本抽斗の真ン中にある古い線香箱へ入れ、その上へ黒水引のかかった香奠《こうでん》の袋をかぶせ、擬装をこらして、秘蔵してあった。これでは、容易にわからない。維子は慄える手で、袋から抜き出した。

某月某日

雪が降りつづいている。雨や霰《あられ》のように、聴覚に残る音ではない。芝居の下座に、雪音とか、雪颪《おろ》しとかいうのを太鼓で打つが、あれを聴くと、忽ち、降りしきる雪を連想する。然し現実はあの下座音楽とも異なる。雪はしんしんと云うが、しんしんは深々か。または森々か。または振々か。どれも、深くむらがり降る雪の音の適切な表現ではない。雪雰々《ふんぷん》は、面白いが、これは視覚に於いて、とらえた場合だ。夜になって、紋氏《もんし》来宅さる。眉にまで、雪片を浴びている。雨や雪の中を歩くのが、頗る不手際なりと云い給う。そういえば、いつも肩の上まで、泥をはねかしていられる。どこで召上ったか、酩酊の様子で、すぐ、賀茂鶴のお燗をつける。二人とも、かなり酔ってしまう。今夜は雪のせいかも知れぬ。

雪女郎とか、鷺《さぎ》娘とか云って、昔から、雪には魔の感覚がある。白魔などというのもそれだろう。しんしんとむらがり降る雪の、音なき音を聞いていると、妙に人恋しさがわいてくる。雪見酒も、所詮雪を見ながら、相愛の人と語らいたいのだろう。小窓をあけて、二尺近くも積ったと云うなり、振向いてあなたは私を押えつけた。雪の魔気にさそわれて、急に女の身体が欲しくなったのだろう。私は酔いすごして、却っていつものようにうちとけられないと思ったから、はじめ拒んだ。二人は争った。やがて争点は、時女のことに移る。今朝、雪の出がけに、紋氏は時女とも争ったらしい。二人の女に争いを挑まれて、紋氏は嘆くだけだと云う。あなたが口から出まかせを云うから、いけないのだ。時女のオハコは、寝ている間に、紋氏をしめ殺すと云って脅迫するのだそうだ。それであなたは、少しノイローゼ気味である。時女の力で、あなたがしめ殺せる筈がないのに、あなたはなぜ、それに気押されているのだろう。

私は紋が時と、屑《いさぎよ》く別れてきたら、何んでも紋の云う通りになって上げると云うと、紋は時と別れるために、こんなに手をつくしていると云って、苦心のほどを語るが、その程度では、女と男は手は切れない。あなたは見通しが甘いのであると思う。

(註、泉中のことが二人称になったり、また三人称になったりするので、読みにくい)

某月某日

紋が帰ったあとで、すぐN男から電話がかかる。三十分早かったら、危いところだった。紋の不実に腹が立つとき、N男の存在は、心の犒《ねぎら》いであるが、紋に実意があると思うときは、N男はいらない存在なのだから、ずい分勝手なものだ。今日はN男の声があまり聞きたくないので、冷たい返事をしておく。そうかと思うと、N男の声が福音のようにきこえることもあるのだから、やはりN男は私に必要な男である。若しあなただけだったら、私は狂乱しかねない。

某月某日

紋氏に蹤いて、清見潟《がた》に遊ぶ。この前泊ったことのある水口屋旅館だ。前景に青眉《せいび》のような三保の松原。右手に久能山。目を転ずれば、春雪の富士ケ嶺——。今日はあなたにN男のことを打ちあけ、いさぎよく懲罰を受け、若し許されねば、あなたとの長い情事の終りを告げたいと思ってきたが、やはり言い出せない。あなたは上機嫌で、何本もビールをあけた。

あなたのそばにいると、N男のどこが好きなのか、わからなくなる。N男ならいつでも裏切れるが、あなたの寝首を搔くことは、自分も死ぬ気でやらねばならぬ。それでいて、

N男が捨て切れない。二度は待呆けを食わしても、三度目には逢ってしまう……。然し、あなたに待呆けさせたことは、一度もない。

今のうちに、N男と手を切ってしまいたい。そうすれば、紋に打明けず、N男も紋も傷つけずにすむ。今夜のような愉しい一夜を送ると、N男は無用なのだが。

(註、大分進行しているが、まだ深入りはしていない様子である)

某月某日

ひねもす、宿にてすごす。ひる頃部屋を移り、桔梗の間というにはいる。十畳と六畳の二間つづきにて、洒落た涼廊も有り。すぐ前が芝の色美しき庭園につづいて、渚なり。曙《あけぼの》、千種《ちぐさ》、富士など、部屋の名前をつく。つウちゃんと共に来泊したるは、どの部屋なりしか、覚えなし。あの時は、戦時下にて、空襲警報もあり、心騒ぐまま、一晩中いねがてにてありき。おびただしき編隊の飛行機、駿河湾上より侵入して、東京方面へ向うとや、その轟音の恐ろしさは、耳塞がんとするも、尚おどろおどろしかりき。

今は空襲もなし。戦禍なし。海原遠く、縹渺《ひょうびょう》として、思わず高山樗牛《ちょぎゅう》の名文を吟《くちずさ》む。

「——海に沿うたる山の半腹に立てれば、楼観の眺め、遠く行きわたりて、清見潟の景色は、大かたここに集れり。鐘楼《しょうろう》高く聳《そび》えて、不離《ふり》の梵音旦暮《ぼんおんたんぼ》に響き、名勝の地、更に一段の幽寂《いうじやく》を加ふるらし」

君いぶかりて訊き給う。

「いつ、そんなものを、覚えたのだ」

「娘の頃よ」

「記憶力優秀だな」

「娘の頃覚えたことは、何んでも忘れませんよ」

「僕はみんな、忘れた」

「あなたとM市の田見小路から、坂を降りて、風呂下《ふろした》の部落を通り、万代橋の上から、那珂川の水を眺めたのも、忘れてしまったの」

「それは覚えているさ……昨日のように」

「そう——ああ、よかったわ」

この日の予定は、先ず清見寺に詣で、ついで坐漁荘を見物し、梅蔭寺《ばいいんじ》、鉄舟寺《てつしゆう》、竜華寺《りゆうげ》等の寺詣りに一日を費やさんとせしも、昼すぎ俄雨《にわかあめ》あり。すぐには止みそうに見えず、やむなく遠出を中止して、君と与《とも》に清見寺のみに行く。この寺は一名興国禅寺と称し、臨済宗妙心寺派に属す。開基は天武天皇の白鳳七年とあれば、東海一の古刹《こさつ》なりというべし。鎌倉期に再興され、つづいて足利尊氏の尊崇を受けたりとか。彼の木像一軀、本殿の背ろ《うし》に安置されたり。白面秀眉なりと雖《いえど》も、鼻の尖《さき》禿げて、口唇《こうしん》も汚れいたり。尊氏の支持により、この寺は日本十刹の七位を得たりと云う。これを承《う》けて、徳川家康駿府城にあるや、再四にわたって、清見寺を訪れ、或いは能の舞を演ぜしめ、或いは城内より、五木三石を移して、寺庭の模様替えを指揮し、九曲飛泉《ひせん》の周りに、これを布置したりとや。五木のうち、彼が手植えの柏柳及び、虎石、亀石、牛石の三名石は、そのまま現存す。

按ずるに、先には尊氏の信心、後には家康の保護を受けて、寺格を上げたるものか。

大方丈、鐘楼、五百羅漢石像等を見て廻る時、雨すでに晴れ、斜陽輝きて面に暑かり。よって、パラソルをさしたるところを、君三つ四つ、カメラにおさめ給う。

さすがに新婚蜜月のアベックとは見えざるも、仲よき鴛鴦《おしどり》夫婦と云わば、板につきたるや、庭いじりの植木職、こちらを見て、わざとらしゅう

エヘン

エヘン

と咳《しわぶ》く。折柄、方丈の廊《わたどの》を行く若き僧侶も、しばし立止りて、こちらへ視線を向けいたり。紋氏曰《いわ》く、

「ソラソラ、若いお坊ンさんが、見てござる」

「雨が上ったので、雲の行方を見てるのよ」

「何んだ、赧くなってるくせに――」

「あら、いやだ」

とますます紅を染めたるらし。パラソルを深くして、顔をかくす……。

突然、山門の下に轟々《ごうごう》たる響きあり。

「急行でしょうか」

「特急かも知れない」

「賭けましょうか」

「よし」

君は特急なりと曰《い》い給う。二人とも、夢中で山門下の陸橋へ走る。その下を過ぎる東海道線下りは特急にはあらず。最後部車輛のデッキに、はと、つばめ、とも、標識なければなり。

「やっぱり、急行だ」

「あなたの負けよ」

「いくらだね」

「それより、しッぺにしましょう。そのてすりへ手を乗せて頂戴……よくって」

君が手の甲を、ピシリと打つ。

「おお痛い――」

「あら、ほんと。ごめんなさいね」

君はまた一つ、そこでもカメラを撮り給う。水口屋へ帰りしは、五時少々過ぎたり。

夕食後の話は、また樗牛のことになり、もう一度誦《ず》し給えと、君のすすめらるるにまかせ、

「興津《おきつ》の宿の東はづれに、興津川あり。この川を北に溯りて、甲斐の国に通ふ路は、身延山の本道なり、川口は即ち薩埵《さつた》の岬にして、鉄路断岩を穿《うが》ちて、くちなはの如く走れり。この岬よりの富士の眺め、またなく美はし。夕暮れの空に、色面白う薄れゆく山の姿に眺め入りて、夜に至るまで立ちつくししこと、われその幾度なるを知らず」

と朗誦す。

「何んだか、薩埵峠へ行きたくなったよ」

と仰せらる。

「でも昔は追剝が出たんでしょ」

「宇都谷峠、薩埵峠、小夜《さよ》の中山は、箱根峠を除くと、東海道の三つの難所だった。雲助《くもすけ》も出れば、追剝も出て、お女中がよく真っ裸にされたものだ」

「まア、いやだ」

君は昔、少年の頃、小夜の中山夜啼《よなき》石のあたりで、あらくれの山男に、身ぐるみはがれし女の戯《ざ》れ絵を見給いしとなん。その髪ふり乱し、木立ものふりし山中に、死にもの狂いにて、人の助けを呼ぶ形相の恐ろしとも、また、悩ましとも見ゆるを、見飽きることなかりしとぞ。その戯れ絵をば、抽斗の奥に秘蔵し、徒然《つれづれ》のまま、ひらき覧《み》れば、忽ち興来たりて、無聊《ぶりよう》を忘れ給いしとか。

「女の裸って、そんなに好き」

「そりゃア男だもの……好きにきまってるじゃないか」

「裸なら、どんな女の裸でもいいのは、イヤね……」

斯《か》かる談話に打ち興ずれば、N男のことなど、とうに忘れたり、一刻も早く彼とは手を切り、赤の他人になってしまいたし。

過去一年の交際は、たまたま映画館に同伴し、またレストランに対坐して、僅かに、リキュール酒などを飲み交わしたるまでにして、接吻すら許さざりし。あなたがわれに冷たき日は、N男を呼び出し、二時間ほど連立ち歩けば、あなたへの不満、サラリと解熱する如く消ゆるを常とせり。頗る重宝なる存在なりしとや云わん。

然るにN男、次第にもの狎《な》れして、連立ち歩くのみにては、イヤなりと曰《い》う。べぜぐらい、してくれてもよからんなど云い募り、手籠《てご》めにもなさんず物腰を示す。驚いて拒み、絶交を宣したることも幾度か。月細き夜、千駄ケ谷プロムナードの並木影にて、ベゼを求められ、ついに許す。月光微かに、二人が面上を蒼白に彩るらし。爾来《じらい》、幾度宣しても、二人が絶交は口上にのみ終る。逢えば必ず、ベゼを許すようになりたるなり。

あの月光の夜、思いきって拒み、決断を以て、N男より遠去かってしまえば、今日の苦痛はなかりしものを——。

(註、これによると、N男とは、単純なプラトニックから、一歩深入りしたように察しられる)

9

伊勢子の日記のつづき。

某月某日

興津の旅より帰りたる翌々晩。N男に脅迫を受く。抱擁を許さぬなら、ベゼやネッキングを、紋氏に告げんと云うなり。N男が、こんな卑劣な銀流しとは知らざりし。あくまで彼を拒み、暴力を以て打ちかかるとも、最後のものは死守する決心なり。

興津三保の旅は、君との恋を再確認したり。もはや、何人《なんぴと》も君とわれを裂く可からずと覚ゆ。海辺の宿に寝て、枕にひびく波の音を合の手に、夜もすがら、さざめ言を交わす。

「こんどの旅行は、実によかったね」

「ほんとに、日頃の憂鬱を吹きとばしたわ」

「いつまでも愛し合って行こうね。永遠を契ろう」

「もう安心ね。兄さん（註、父脩吉のこと）が何んと云っても、あたしは動揺しません」

「富士が聳えていたり、青海原がキラキラ輝いていたり、寺の鐘がゴーンゴーンと響いたりしている中で、約束したことは、忘れないものだ。お兄さん以外に、僕の敵はないのだろうね」

「絶対よ……相聞《そうもん》の人は、あなただけ……」

「ほんとだね」

「疑ってるの？」

「信じているさ」

「疑るなら承知しないわ……あたし、時子さんのことは許してるんですもの」

「よくわかってる……よしんば伊勢子に、一人位色男がいたって、僕は文句が云えないのだから」

「そんな者は居りません」
この全否定は、必ずしも嘘にあらず。旅より帰れば、その日にもN男に絶縁を求め、若し応じることなければ、彼の勤先の上司に面会して、事情を告げ、N男の断念を促して貰う所存なりしにも拘らず、またしてもベゼを重ねることと成りしとは――。

某月某日

この日、N男に最初の暴行をうけた。私は自分を必ず死守できると信じたのに。精神上の愛でも、紋への裏切りと思って、心苦しかったのが……こんなことになった以上は、紋に対して、何と云っていいかわからない。

然し、N男が暴行したのは、私が紋の愛し方に疑問があり、それをN男に告げ、訴え、激しく非難したところにはじまる。私は酔っていたし、且つ、酔えば泣くクセもある。恐らく泣いて、紋の不満を漏らしたに違いない。N男は同情すると見せて、私を抱きしめ、次第に官能を煽り立てることを知っていた――。

N男がこういう振舞に出そうなことは、あらかじめわかっていたのに、私は警戒が足りなかった。然し、ほんとうは油断ばかりではない。私もそれにつりこまれて、ひそかに待ち望む心もあったようだ。その場では、私は抵抗したが、その場に至るまでに、同意と協力のしるしがなかったとは云えない。

いや、抵抗を放棄してからは、私も彼を許し、また求めた。たしかにはじめは、N男が私を辱しめたが、そのうちに、私も彼を犯した。凌辱《りょうじょく》はおたがいさまである。私は紋氏との真似をした。一つならず、さまざまの真似をした。正直、N男は経験が浅く、ごく幼稚な方法しか知らなかったので、私のほうが教育しなければならなかった。

恋の悪事は、同罪である。

然し、その行為が終り、陶酔から覚めたとき、私はやはり紋氏を愛し、N男を見るのもいやだった。私は彼にその再会を拒んだ。

N男は泣き出した。こんなひどい目にあえば気が狂ってしまうとも云った。然し私は、その数分前に示した私の愛とは全く別の冷たい顔になっていて、

「もう、お前には絶対に会わないわ。会っても、どこの人って顔をするからいいわ。赤の他人になるの。私に無礼を働いたんだもの」

事実、手を出したのは彼だし、しかも荒々しい行為だったのだから、彼の罪を鳴らせば、彼も承伏せざるを得ないのである。

出来れば、紋には隠したい。良心的にその罪を謝し、紋の断に従えばとて、それが最良の結果を招くとは限らない。

N男を、今日の一回だけで、あくまで遠去ければ、この邪《よこし》まな恋の罪は、諸神諸仏も許し給うのではないか。

某月某日

N男と共に、M市へ来た。あなたには、M市の誓山寺にある先祖の墓詣りに行くと嘘をついた。然し、M市へつくと、どこもかもなつかしくてたまらず、那珂川のほとりにあるその寺の境内の先祖の墓にも詣うでたから、あなたに対する嘘は嘘でなくなったが、一人旅でない点は、やはり虚偽だ。

私はN男と肩を並べて、郵便局を右折して、県庁前をすぎ、お馴染の田見小路へ入る。測候所前をまた右折して、俗称風呂下を降りきると、一本道を万代橋まで行く。どこを見るより早く、那珂川が見たかったからだ。川面がどんより曇っていて、その川にかかった水府橋は見えるけれど、千歳橋は、朧ろにも見られない。

昔、あなたと二人で、万代橋の欄干に靠れて、いつまでも那珂川を眺めた日の思い出がある。そのとき、川沿いの遠い木立の中に、痩牛《やせうし》が一頭、放たれていた風景がありあり、目の中に見えるようだ。牛は疲れて、力が無く、たとえ、怒らせても、誰にも危害を加えるどころか、どこともなく逃げる心配もないらしい。黒と白の黒牡丹《こくぼたん》で、肋骨が見えていた。おかげで牛のことを、一名黒牡丹というとは、その時はじめて知った。

かつてあなたと並んで、水面を眺めたように、今、N男と共に、欄干に靠れたが、何んの感興も涌いてはこない。どうして、別れる別れると云いながら、彼と旅へ出たりしてしまうのだろう。

「やっぱり、お前と来ないほうがよかったわ」

そう云うと、N男は悲しそうに、目に涙をいっぱい溜めて、

「そんなひどいことを仰有らないでね」

「でも、ほんとうのことなのだもの――」

「そんなに僕がきらいなの」

「大きらい……蛇よりきらいなの」

「そんなにきらいなら、捨てればいいのに」

「今に捨てるわ、お前を――」

「そんなことしたら、殺してやる」

「ほんとかい」

「殺すとも……僕は命は賭けているの、とっくの昔に……あの人も刺す」

「バカをお云いでない。お前とあの方と、同等には考えないでおくれよ。あの方は、偉い

方だし、社会的なんだし、お前は普通のボンクラよ。そうでしょう」

「そりゃアボンクラだけど、あの人の出来ないことをするとなると、暗殺でもすることしかないやね、僕には……」

「いくら頼んでも、私を忘れてくれないのね」

「僕が忘れようとしたって、おくさんが忘れさせないじゃないか」

「そんなことはないよ。お前の責任逃れよ、それは」

「そういって、僕を迷わすけれど……おくさんは僕に何んでも許すじゃないか。一度でも、イヤなんて云わないじゃないの」

「イヤって云いましたよ」

「口だけでしょう。イヤっていう口の下で、おくさんは許しているもの」

「詭弁《きべん》よ、お前の……」

「では、おくさんはどうするの、今夜は——」

「あたしは水郡線に乗って、奥久慈の山々を越し、福島県の温泉めぐりして、一人旅をつづけるわ。お前は東京へ帰ればいいわ」

「僕も、水郡線に乗って行く。おくさんの傍に坐って……」

「とんでもない」

私は手をあげて、N男の頬桁《ほおげた》をはった。無抵抗のN男は、水のような蒼白い顔に、タラタラ涙の滴を流した。

オヤッと思ったのは、やっぱり痩牛が、この前とはアベコベの雑草の土手を、心もとない足取りで歩くのが見えた。まさか前に見た痩牛が、まだ生きているのではあるまいが、やはり黒牡丹で、耳が大きく垂れさがっている。こんども放ち飼いで、樹にしばりつけてはいない。水が呑みたいのではないだろうか。然し、水際まで降りるには、堤の傾斜が急である。幾度も滑りそうになりながら、段々遠くへ移ってゆく……。とりわけ不器用な牛らしい。

N男を思いきり撲《なぐ》っては見たが、今夜彼を東京へ追帰す自信は、実は私になかった。私の視界も涙に曇った。N男の顔を見るに耐えず、私は遠のいてゆく痩牛の哀れな尻ッぽを、いつまでも追っていた。――その夜は名も知れぬ小旅館に泊って、N男と遊び戯れ、懲りずまの不義を重ねた。

某月某日

あさましい一夜が明けた。M市より水郡線に乗る。汽車は北三の丸を左手に見て、那珂川を渡るとき、近景に水府橋、遠景に万代橋の二橋を見る。昨日の川畔の痩牛は見えざりき。これより誓山寺に近き常陸青柳《ひたちあおやぎ》にとまり、ついで常陸津田・後台《ごだい》・菅谷《すがや》・鴻巣《こうのす》・瓜連などの小駅に寄る。

瓜連をすぎる頃より、久慈川の清流、車窓に迫る。まもなく、常陸大宮に着く。御前山、白岩峠、高館山など、見えてくる。

――宿では、N男は号泣して、帰京を肯《がえ》んじざりしが、M市の駅売店にて、彼、のし梅、吉原殿中など購《あがの》う間に、身をかくし、発車間際の水郡線にこそ乗りたるなれ。或いはその後を追いて、この汽車に飛乗りしにはあらざるや。やがて山方《やまがた》町のある山方宿《じゅく》駅に停車す。同じく久慈川の流域とは云え、すでに山岳地帯に入る。ここまで、姿をあらわさざるにより、N男は、この列車に乗り損ったものと推せらる。殆ど同時に、常磐線平行も発車したれば、それに乗りて、勝田、日立、高萩方面へ向いしならんか。

北方の八溝山は、雲ありて見えず、遠く鷲子山、尺丈山、明神峠など、栃木県境の諸山を見、近く青麻山、見町峠、タバッコ峠などを望めり。川は次第に細く、所謂奥久慈渓谷に入る。車窓右にも、武生山、男体山、長福山など、次第に見ゆ。

次の駅は西金と書きて、サイガネと呼ぶ。席は一駅毎に、空席を増す。プラットホームに下車し、それとなく、N男の在否をさぐる。どの車輌にも、彼らしき姿なし。吻《ほっ》としたり。再び発車す。

西北の連峰に、夕照《せきしょう》美わし。ジプシイ・レッドの絵具にて、塗りたる上に、ところどころに、モノライト・ピンクをまぜたるが如し。これに対照して、久慈川に暮色流る。顔料にたとえて云えば、マリン・ブルーよりやや明るし。

上小川《かみおがわ》駅をすぎ、隧道《トンネル》に入れば、やがて袋田なり。月居山《つきおれさん》見ゆ。すでに山裾は暮れぬ。急に降りたくなって、発車間際に下車す。同車の客たち、いぶかりて見る様子なり。

「おくさん、忘れもの」

と云われて振向けば、N男のパイプなり。実はわざと、腰掛の上におき、汽車より降りしなり。捨てたるものにて、忘れたるにはあらねど、車中の客にしか云われては、知らぬとも云えぬまま、窓より受けとり、

「ありがとう」

と、微笑を返す。パイプは男持ちにてあるものを。

されぱとて、路傍に棄つべきにもあらず。駅より宿までは、一キロ半なり。とうとう、パイプを宿まで持ち来たりて、抽斗におく。

座敷のすぐ前が、久慈川なり、川床《かしょう》浅くして、せせらぎの音、絶ゆる間もなし。居ながらにして、渓流に臨み、また月居山を仰ぐ。車窓より見る山容とは、姿を変え、色も変えたり。さっきは僅かに残照を受けて、薄卵色なりしも、はや今は青裾濃《あおすそご》に暮れお

ちたり。

身辺に人なし。心静もる。只独り山河に向うとき、涙なき能《あた》わず。

頬赤き女中来て云う。

「御食事はすぐなさいますけ」

「暫くしたら、お願いします」

「あとから、お連れさんでも、いらッしゃるのけ」

「いいえ。一人旅よ」

「では、お好きなときに、呼んで下さいね」

「月居山が、すっかり暮れて、山の形が見えなくなるまで、見ていたいの」

「そうけ」

去りゆく小女中呼び止め、次の列車にて、われを訪ね来る人ありとも、この部屋には通すまじ。東京の憂さを忘れ、独り心ゆくばかりのんびりとあらまほしと云えば、小女中は可愛ゆき口に笑を添えて、うなずく。

10

袋田の夜、伊勢子は無念無想で、鞄へ入れてきた「和泉式部日記」を読みふけり、和泉守橘道貞の妻でありながら、為尊親王や敦道親王の恋を許し、世間の非難にもたじろがなかった彼女の慾望の強さを、くりかえしメモランダムしているくだりが、およそ、七、八頁もつづいているが、これは前の部分と重複するので、省略する。只、伊勢子が残した和泉式部日記の本文に、ところどころ、校合《きょうごう》の跡が見えたのは、応永本、三条西家本、寛元本の三系統のうち、特に三条西家旧蔵（伝実隆《さねたか》自筆本）を底本とし、これと対照的に「古典文庫本」に収められた桂宮旧蔵本や、池田亀鑑氏の「異本和泉式部日記」等を参考として校合していることが、この日記で判明した。もっとも、比較的近年に紹介された寛元本和泉式部物語は、校合していないようである。が、何にせよ、伊勢子が「和泉式部日記」に傾倒したのは、通り一遍の興味程度でなく、かなり突っこんだ考証的態度を以てしていることも、これでよくわかった。

もう一つ、伊勢子の式部に関する感想の中で、なぜ帥の宮との奇しき情事を、明らさまに筆にのせて、後人の目にさらしたのであろうかという疑問が呈されていることを、挙げておきたい。

伊勢子はその点を、やや執拗に追及している。妻の身で、皇族を二人まで愛したのであるから、これが白日のもとに公表されれば、当時の宮廷政治下にあっても、由々しき大事件である。極力秘密を保持しなければならないのに、彼女は進んでそれを筆にしたのである。これは世評への抗議か。支配的な宮廷への論駁か。式部が満身にうけた誤解を解こうとして、死にもの狂いで書いた自己弁解の書か——これら百出する疑問を示したあとで、伊勢子は次のように、叙べている。

「男との情事は、すべて秘したい。なまじいに世人の耳に入らば、大変なことになる。秘蔵すれば、秘蔵する程、恋の感情は新鮮である。一人にでも喋べれば、恋の濃密な味がうすめられる。それを聞いた男なり女なりが、恋の一部を負担するからである。恋は秘蔵するに限るとも云うべしだ。ところが、ふしぎにも、恋は訴えたいものでもある。相聞歌《そうもんか》にうたい、日記《にき》にものし、恋文に書き綴りたいのである。必ずしも第三者が読むことを期待するわけではない。然し、恰も第三者を聞き手とするように、恋を物語りたいのである。恋を秘蔵したい心と、恋を物語りたい心とは、表裏一体のものである。あくまで秘しかくそうとするものの、一方では、これを一文に草し、三十一文字《みそひともじ》にあらわしたい。才媛と云われた和泉式部でさえ、夫ある身の姦淫でありながら、尚且つ、これを和歌と日記に託して、後世に遺したのは、抗議だの愁訴だの反駁だのというような甘い動機によるものではなかったのではないか」と。

また、

「秋の夜の有明の月の入るまでに
やすらひかねて帰りにしかな」

の帥の宮の歌が、新古今巻第十三の恋歌三に、

「九月《ながつき》十日あまりに夜ふけて和泉式部が門をたたかせ侍《はべ》りけるに聞き付けざりければ朝《あした》に遣しける

太宰帥敦道親王」

とあって、「秋の夜の」の歌が撰入されているのは、和泉式部日記以外にはない歌であるから、藤原定家は式部の日記によって帥の宮の歌を新古今集に撰したに相違ないと、叙《の》べている個所もある。この詮索は和泉式部の研究家には特に珍しいことでもなかろうが、そのあとに、「伊勢子按《あん》ずるに」として、「紫式部日記」の中の有名なくだりを引用し、

……渡殿《わたどの》に寝たる夜、戸を叩く人ありと聞けど、恐ろしさに、音もせで明したるつとめて、

夜もすがら水鶏《くひな》よりけに

鳴く鳴くぞ

真木《まき》の戸口に叩きわびつる

の一首を送った道長——位は人臣《じんしん》を極め、栄華の極点を象徴する御堂関白が、一夜紫式部の局をおとずれ、夜もすがらその戸を叩いたのに、それと承知しながら、ついに扉を開かなかった源氏物語の作者に似て、和泉式部も亦、愛する帥の宮を門口から追い返す夜もあったのだろ

うと云う。（註、伊勢子はこの論評について、三頁半も費やしている）そういう強気な平安女《によ》人《にん》の、王侯貴族に屈しなかった精神が、伊勢子にはたまらない魅力と共感があったのではないか。

維子はそれを読みながら、やがてまもなく、自ら挫折した伊勢子の心事を想像して、涙がふり落ちるのをどうすることも出来なかった。

日記はその翌日に移るが、この辺から、文体も亦、文章もやや紊《みだ》れがちである。

某月某日

想えば悪戦苦闘の一ト月ばかりであった。N男が、こんなにも執念の深い修羅《しゆら》のような男と見抜けなかったのは、かえすがえすも、誤算であった。いやいや、然らず。悪魔はN男にのみ潜伏せず、私の五体にも、自分の知らぬ魔が棲んでいて、これが一面は紋に、他の半面はN男に向って、二面一身の蛇のように、交互にすり寄って行くのだろう……。

一人になったその夜は、真実解放感に恵まれたが、こうして三日も経つと、東京が恋しいような、誰かに逢いたいような、ふしぎな心になる。「和泉式部日記」も毎日は読み飽きる……。

俄か雨で、滝へも行けぬ。小女中がどの位ご逗留のつもりかと訊くから、七日ほどと答えておいた。

某月某日

宿から地図を借りてくる。

——この温泉は、I県の久慈郡とF県の東白川郡との、郡県の境界に近いところにある。常陸大子はこちらの県だが、矢祭山駅は、あちらの県である。正確には、八溝山脈の分水嶺《ぶんすいれい》を、県境にしているのだろう。奥久慈のどまん中を南流する久慈川も、この辺はまだ川上である。

今日はじめて、滝まで行った。ここでは滝しか見るものはないし、温泉からは二キロばかり、だから、手頃の距離である。

この滝は、月居山の裏側にある。ツキオレヤマと読む。滝は高サ一五〇メートルで、幅はおよそ八〇メートルもあるのだから、盛観である。これが四段に別れて落ちてくるので、一名四度の滝ともいう。光圀《みつくに》・斉昭《なりあき》・藤田東湖《とうこ》・立原杏所・関鉄之介など、水戸の有名人が、しばしばここをおとずれて、詩歌や画図を残しているそうだ。月居山は古くは佐竹氏の居城跡で、関ケ原のあと、家康の第十一子頼房が、二十五万石の藩主となって封《ほう》じられて以来、徳川副将軍の領地となったものだそうだ。バスの女車掌が解説してくれたから、そのまま書きとめておこう。

滝の音は、人を無念無想の中へ引きこもうとする。自分はこの滝壺を死場所と思って、やって来たのではない。屍《しかばね》は水に浮く。どんな深い滝壺でも、やがて浮き上る屍体は、見苦しいことだろう。そう思うと、うっかり投身したり出来るものではない。

然し、こうしていても、N男が追いかけて来そうな気がしてならない。若し、彼があくまで、自分を求めるなら、この滝まで誘い出して、一ト思いに、突き落してしまおうか。滝壺のへりで、二人が格闘するうちに、諸共に水に落ちて、沈んでしまうかも知れないが……。

滝に近い茶屋で、袋田名産の蒟蒻《こんにやく》に味噌をつけて食べた。うまかった。蒟蒻がこんなにうまいのは、なぜだろう。

N男に恥かしめられたことを、やはり紋に告白すべきである。それをしないと、この胸が姦淫の罪に、詰ってしまって、泣いても悶えても、どうにもならなくなる。あなたは怒り狂うだろうが、それも仕方がない。N男という男が、もう少しましな男であれば、あなたにも理解してもらえるだろうが、いかにも物足りない……恥かしくって、人前に出せないような男に、どうして、何もかも与えてしまったのだろう。

この頃になって、ますますN男がくだらない、半人前にも足りない男であることがわかって来た。それなのに、彼の前へ出ると、自分のほうから、彼の身体にさわりたくなってしまう。たしかに、彼の云う如く、私のほうから、N男をからかったのが、はじまりである。あなたに対する腹いせから、N男をからかっているうちに、彼が本気になり、只ではすまなくなってしまった。だから彼に、おくさんのほうが悪い、と云われても、返す言葉がないのである。女はあんな、少し足りない男でも、相手にしてしまうものだろうか。いや、少し足りないで、こちらが優位になるような男のほうが、羞恥を忘れて、熱中するのか。こんな秘密まで書いてしまっていいかどうか、自分にもわからないが、あなたには許さなかったことまで、N男にはさせた。N男となら、どんな恥かしいことでも平気でした。自分はN男をむさぼった……。

某月某日

今日もまた滝へ行く。三度目である。それでもう一度滝のことを書いておく。宿から見えるところに、「四度の橋」がある。それを渡って、しばらく行くと、車止めがあって、みかえり橋というのは、大型車は通れない。草履を貸す休み茶屋がある。よって紅鼻緒麻裏の草履を借りた。段々道が細くなって、鹿待岩の前にある「鹿待橋」を渡ると、滝津瀬の全景があらわれる。

滝の落ちる斜面が緩くて、まるいので、落差が強くないせいか、滝壺は浅いらしい。それに四段にわかれて落ちるせいもある。この滝壺へ身を投げても死なないと云う。そのためか、滝壺の前から、百三十段ほどの石段を上ると、縁結びの不動尊が安置してある。心中をしに来た男女も、思い直して、その不動尊へ、縁結びの願を掛け、賽銭を投げて行くそうだ。死んでもいいつもりだった私も、この滝を見て戻ったら、死ねなくなったような気がした。

多喜《たき》の家《や》という茶店の小母さんの話に、ついこの間、茶店でビールを一本呑んだ男と女が、滝の上の灌木の繁みで、手拭をつないで、身体をしばり合せた上、催眠薬心中をやった。そのうちに苦しくなり、縛ったままで、中段の滝へ落ちたが、下になった男は、岩角で頭蓋骨を砕いて死に、その男の身体の上に重なっていた女は、膝小僧をすりむいただけで、助かったそうだ。その女の泣く声が、まだ茶店の小母さんの耳についていると語った。女は男の遺体と別に、常陸大子の病院へ収容されたが、もう死ぬのは御免だと云ったとやら。

私が死にたくなくなったのは、そんな話を聞かされた影響もある。

——宿へ帰ってから、とうとう東京へ長距離電話を掛けてしまう……。すぐ紋が出た。

「何んだ。伊勢子か。どこにいるの」

「袋田よ……黙って来てしまって、すみません」

「先にあやまられては、何んにも云えなくなるが、怒っていたのだ……一人なのか」

「はい」

「一人ならいいが……誰かと一緒だったりしたら承知しないぞ」

「あなた以外に、誰がいるでしょう。それは信じて下さい」

「まっ直ぐ、袋田か」

「誓山寺へお墓詣りしてから……水郡線で、ノロノロ……でも、あたし、この滝ははじめてなの……M市に住んでても、見に来たことはなかったの……あなたは？」

「私も見たことがない」

「だったら、いらッしゃいな、滝を見に……それから、あたしの顔を見に……やっぱり逢いたくなっちゃったの、あなたの顔が見たくって、見たくってさ……あなたは平気でしょう、一ト月二タ月、あたしの顔を見なくってもね……」

「では、明日行こう」

「ほんと？　うれしい。二日ほどお暇割いて頂戴ね……一晩でもいいから、あなたが欲しいの」

「ひどい人だ。勝手に袋田へ行っといて、あとから呼ぶなんて……」

「ほんとはもう、あなたに別れて、山の中へ、身をかくしてしまおうと思って、一人旅して来たんだわ」

「ところが、そうはいかないんだろう」

「袋田の滝では、身を投げてもダメなんですって……滝壺は浅いし、流れは緩いし……みんな失敗するんだって……崖の上に、縁結びの不動様があるのよ。そのお札をもらって来たわ……そうしたら、急にあなたに逢いたくなったの……」

通話が長すぎて、制限時間に触れたのか、そこでプツリと切れてしまった。自分は一人っきりの旅をつづけ、更に深く奥久慈の山河に分け入るつもりだったが、その抑制はみごとに外れた。いや、自分から外したのだ。

N男を呼ばなかったのがまだしもである。自分はあなたに、この渓谷までのぼって来てもらって、N男のことを全部うちあけよう。M市で泊った夜、N男が酔ってあばれ、床の間の掛額のガラスを割り、鉄瓶を投げて灰神楽《はいかぐら》をおこしたことも……一晩中酔泣きしながら、自分の身体を何度も犯した。青年の慾情の泉は、幾度くりかえしても、尽きなかった。然し、私はやはり紋だけを愛している。N男とは、どんな恥かしいことを平気でしても、それはそのときだけの話だ。たしかに、ほんとに愛しているのは紋だけで、N男ではない。それなのに、N男の顔を見ているうちに、自分は抑えきれなくなる。自分を滅茶苦茶にして欲しくなる。すぐ、どうともなれという気になってしまう……。

そのことを白状する。紋に助けてもらうために。

あなたはN男を、片付けてくれるだろうか。どういう処置が最適か、あなたはよく知っているに違いない。お金も必要だろう。そのお金はあなたに出してもらうしかない。今、修羅のようなN男から別れるためには、お金だけが物を云う。それが一番近道だろう。あなたは屑く出してくれるだろう。私はそれを信じている……。金以外に、N男を黙らせる手はないのだ。

その同じ夜から払暁《ふつぎよう》かけて
どうしたのか眠れず。八溝山に雨が降り、それで水かさが増したのか、宿の前の滝川の音も、昨日よりは姦《かしま》しい……。その音の中に、滝壺で死に損った女の助けを乞う声のようなのがまじる。

かと思うと、名も知れぬ山奥の怪鳥の声ともきこえる。

汽車の音もする。水郡線の夜中に走るのは貨物列車しかない。

しばし、うとうとすると、また、

「助けてえ」

という女の声に目をさます。自分のほうが、叫びたいほどだ。暗い廊下から、ツンツルテンの浴衣を着たN男が、のっそり入ってくる幻を見る。もう少しで、ほんとに悲鳴をあげるところだった。M市の宿の浴衣の袖口に血がついているのは、掛額のガラスを砕くときに、薬指を切ったからである。夢の中で、N男は、私の身体に馬乗りになって、唾を吐きかけた。磐石《ばんじゃく》のような重たさである。血のついた浴衣の袖を千切って、それを結び合せて、二人の身体を縛りつけようとするのは、さっき茶店の小母さんに聞いた心中者の話の通りだ。

「紋哉が来ると聞いて、一ト足先に来たよ」

と、N男は云った。

「何しに来たの」

「おくさんを殺しに……それから僕も死ぬ」

「あたしは、お前なんて、大きらい……何度云ったら、わかるのかい」

「紋哉には、女房がいる。ほかにも遊ぶ女が多ぜいいるのに、僕の女はおくさんだけじゃないか。おくさんが僕を捨てるんなら、殺すしか手はないよ」

「お前なんぞに殺されてたまるものかよ」

「生かしておけば、紋哉に逢うのだろう」

「そりゃア逢うわ、好きな人だものね」

「だから、逢わせないようにしてやるのだ」

「お前、ほんとに殺す気かい」

「二人の身体をがんじがらめに縛りつけておいて、それから滝壺へ落ちるのだ。そうすれば、一緒に死ねる」

「許しておくれ、死ぬのだけは——紋哉さんは忙しいから、袋田までは来やアしないよ」

「ほんとに来ないのか。さっき、東京へ電話したろう……二十分も長い話で……約束したんじゃアないの、二人は……紋哉の顔が見たくなったんだろう。あいつにまた、抱かれて寝たくなったんだろう。僕とするようなことを、あいつともするのかね」

「ほんとに来ないって云ってるじゃないか」

「おくさんは、きれいな顔をしているくせに、紋哉のこととなると、嘘をつくからね。僕のことはどうなの。全部、紋哉に喋べるのか。それとも紋哉も騙しているの」

そう云いながら、N男は私の首をしめた。もがくとますます、首がしまり、手も足も冷たくなって、このまま、死んでしまいそうな気がして来た——。

ここで日記が終っている。そのあとは、およそ十頁内外の余白があって、最後の一枚に、和泉式部の愛猫が、病にかかり、今出川のほとりの、ほのかに湯煙りの立つ泉に浴して、病を癒したという猫啼井戸の絵葉書が、セロテープではりつけてあった。セロテープがその頃あったかどうか。若しないとすると、父の脩吉が、はりつけたものだろう。

11

この日記によって、維子は新しい事実を知った。N男という伊勢子の別の愛人の存在もはっきりした。かつて泉中が、自殺決行前の伊勢子を、M市まで追いかけて行き、その市の旅館で酔って乱暴をはたらいたと、母に話していたのは、父の作為であり、実際はN男を連れてM市へ行き、M市の駅で彼をまいた伊勢子は、一人で袋田まで逃げたが、また淋しくなって、泉中へ長距離電話をかけているのである。そのことを父は知っていながら、今日までN男について語らず、邦子にも維子にも、伊勢子のもう一つの情事の秘密を明かさないでしまったのは、肉親の妹に対する無言の弁護でもあろう。

然し、泉中がその電話の通り、袋田へ行ったものかどうかもわからず、更に、袋田から水郡線に乗って、奥久慈の水上《みなかみ》をさかのぼり、檜山《ひやま》、矢祭山を越すと、ついにF県の東白川郡へはいって、東館《ひがしだて》、棚倉、浅川などの小都市を下り、更に石川郡にはいって、猫啼温泉へ着くまで、果して、伊勢子は一人だったのか。泉中とはどこで別れたか。それとも、彼は終着駅である郡山まで行き、そこで奥羽本線に乗り換えて、白河、那須野を経由、東京へ帰ったものか。泉中と別れたあとは、絶対にN男を寄せつけなかったものか。それとも、袋田以北の旅は、再びN男を同伴したか。そのN男とは、どこでグッドバイしたか。或いは最後の日まで、N男を離さなかったものか。N男と手を切るには、死以外にはあり得ないと覚悟したのはいつか。むろん、深尾三逸のことなどは、念頭にもなかったろうが、それらの具体的消息については、この日記の余白は、すべて黙して語らないのである。

日記を閉じると、維子は狂暴なものが五体を貫いて走るのを覚えた。こういう時、男ならあばれ廻ったり、大酒をくらったりするだろう。

女が男より穏やかで、亢奮が薄いのではない。女はまだ、轡《くつわ》を咬《か》まされているからだけだ。抑制さえ取れれば、男と同じにあばれ廻りたい。

第一に、伊勢子に対する私淑が崩れた。N男という正体の知れぬ幼稚な青年と、浅ましい契りを結んだことで、伊勢子は崩壊したのである。日記が伝えるところでは、N男はぐうたらな二枚目である。パンセもなければ、趣味もない。感情だけが主流になって、調和が欠けてしまう。こういう男が発情すれば、動物だけになるのだろう。人間としては気が小さいが、動物として図太い男——よくそういう男がいる。いや、男ばかりではない。女にも人間的には臆病で、気取ってばかりいるくせに、動物的には大胆で、男をふり廻す女もいる。

泉中はこのN男の存在に気がつかなかったのだろうか。頭のいい伊勢子が、一度も馬脚を見せなかったことは、想像できる。正直、維子も知らなかったし、父だって、この日記を見るまでは、何んにも知らなかったに違いない。伊勢子がこれを書き留めなかったら、N男自身喋べり廻らぬ限りは、永遠の秘密に終ったろう。

伊勢子は、N男に愛の一片すらなくて、只、泉中への嫉妬のために、N男を必要物としたにすぎない。女の姦淫は嫉妬を動機とすることが多い。N男との情事は、N男を物体として翫弄することにはじまって、それ以上にはならなかった。物体的である以上、それのさまざまの角度や組合わせや方程式を編み出して、横にしたり、縦にしたり、坐らせたり、また宙につるしたりもすることが出来よう。いや、二つに割ることも出来れば、ウォーターポロのように股の間にはさみつけることも出来る。蹴っとばしてみたり、ころがしてみたり、そうかと思えば、水の中へ浸けることも可能だ。一時間でも二時間でも、抛り出しておいても、文句は云わない。──物体には、心理がない。お預けの最中に手を出す心配がない。N男という男は、欲望だけがあって、感覚のない男のようだから、伊勢子は何んとでもなるつもりで、彼を近寄せてしまったのだろう。思いきって、蹴りとばせば、再び還ってこないほど遠く、抛物線を画いて、飛び去るのが物体だと思ったのには、誤差があった。

維子は、昔のなつかしい風景から、女の憧憬《しょうけい》が崩壊して行くのを見た。泣かずにはいられなかった。伊勢子の死の真意が、浅はかな姦淫にあることを知った今、厭世という観念にも不信が思われた。

――維子は叔母の日記を、再び線香箱に入れ、黒水引のかかった香奠《こうでん》の袋をかぶせ、それを仏壇の下の花梨の三本抽斗の真ン中へ戻した。香を焚く気にもならなかった。それから自分の寝所に還ったが、維子はこのとき、泉中ともう一度、逢おうと思うのだった。N男のことを、告げるか告げぬかは、別問題として、である。

＊　＊

半月後の脩吉と紋哉の会談は、千鳥ケ淵に近いF・ホテルの一室で行われた。脩吉は第一回の会談に成功した自信で、いささか高を括っていた。それにしても、当分の間、泉中を、手も足も出ないように、封じることが出来たので、脩吉は久しぶりに勝ち誇る気持だった。強引にアパートを引き払って、維子を人質のようにしたのは、成功である。どう計算しても、足もとを見せているのは、あちらであった。

ホテルの部屋からは、窓半分に、水面がうつっていた。その水の手前に、道路があるのだが、それは目に入らず、道路の更に手前にある栃の葉だけが、視野にかかっている。昔、I県の図書館長だったとき、館長室の硝子窓にも、大きな栃の葉がかぶさっていて、岡の下の街の鳥瞰《ちょうかん》を、その部分だけ妨げていた。

泉中が着物であらわれた。白足袋に夏羽織である。脩吉は自分もそういう装束にすればよかったと思った。仙台平の極上の袴なら、泉中に負《ひ》けはとらぬ……。

「維子はどうしてますか、その後は」

彼は、ルシアン・ブラックという黒い紙巻煙草をすすめた。

「どうも依然として、ハッキリ致しません」

「そんなことはないでしょう。あれから幾日になるというのです。返して下さいよ、いい加減に……今日はひとつ、率直に、掛値のないところを伺いましょうかな」

「では、私が嘘をついたと仰有るのですか。それでは話にならん……私は帰ります」

と、脩吉は腰を浮かせた。

「まア、おどかさないで——然し、あなたは明らかに嘘をついていられる。依然としてハッキリしない病人の維子が、なぜ、この間、映画なんか見に行ったんですか。こっちはすべてわかっているんだ」

「とんでもないことを仰有る……映画なんぞへ行くもんですか。証拠もなしに、そんなことを仰有っては困る」

「この目で、たしかに見たんだからね。大分距離はあったし、こっちは二階を降りるところで、維子は階下の出口を出てゆくところだったから、すぐ群衆にまぎれて、見えなくなった。君の云う通り証拠はない。それを幻だったと云われれば、それまでだが」

然し、この一撃は脩吉には痛かった。たしかに邦子と二人で、日比谷の映画劇場へ行った。それについて脩吉は反対だった。当分は家の中にとじこもっているべきで、街頭であれ、映画館であれ、ロビーであれ、維子が歩いているところを、泉中に見つかれば、維子に抵抗力のないことはわかっているからであった。ところが維子は、

「お父さん……死刑囚でさえ、一日に一度は大気に触れて運動する自由と権利を与えられているのよ」

と抗議されたので、仕方なく、邦子をつけて出してやったのだ。それに、広い東京のことだから、一度や二度の他出が、一々泉中の目にふれることもあるまいと、油断もしたのがいけなかった。図星を指された脩吉は、まさに一頓挫であった。

「この前は、出来るだけ下手に出て、維子を返して貰おうと思ったが、結局あなたが遷延策をとるなら、こちらも方針を変えなければならない。今日はこの前とちがって、ハッキリ申上げるが、男と女のことは、親には踏み込めないし、また踏み込んではいけない部分がある。それをあなたが、維子に禁じるのは、所詮ムダです。若し今のまま、彼女をあなたが人質にとっておくとすると、映画を見るにも、百貨店を歩くにも、始終ビクビクしていなければならない状

態にしてしまう。それが、親として得策のつもりですか。そんな小細工はやめなさい」

「小細工とはなんだ。無礼を云うな」

「小細工にきまっているじゃないか。では伺おう。私が借りているアパートを、なぜ勝手に処分したか。それが紳士のなすべきことか。その点から返事し給え」

「そうでもしなければ、維子は永久に君の奴婢《ぬひ》だ。奴婢解放の手段だよ」

「贅沢の限りをつくしても、奴婢だというのか。それでは、タカリも同じだ」

「タカリとは何ごとだ。そんな魂の抜けた、形ばかりの贅沢を与えられても、喜んで娘を提供するわけにはいかないのだ。若し大きな口をききたければ、時子夫人と別れなさい。その上で、維子を後妻に迎え、入籍させるというなら、後妻という点がイヤだが、目をつぶって、維子を嫁にやる……それ以外は、君は維子を騙して、弄んでいるのだ」

「時子とは、早晩離別するかも知れないが、期限を切った覚えはないぞ。たとえば、君に借金して、約束手形を切った場合とは、わけが違う。よろしいか。借金なら、君に催促する権利がある。期限のない約束を、君がそんな風に追及する権利があるのか。そういうことは黙って、こっちのするのを見ているのがいいのだ——君はもともと感謝が足りない男だ。自己本位、自己中心にすぎるよ」

「どっちが自己中心だ。破落戸のような口をきくな。約束したことを、いつまでも実行しないのを、維子は何んにも云えないから、代りに親が注意したまでだ。それをタカリとは何んだ」

脩吉は亢奮して、声が顫え、指にはさんだルシアン・ブラックを、じゅうたんの上におとしてしまった。泉中はそれを拾って、灰皿に捨てた。

「注意してくれるというなら、有難うと云う。然し、娘をさらって、ドロンした。私が買ったものをみんな持ち去ったのは、どういうことだ。それもつい十日程前に買ったものまで、……まるで逐電ではないかね。それでも親切な注意だと云うのかね」

それを云われると、脩吉は痛いので、どうやら、旗色が悪くなった。何んとか挽回しなければならぬ……脩吉は焦りだした。

「あなたは、たいそう自信がおありのようだが、すでに維子は、完全にあなたの心を去っていますよ。あなたが、いつまでも恋々として、時子夫人を離別できずにいるその煮え切らぬ態度に、維子は愛想をつかしているのだ。これは伊勢子の場合と同じで、あなたは経験がおありの筈だが。それで今日も、ここへ来るとき、維子に念を押して、聞いてみた。お前はまだ、泉中氏に惚れているのかって……ところが彼女曰《いわ》く。今ではもう、全然、惚れてなんかいませんって、ハッキリしたものだ。既に心の去った女に、なぜ未練を持たれるのですか。あなたが、まっとうの人間なら、愛想をつかしている女を追いかけて、脅迫がましいことを云うのだけは、おやめなさい。それは男として、最も見苦しいことだ」

すると、泉中はゲラゲラ笑い出した。

「お父さん……そういうことは、いくらあなたが仰有っても、維子の口から訊かないと、真実性がないものね。私の面前で、維子が愛想づかしをすればそのときは私も考える。然し、恐らくそれは彼女には出来ないだろう……日比谷の映画劇場へ行くんだって、維子の心の底には、ひょっとして、私に逢えるんじゃないかという期待があったに違いない。私は二階の下り口から、群衆の中の彼女の横顔に、それを見た。お父さんの百万だらより、その一瞬の一瞥のほうが、信じられる。維子は私を忘れられないんだ」

「ヤレヤレ。あなたみたいな大自惚れは見たことも聞いたこともない。そこまで自惚れられれば、人間、幸福だろうね。だから、政治家になったり、有名人になったりも出来るんだ……然し、世間では君を何んと云ってるか、承知かな。あなたのような不徳漢は許せないと云っている。現に私の妹は、君に殺されたも同様の自殺をとげたのに、まだ懲りないで、こんどは維子を手に入れたではないか。

伊勢子もあなたを、少しも愛していなかったが、維子も同様だ。只、あなたが自惚れて、維子は自分に参っていると思っているらしいが、あの子は君に逢うことを、只一途に恐れている。逢いたいどころか、逢いたくないのだ。お父さん、あたしをかくまって下さいと、悲痛な願いを述べたのですぞ。この半月、久しぶりに親子一緒に住んでみて、それはよくわかった。維子はまともな、正直な女です。こんどは目がさめた。君がいかに不正直で、カラクリの多い男かがわかった。君の巧妙なトリックにも、また魔術にも、もう引ッかからないよ」

ふだんは泉中の前では、碌に喋べれない脩吉も、一旦火蓋を切ったとなれば、度胸がついたのか、ベラベラやり出し、用捨なくコキおろしたついでに、君のような男が、運よく大臣にでもなったら、現代版の平将門《たいらのまさかど》になりかねない、などと気焰《きえん》をあげた。この一語はさすがに、急所を刺したか、泉中は暗い顔になった。というのは、二、三ヵ月前だが、彼の選挙区へ怪文書を撒かれたとき、平将門とも明らさまではなかったが、節操のない独断家で、法律違反をスレスレのところで、うまく逃げるのが、得意だと書かれたことがある。今、脩吉が泉中を、現代版の平将門と云うのも、そういった悪評を暗にほのめかしているのだろう。

然し、泉中は、すぐ立ち直って、

「お父さんは、女の心が全然わかっていないんだね。女は男の魔術にひっかかるような甘いのはいやアしない。維子自身、いろんなトリックや魔術を持っているんだぜ。私が、何んにもしなくたって、維子のほうから、結局、私のところへ還ってきたくなる。君がどんな妨害行為をしても、維子はますます、それにさからうことになる。実際、煮え湯を呑むのは、お父さんやお母さんなんだ」

「脅迫がましいことを云うな」

「では、やりたいだけ、やって見給え……もっとも、君が怪文書を撒いて、それがたまたま瓢簞から駒が出たように、私がフン縛られる。そうして、豚バコへぶち込まれてしまえば別だよ。私が国家の強権で、暗い所へ入っている間は、君たち親子は安心して、銀座や新宿をブラブラ歩いたり、映画を見たりも出来る。私が娑婆《しゃば》にいる限り、君たちは、可恐《おっ》かなびっくり、暮すほかはないんだ。維子をそんな目にあわせて、それでいいのか」

「強権発動は、君のほうが得意だろうから、君を逆に豚バコへ入れることは、こっちに出来る筈がない。それを見越して、故意にそんなことを云うところが、君を以て、現代版平将門といわせるのだ——そんなことを云っていると、君のような男は、国民の怨嗟《えんさ》のマトになるぞ」

「少し血迷ってはいないのか。親馬鹿も程があるよ……そういう視界の狭さと、感傷的な功利主義は、維子を不幸にするばかりだと知り給え」

「親馬鹿とまで云われて、君とこれ以上話す必要はない。さよならをしよう」

「こちらも望むところだ。現代版何んとかとまでコキおろされてはね……君を維子の親とは認めない。親は親でも、維子にも人権はあるから、私に逢いたくなれば、一人で逢いに来るだろう。君が帰ったら、それだけは云ってくれ」

「ご免蒙《こうむ》る。それに維子は今、東京にいないのだ」

「さっきはいると云ったではないか」

「伊勢子の墓詣りに行った……」

「君の云うことは、前後矛盾しているが、もう云うまいよ。私はもう、九谷君……君を相手にしたくないのだ――」

「何……このバチルス！」

と叫んだかと思うと、脩吉は立上り、少し足許を踏みしめるようにしながら、ドアの所まで行き、そして一度、大きな溜息と共に、頭をかかえるような仕種をした……。

泉中は、争いながらも、脩吉を憎めなかった心が、この仕種を見て、急に感傷に負けるように、彼の肩を軽く抱きしめ、今日の二人の争論の苦痛に、よく耐えたことを、やさしく犒《ねぎら》いたい衝動を覚えた。が、次の一瞬、彼は窓の外の青い淵のほうへ、視線を投じて、僅かに感傷を抑制した。脩吉も垂れた顔を起すや、ドアの把手を廻した。――こげ臭いので気がつくと、泉中の羽織の紐の房に、煙草の火が燃えついているので、ちょっとあわてて、指の尖で、揉み消した。

12

暗くなってから、帰って来た父は、ひどく不機嫌だった。黙って、二階の書斎へ上ったが、またすぐ降りてきたので、維子は自分が、伊勢子の日記を見たのに気がついたのかと、震えたがそうではなかった。

「邦子も維子も……泉中氏から電話があったら、私が出るからな……維子は取次ぎにも出てはいけない。今、伊勢子の墓詣りに行って、東京にはいないことになっている。いいか……そのつもりでな。これは堅い約束だぞ。維子も承知だな……」

「……」

「なぜ黙っている」

「承知にきまってるからよ。今まで一度も、出ないじゃありませんか……そうでしょう。それを急にそんな風に云われると、驚いて返事が出来ないわ」

と、楯をつくと、母が、「維子！」と呼んで制した。

「そんならいいが——女はいつまた、気が変るか知れないものな……」

「信用ないのね」

父はまた足音を立てて、二階へ登って行った。やがて母が維子の部屋へやって来て、

「お父さん……どうかしたのかしら。ひどく疲れていらッしゃる」

「泉中と喧嘩したのよ、きっと」

「可哀そうに——」

「ホラ、はじまった。お母さんの可哀そうに、が……イヤらしい」

「それでつウちゃんは一体、どうなの？」

「お母さんまで心配になってきたのね」

「泉中さんは、女にモラルのない方なんだろう」

「そうよ……不道徳な男よ」

「私なんかは、女にモラルのない男は大きらいだけれど、つウちゃんや伊勢子さんは、そういう男が好きになる危険があるもの」

「だから、一度は好きになったけれど、愛想をつかして、モラルの中へ帰って来たんだもの、大丈夫よ、お母さん」

「でも、今お父さんの仰有る通り、お前、いつ気が変るかと思うと、私は心配なの」

「取越苦労ね、相変らず。現にこうして、目の前に私がいても、まだ心配？　この良識と習俗の血液の中へ帰ってきたら、云うところないでしょうに――」

「やっぱり、お前は満足してないのね。習俗が大きらいなんだからね……お母さん、お前の心が、全部わかるの。変り者よ、つウちゃんは……大ぜいのすることがきらいで、一々角《かど》を立ててきた子だものね……」

「そうよ、お母さん……たしかに、あたしって、おエッチなのね……両親は揃って、ノーマルなのにね……」

「そういう言葉には、耳を塞ぎたい位よ。おエッチって、どういうことなの?」

「知ってるでしょうに。変り者で、アブノーマルなことが好きなの……グロテスクだって好きよ……でも、今はそれをきれいに忘れてるんだから、お母さん、思い出させないで頂戴」

「まア何んてことを云う子だろう。すると、今は忘れていても、またいつか、それに惹かれて、泉中さんのところへ飛んで行きたくなるんじゃないの。泉中さんこそ、おエッチなんだろ」

「そうねえ。あなた方とは大分ちがうでしょうね。泉中に云わせると、男と女が愛し合う基本は、猥褻だが、しかもグロテスクがグロテスクにならないところで一致があるかないかだって考えてるようよ」

「おエッチだの、グロテスクだのって、私、話を聞くだけでも、ゾクゾクするわ。悪魔の声としか思えない」

むろん、はじめは、彼の不道徳を、悪趣味として拒んだんだけれど……ああいうことは、感化する速度《スピード》が早いのだろう。母はほんとに両手で耳を塞いで、

「もうやめて……そんな話をしていると、私まで、心が汚れるようだわ。お前がそういうよくないことを、許したと思うと、たまらない。お前たちのすることは、昔風にいうと、外道だよ……」

「習慣や俗習にそむけば、みんな外道なんだものね、お母さんのは……でも、あたしはその習

俗に負けて、帰って来たんですよ。アット・ホームの温かさ……親子の血の和やかさ……エロチシズムなんか、一カケラもないその中に暮しているのよ。あたし、今更、泉中の所へ帰れるとは思ってもいないわよ」

然し、母は維子がアパートを引払って来た当座は、しきりに泉中の不道徳に対して非難めいたことを云い、それで親子三人の食卓の話も、明るく、澱まなかったのに、この頃段々、それがなくなり、泉中の話題を避けるようになったのが、心配でならないと云う。

「それは、お母さんの勘グリというものよ……でもそんなに心配なら、誓います……いくらでも……お母さんの気のすむように」

「お願いよ……二度とあのイヤな思いをさせないで……いくらでも、お嫁にいけるんだから……捜せば貰い手は何人もいます」

「お母さん……それだけは云わないで……あたしも誓うから、お母さんも約束守って下さいね」

「では、どうしてもお嫁にはいかないんだね」

維子は口をきくのも億劫になった。泉中を切る以上は、ほかの男に目を向けるわけにはいかない。そんな甘いことを考えているのかと思うと、やはりこの母は頼りなかった。

かつて泉中は、維子を私有財産の一つ位に考えたことがある。今だって、その考え方は変っていないかも知れない。それをいくら間違っていると云っても、はじまらぬ。だが、そういうところが、彼を誤解させたり、怪文書を撒かせたりするのだろうが。

然し、女だって男を、私有財産のように独占したいのである。女のほうが、実はもっと唯物的なのかも知れぬ。同時に、男に独占されたい。自分が男の私有財産のようになっても、はげしく愛されるほうが有難い。これが女の功利主義だ。

――維子は、この母を思いきって吃驚させるような、泉中との濡れ場のさまざまを、全部話したい衝動を感じた。むろん、それは思うだけで、云えるわけのものではないが。

「邦子――」

と、二階で父の呼ぶ声がした。

「はーい」

「ソラソラ、お父さまがお呼びよ。早く行ってらッしゃいな」

維子が冷やかすように云うと、母は少し、顔を染めた。

薬にしたくも、エロチシズムの一片もないこの家でも、父にとっての母の存在は、やはりエロチックなものなのだろうかと、維子はえらい発見をしたような気がした。

「ねえ、お母さん……二階へ行ったら、お父さんにも云って頂戴……維子は帰ってきた以上、泉中が何んと云っても、この家からは離れませんって……心配しないで下さいって」

「それを聞けば、喜びなさるわ」

「その代り、泉中の私有財産みたいに思っていたものが、無断でここへ移されたのですから、すぐ又、ほかの人と結婚なんぞは出来ませんって……それでは、虫がよすぎるの。早合点は困るわよ」

立上った母は無言で溜息をついた。それからハンケチで目をおさえ、やや足もとも危げに、階段のほうへ向った。


その翌日。電話の鳴る音に、維子は部屋を出ようとすると、先を急ぐ母の姿が視界を横切った。そうそう、電話に出てはいけないのだと、維子は心を制した。果して、泉中から掛って来たらしい。

「モシモシ、はい。九谷でございます。はい。一寸お待ち下さいまし……只今、呼んで参りますから……」

という母の応対があって、二階の父を呼ぶために、受話器を外へ置いた。母の足音が廊下を去り、二階へのぼる階段にかかったとき、維子は入れ代って、電話機の前へ出た。その電話線の向うに、泉中がいる……彼の耳があり、また口がある。今、受話器さえ執《と》れば、話が出来る。そう思うと、磁石に吸いよせられる砂鉄のように、維子の手が伸びた。それでも一瞬の躊いはあった。何しろ、昨夜父や母の前で、あんなにきれいな口をきいたばかりだったから。
然し、次の瞬間、維子は全身の抵抗を失って、手に執った受話器を、耳と口へ寄せていた。理知も抑制も反省も、すべてが消えた。その言葉も、知性が選択したものではない。只、夢中で、

「……あなた……」

と、一言云っただけである。

「何んだ、いるのか。伊勢子の墓参ではないのか……一体どうしたんだ」

「ごめんね……あなた」

「そうか。それじゃア会おう……明日午前十一時、上野の寛永寺の門の前で……わかったね。君のファーザーは、大分嘘を云っている。あまりいい傾向じゃない」

そこまで聞いたとき、維子は襟髪を取られ、劇しく背ろへ曳かれた。そのとき、父が何んと云ったか、維子には記憶がないが、とにかく思いきった罵倒の叫びが、維子の頭上に降った。つづいて、力まかせに受話器を奪った彼は、泉中に対して、それでも維子はいないと云って、強弁を試みるようであった。然し泉中とすれば、今、受話器を通して聞いた維子の声が、真実である以上、父の強弁やこじつけを承知する筈もない。

「たしかに、今、維子が出たんだ。私のことを、いつもの調子で、あなたと呼んだことに嘘は

ない。それを違うと云うのでは、黒を白というのと同じだ」

「絶対に維子はいない」

「そんなこと云ったって、現に今、維子の声をこの耳で聞いたのだものな」

二人は譲ることなく、云い争った。そのうちに、どっちが先に電話を切ったのか、電話は切れた……。

父は、廊下に坐りこんでいる維子に云った。

「何んということだ……あんなに堅く申合したのに、お前は出たのか」

「夢中だったの……もうダメね。言訳なんぞ出来ないわ」

維子は悪怯《わるび》れずに云い、廊下に手をついた。

母も降りてきて、やはり坐った。

「やっぱり悪魔だ、あいつ……」

「罰して……あたしを」

「只、私は残念だよ。実に残念だよ……悪魔に克《か》てないのが……不道徳な奴を、懲らす方法がないのだ……罰すべきは、お前でなくて、あいつだよ」

「そうじゃない。あたしが一番悪いの……アパートで倒れたのもあたしだし、今、電話に出たのもあたしだし……悪魔はあたしなんだわ」

「維子――」

母が突然、取乱すように、大きな声で泣いた。父も電話機の上に、顔をうつ伏せ、男泣きに泣くようであった。その二人の泣声を聞いていると、感傷が維子の心を染めかえるようで……。

――泉中は父を嘘つきと極めつけたが、その嘘も、維子の身を心配するあまりの嘘であると思い直した。

「お父さん……許して下さい」

「では、つウちゃん……電話には出たけれど、やっぱり、ここにいてくれますね……いつまでも……それを、はっきり云って頂戴……絶対によそへ行かないって」

「申合わせを破ったことは、悪かったけれど、あたし、もう二度と、お父さんを裏切りません……」

「ああ、よかった。今のは夕立ね……紋哉さんとは、何んにも約束なんぞしなかったんでしょうね」

「そんな暇はないわよ……何か云おうとしたら、いきなり襟首をとって……お父さんったらバカ力があるのね、おどろいた」

然しこの感傷が、いつまで長つづきするか、維子は実は自信がなかった。今までも度々くりかえしたように、感傷は慾望の敵ではない。ある時間が経過すると、親たちは、あっさり寝返りをうたれてしまうのである。明日の午前十一時、上野寛永寺門前という彼の声が、耳底に烙印を捺《お》している以上は――。

13

泉中と約束の時間は迫っていたが、維子は二階へ上って行った。父は籐の寝椅子に身を仆《たお》して、うつらうつら、まどろんでいた。維子の足音に、うす目をあけて、

「どこへ行くのだ」

と訊いた。

「お三味線の稽古に――」

「行っておいで」

「お父さんにあやまらなければならないことが、ひとつあるのよ」

「何んだろう……泉中のことか……やっぱり、あれのところへ行きたいと云うのか」

「いいえ……そんなことじゃないの、まるッきり」

父は寝椅子から身をおこし、両足を畳へおろして、腰掛ける形になった。

「実はねえ、お父さん……大変悪いことをしちゃったんだけれど、この間、その抽斗をあけて見たの」

「どの？」

維子は黙って、仏壇の下の、花梨の三本抽斗の真ン中へんを指さした。父はギョッとする風で、反射的に寝椅子から突っ立った。

「見たのか」

「はい」

「お母さんにも、まだ見せてないンでしょう」

「見せてない」

「あたしは、前からどうも何かあるに違いないと思っていたの。和泉式部日記だけの筈はないって……ずい分、捜したわ。その抽斗だって、三度も四度も開けたけれど、まさか線香箱の中に、カモフラージしてあるとは知らなかったわ」

「見せたくなかったのだ、誰にも――」

「泉中はどうでしょう」

「知らないだろう。それとも、うすうすは気がついていたかな――」

「あたしには、まだ一度もそんなこと話したことがないわ……あれを見て、あたし、伊勢叔母さまのほうが魔法使だったのだと思ったの……お父さんはどお？」

「何にしろ、恥ずべきことだ。そう思って、私は隠したのだ。ほんとうは、焼いてしまおうかと思った……然し、どうしても焼けないので、隠匿したが……」

「勿体ないことしないで……人間って、どんな秘密でも、そのまま自分だけのものにしては死ねないのね。秘密は喋べりたいし、告白したいの。それは煩悩ね。日記とか手紙とか、何かに書いて遺したいンだわ。それを焼くなんて、冒瀆よ」

「では、焼かないでよかったな……その代り、お前に見られた……伊勢子の恥を――」

「和泉式部だって、恥かしい自分を、かまわず日記に書いてるじゃない？」

「遠い遠い昔だものな……恥かしいことでも、遠いから見えなくなってしまう。伊勢子はそういかぬ……」

「でも、もはや遠景よ」

と、維子は云った。遠景の中では、どんな恥も醜さも、それをめぐる靄《もや》の中にかくれてしまう……。

「もっとも、袋田までは誰が行ったか。猫啼で死ぬときは一人だったか、あの日記の余白は、説明していないわ……叔母さまの死は、依然として謎ね」

「…………」

「それとも、お父さんは知ってるの？　あの日記にも書けなかった秘密を……叔母さまの、一番恥かしいところを……」

女の恥部を、と維子は思った。伊勢子は、どんな風にして、死んでいたのだろう。どんな恥かしい、恐ろしい形をして……。

「いや、あの日記を持ち帰って、邦子にもお前にも見せまいとしただけだ。それ以上は、私は知らない」

「一人で死んでたの、それとも？」

「一人だ」

「男は息を吹っ返したんじゃないの。男だけ助かって、石川町の病院へかつぎこまれでもして……伊勢叔母さまだけが、死んだんでしょう。そうでしょう」

「イヤ、私が行ったときは、伊勢子だけが死んでいた。それ以外のことは絶対に知らないのだ。そんな想像はやめてくれ」

「ほんとですか……では伊勢叔母さまの死を、今まで通り美しいものに考えていいの」

「それがいい。妹は生きているときと同じように、きれいな顔をして……デッド・フェイスは眠っているんじゃないかと思わせた。それをあくまで死人として手荒く扱う婦警やＭ・Ｐに腹を立てたものだ。お棺に入れるときも、宿の女中が、

『アッ、笑った』

と云った位だった。ほんとうにニッコリして死んで行った。伊勢子にとって、死は解脱だっ

たのだと、私は信じているよ……今でも尚——」

「多分お父さんの浪曼《ろうまん》趣味と思うけれど……。信用するわ。叔母さまは、微笑をうかべて、遠いあの世に行っておしまいになったのね——」

維子は再び寝椅子に腰かけた父に、別れを惜しむ心を罩《こ》めて、握手した。父の手には脂がなく、体温もなく、そうかと云って、冷却してもいなかった。維子は父の手に、はじめて老衰を感じると、ホロリとなった。自分が再び泉中のもとへ奔《はし》れば、父は更に衰えだすだろう。

「何を考えているのだ」

父は維子の手を離さなかった。

「何んにも——」

「伊勢子の日記を見たので、まさか君の心境が変ったんじゃなかろうね……」

「泉中が気の毒になったことは事実ね。泉中だけが一方的に悪いとも思われなくなっちゃった」

「そんなことはない。それにあの文章は、自虐的だ。伊勢子にはそういうところがあったのだ。自虐が行きすぎて、死んだとも云えるだろう」

「では自虐的微笑だったのね」

その自虐の極点に、自殺があったと、父は云う。維子は上の空で聞いていた。それより泉中に早く逢いたい。自分がどんな不埒な、或いは淫蕩なことを考えている一瞬でも、他人はそれを窺い知れない。事実は、泉中の声を聞いたその刹那から、維子は、自分の猥褻な思惟《しい》が、次から次へと、果てしなく起るのを、誰の感覚にも気取られずに、然し決して、自分の内部から、切り捨てようなどとはしなかった。こうして、父と伊勢子の死について、語り合っていても、あの泉中との好色な方法が、念頭を去らずにいる。

——階下へ降りると、母は買物に出て不在だった。それをいいことに、まだ暗いうちにこしらえておいたスーツケースをさげ、草履も、買ったばかりのを、おろして履いた。これだけでも、母が見たら、只ごとならずと勘付くに違いない。

父は降りて来なかった。ショックつづきで、父はこれ以上、娘の監視をつづける気力を喪っているのである。恐らく、あの寝椅子に長く伸びて、

「バチルス！」

とでも呟いているのだろう。それとも、伊勢子の日記を取り出して、また読直しているかしらん。

「お父さん、さよなら——」

いよいよという時、維子は二階をむいて、両手を合わせたいような感傷におそわれたが、思いきって、往来へ出た。

母が買物から帰ってこないうちに、早く表通りへ出て、タクシーへ乗ってしまわねばならない。それで焦って、維子にしては大股に歩いた。やっぱり、うしろめたかった。

幸い、タクシーはすぐ拾えた。スーツケースを自分より先に、シートへ投げこむようにした。車がスタートして、バスの停留所をすぎ、映画館の前を走り出したとき、買物袋をさげた母の姿を見付けた。ふだんの顔とちがって、難かしい皺を刻んだ老女の憂鬱さが、むき出しになっていた。一昨夜、泉中について、色っぽい話をした母とは、どうにも思えない疲労が、その顔の底に沈んでいる。むろん、タクシーの中の維子の存在には気がつかなかった。——上野寛永寺の門前で、維子は車を降りた。泉中の姿は、まだ見えなかった。場所が場所だけに、スーツケースが目立つようで、維子は不体裁が憚《はばか》られた。

やがて、第二霊園のほうから、小急ぎに歩いてくる泉中の姿があった。

「やアどうも……友達の細君が亡くなって、今、埋骨をして来たんだ。昨日が四十九日だものだから……」

彼は汗をふいたが、維子のさげているスーツケースを見つけて、

「どうしたの？　大きい荷物、持って」

「出る決心をしたのよ……そのつもりでいて下さるんでしょう……いいのね」

「そりゃアこっちはかまわないが——」

「これから、誓山寺へ行きたいの……連れてって」

「それは無理だよ。今夜二つ程、会があるし……誓山寺まで行くには、日帰りってわけにはいかない」

「当り前よ……一晩でも二晩でも、泊りましょう……こんどこそ、二度と親の家へ帰らないつもりなのよ」

「それなのに、あのときは無断で夜逃げしたくせに――」

「ホホホホ、ホホホホ」

と、維子はスーツケースを振りまわしながら笑いこけたが、

「一生、云われるわね、それを――でも、観念してきたの」

まだ笑いがとまらない。泉中の云いたいことは、維子はこうして、戻ってきたが、引払ったアパートの部屋は、もうほかの人がはいったろうから、二度と還ってこないよ、と顔に書いてあるようだ。

「それでは、会をことわって、伊勢子の墓へ行こう」

泉中はすぐ翻意したらしく、手をあげて、本堂の手前に駐車している車を呼んだ。

14

車が四ツ木橋を渡って暫く行くと、ドライヴ・ウエイがひらける。常磐線に乗れば、三河島、南千住を横切って、隅田川の上流を渡り、つづいて荒川放水路の鉄橋にかかると、亀有、金町となる。ところが、自動車はところどころバイパスからバイパスを結んで走るので、松戸も我孫子《あびこ》も取手《とりで》も、さっさと素通りである。

やがて車が牛久《うしく》沼の近くにさしかかると、

「どうだね、ガッタン・ゴットンとくらべて……」

「そりゃアずっと快適だわ」

「牛久で、鰻でも食べよう」

と、泉中は云った。一度、車が通りすぎたのを引戻して、沼のほとりの、涼しそうな料理屋の二階へあがって、樺焼を注文する。

沼には、葦が繁り、その青い葉の色をうつした水に、古い小舟が、捨てられたように、泛んでいた。

「あら、あの山は？」

「筑波嶺《つくばね》だ」

山頂が二峰になっているのは、男体山《なんたいさん》と女体山《によたいさん》で、男体は女体より、六メートル低いそうだ。沼の正面ま北に、望まれる。この辺から見ると、この陰陽二つの峰の形が、奔ってくる馬の両耳のように見える。

樺焼が焼けてきたので、二人はチャブ台を囲んだ。街道と沼をつなぐ土手を、伊勢子の日記にあったような肋《あばら》の見える黒牡丹が、のっそり、のっそり歩いてきて、いつもそこで、食べることになっているのだろう、青草を食べだした。鰻屋の女中の話だと、牛久沼の伝説は、昔、昔、そのまた昔の大昔、竜ケ崎の金竜寺の小僧がなまけ者で、ろくにお経も読まず、お斎《とき》がすむと、この沼へ来ては、草の上に寝ころんで、眠ってばかりいたが、或る日、寺の和尚が、小僧のあとを蹤けて来て、

「この、横着者め」

と呶鳴りつけると、忽ち一頭の牛となって、この沼へ飛びこんだ。和尚が驚いて、その牛の尻尾をつかんで離すまいとするとき、尻尾だけが抜けて、和尚の手にのこり、牛は沼にはまって、見えなくなったという。

「それで、昔は、牛食う沼と云ったのが、段々に、牛久沼になったそうです」

「なるほど、面白いな」

「それで、御飯を食べて、すぐ横になると、牛になるというのは、この話から出たのだそうです」

少し、うがちすぎていると思ったが、維子は、また明るい笑い声を立てた。——軽くよそっ

たが、三ばいもお代りした泉中が、畳の上に、ゴロンとなると、

「そらそら、牛になりますよ」

「そうか……そうか」

「牛になるだけならまだしも、沼へはまるんじゃァ、元も子もないじゃない」

「牛久じゃなくて、人食う沼だ」

「でも、消化のためには、食べたあと、寝るほうがいいのよ」

「昔、昔の頃は、食い盛りの小僧さんたちの消化がよすぎると、食い扶持がかかってたまらないから、それでそんな伝説が出来上ったのだろう」

「ほんと？」

維子も、チャブ台のへりを廻ってきて、仰向けに寝ころんでいる泉中の身体にぴったりくっつくようにして、腹匍いになり、ピースを一本ふかした。

「おいしかった……」

「当りだね。それにしても、君はよく帰ってきてくれたな」

「やっぱり、あなたが好きなのね……別れているのが、どんなに辛いか、こんどこそよくわかった」

「然し、一度は完全に離反したんだろう」

「ホラ又出た。あなたが、それを一生云いつづけるだろうとは覚悟したけれど、まさか一日に二度出ようとはね……」

腹匍いの形の維子の顔が寄って行き、仰向いている泉中の顔へ重なった。まっ昼間だし、牛久沼の水景に向って、窓という窓は、全部あけッぴろげてあるので、あんまり長いキッスをしているわけには、いかなかったが——。

「どっちだったんだ。叛逆の張本人は？　君か、それとも脩吉さんかい」

「…………」

「はっきり云えよ……云えないか。そりゃア親父ってものは、娘が一番可愛いからな、結婚したたって、亭主と喧嘩すりゃア娘の肩をもつ奴が多い。まして、俺と君のような関係では、何かあれば、別れさせたいのが人情だろうぜ」

「まアそうね。あたしはヒステリーを起して、前後忘却したんだけれど、親は待ってましたってところかも知れないわ……でも、こんどはもう、誰も頼る者がいないんですから、よろしくね……」

「何を、あらたまって、云ってやアがるんだ」

「でも、あなたは、スジを通さないと、承知しない人だもの……」

「そういう男かな」

と云いながら、泉中は半身をおこしたが、

「アレ、牛の奴、まだ草を食っていやアがるぜ」

維子も土手の方を見て、

「あらまア、長い涎《よだれ》を垂らしているわ」

「いい眼だなア……涎まで見えるの……私はそこまでは、見えない」

「齢ね……お気の毒さま」

泉中は維子の肩を抱きおこして、

「こんどこそ、逃出さないいだろうな」

「だって、こんどは行くところがありませんもの」

「こんどは私を向うへは、売らないね――絶対に」

向うが誰か、わかっていたが、

「向うって?」

「親さ――脩吉と邦子だよ」

「大丈夫よ……女はね、いくら捧げた男でも、ほかに愛が向いてると思うと、我慢しきれない人もあるそうね。でも、あたしは平凡でも、愛してる男しか、眼に見えないのが女じゃないかとおもうの……どんなことでも、平気で呼吸が合うでしょう。恥かしくも何んともなくなるでしょう。あれは誰とでも可能なことじゃない。慾望の一致なんて、大したことではないと思うわ……そうじゃなくって、もっと感覚的なニュアンスの一致が、恋なんでしょう。指紋のように個人的なんだと思いたいんだけど、どうかしら、それ以外には、猥褻とかグロテスクとかってものを、許容できないでしょう」

やや日が廻って、涼風が立ったが、二人はまだ去り難い気分のまま、果物を注文したりした。筑波嶺は一名、「紫の山」とも云われるそうだが、朝は藍、ま昼には緑になるのが、更に夕ぐれから、むらさきに変色する。然し、牛久からでは、靄があって、その微妙な色の変化までは、わからない。

「昔、つウちゃんとはじめてキスしたっけな――」

「あの家は、大工町の真ン中にあったわ」

「いくつだったの？」

「あなたはもう忘れてしまったのかとおもったわ……九つの時よ。あたし、何んにも知らなかったのに……あなたがあたしのお下げの髪を、こんな風にして、しごきながら……」

と、維子はその形を真似て見せ、

「つウちゃんが一番大好きなのは誰？　って、訊いたから、もちろん、伊勢叔母さまよ、って答えた瞬間、あなたの顔が、覆いかぶさって来て、避ける間もなく、吸われちゃったの……」

「これはまた、よく覚えているな」

「覚えてますとも……歴史的な瞬間ですもの……それでも、ほんとに口の中へ巻きこまれるまで、いつも伊勢叔母さまがして下さるように、あたし、頬ずりだけされるのかと思っていたの……ああ、窒息するんじゃないかと思った。あなたに、殺されてしまう……ほんとに可恐かったわ」

「可恐かっただけか」

「そうでもない……甘くって、おいしかったわ——」

「どっちなんだ」

「両方よ……」

「今は？」

「今だって——」

恐らくほかの男とでは、こんなに熱っぽくはなれないだろう。この人となら、いくらでも果てしなく淫らになれて、それが自分の幸福の実感なのだから仕方ない——維子はこんな、遠くに筑波山が見え、土手の牛が、青草を貪り食う姿も見えるあけっぴろげの沼の上の鰻屋の二階でさえ、泉中に抱かれたかった。

一体、これは何んだろう。怪奇で、不潔で、救われない思想なのか。神という神を信じないための罰なのか。

――維子はツと彼の胸をはなれて、窓際から沼の面の水鏡に、自分の顔をうつしてみた。ひょっとして、女の髪に角が生え、悪鬼の相が写るかも知れない――。然し水面の顔は、和やかで何事もない風だ――。今夜はまた思いきり、彼の好きなようにしよう。してくれと云われたら、躊らわずに、彼の顔に、パッパッと唾を吐いてやろう……。

15

誓山寺へつくと、夕ぐれていた。この前来たときと同じに、あじさいの花が、白い女のさらし首のように、いくつも、いくつも夕闇の中で咲いていた。維子はいつもの井筒で手を洗ってから、

「あなたも」

と呼んで、泉中の両手に水をかけた。井筒のまわりについた苔は、去年よりもその緑の鮮やかさを増したようだ。

「おお、冷たくて、いい気持だ」

「すてきでしょ。足を洗うと、もっといい気持よ」

「その代り、あとが火照るだろう。つウちゃん、洗ったら……」

「では、洗うわ……手桶に水掬んで、掛けて頂戴」

維子は膝の下まで、まくって白い腓を出した。井筒の水は、去年よりは減水らしく、深く手を入れねばならない。それを手桶に掬み入れ、

「かけるよ」

「着物にかけないでね」

「よし、きた」

ザーッと掛けるが、やっぱり、長襦袢の裾がぐっしょり濡れてしまう。最初のときは、一越のそれを濡らし、その下と草履と足袋まで濡らしたが、次の時は、用心して、濡らさずに洗ったのに。

「不きっちょね……濡れちゃったわ」

「ごめんよ」

でも、こんどは跣足になってしまったから、足袋と草履は助かる。

「いらッしゃい。お詣りですけ」

庫裡から出て来た大黒さんが、煙の出ている線香の束を持ってきてくれた。

「ありがとう」

「さっきもお詣りがありましたけよ」

「あら……誰だろう」

「生憎、私が留守して、墓守の小父さんが、見かけたけ、べつに名前も云わず、お帰りでした」

「………」

維子は胸を衝かれた。男か女かと、訊く気も失せたが、夕闇が迫るので、

「あなた」

と呼んで、二人は万成花崗岩の伊勢子の墓まで歩いた。

「誰か来たの?」

「そうらしいわ」

墓はきれいに掃除されて、スノー・ドロップが、供えてあった。たしかに誰かが、詣うでた痕だ。

「深尾三逸かしら」

維子は心にもなく、伊勢子の昔の婚約者の名を云ったが、泉中は合掌してから、

「深尾さんは、去年、死んだよ」

「ほんと?」

「それから森名君ね、つウちゃんがお見合した男――」

「知ってるわよ」

「あれも先月、ドライヴ・クラブの車を運転中、事故で死んだ」

「へえ……それは知らなかった」

「彼は君を怨んでいたよ」

「どうして？」

「君とオースチンで多磨墓地へ行って、青いねむの木の下で、接吻を許してくれたのに、その翌日、君からことわられたって……」

「そんなことまで、あなたに喋べったの？」

「ずっと前のことだ」

「それをなぜ、仰有らなかったの」

「云ったってはじまらないもの」

「彼のキッスは、不手際で、粗暴で、そのために、あたし、足袋をよごしちゃったの。爪先が水たまりへはいって、泥水をはね返したのが、まったくイヤな印象だったの……」

「九つの時のほうが、よかったのだね」

「お墓の前で、こんな話、していいのかしら」

「伊勢子は喜んでいる、きっと——」

「さア、どうかな」

「あの時の手紙、覚えてるよ……自分は努力してみたが、森名実を愛することが出来ない。畢竟、二人の見合はナンセンスだったって、あっさり書いてあったっけな」

「それが、青いねむの木というのが、森名家代々の墓のそばにあったの……死んだとすると、あの人も、あすこへ入ってしまったんだろうな」

「センチメンタルにならないで——」

「とんでもない」

深尾も死に、森名も死んだにしろ、今はもう、赤の他人の話だったが、今日、二人に先立って、伊勢子の墓へ、スノー・ドロップの花々を供えた人は、まだ赤の他人にはなっていないのかも知れぬ。

「死んだ深尾さんでないとすると、誰だろう」

と、彼は首をひねった。

「気にしないでいいのよ、あなた」

「そうだな」

「それより、どう思う……九谷家代々の墓があるのに、別に伊勢叔母さまのお墓を立てたりしたの……一緒に入れてもいいんでしょうに」

「邦子さんの考えだよ、それは」

「そうかしら」

維子は目を見はった。母は只、しんねりむっつり、父に従って生きてきたようなのに、やがて、父と共に自分の入る墓の中に、伊勢子の骨を入れたくないと、主張したのだろうか。伊勢子がいることは、九谷家の嫡系の墓が不純になるとでも思ったのか。あの母に、そんな排他心があって、それがもう一つの別の墓碑を彫らせたのか。

「あたしは、叔母さまのほうへ入れてもらうわ」

「そうはいかないだろう」

「だって勘当娘だものね。それにしても、お墓にはタブーが多すぎるわ――」

大分、暗くなったのか、さっきは煙だけだった線香の束の先に、赤い火の色が見えてきた。


再びさっきの大黒さんが出てきて、誓山寺の住職が、泉中先生らしくお見受けするが、願ってもない好機会だから、五分間でもお目にかかり、色紙の一枚も書いて戴きたいという希望を述べた。それで泉中が、再三辞《こと》わったが辞わり切れずに、方丈へ案内されていった留守、墓の背ろで、ガサッと音がしたので、維子は誰か来たのかと、五体を堅くした。暗ぼったい右側の新仏の墓の裏から誰か出て来そうだった。その音は、風のいたずらか、誰も出ては来なかったが、維子は独りで茫ンやり空想しはじめた。若しここへ突然見知らない男が飛び出して来たとして、その男の顔は濃い夕闇に包まれて、只、蒼白に見えるだけだろう……。

〝伊勢子さんのお身内でいらッしゃいましょうか〟

言葉は慇懃で、静かだろう。

〝はい。誰方ですか〟

〝あんまりよく似ていらッしゃるので——伊勢子さんの幻影かと思いました〟

〝叔母さまをご存じなのね〟

〝お墓詣りをする位ですから〟

〝日記の中の方ね〟

〝日記？〟

〝叔母さまが、あなたのことを、日記に書いたことは、ご存じないのね〟

〝知りません〟

空想の対話がつづく。

〝あなた……袋田へは行ったの〟

〝あとから……滝壺の前で逢いました。それが最後でした。四度の滝へは、身を投げても、助かると云う伝説なので、やめたのです……その晩、今あなたと一緒にいた男が、東京から追っかけて来ました……仕方がないから、僕は別の部屋で、あの男が帰るまで待つつもりでいたのです〟

〝ではやっぱり、あなたは叔母さまと一緒に死ぬ気だったんでしょうね〟

〝そう思ったときもありましたが——袋田で朝目がさめた時は、あの人はもういなかった。僕はまた彼女に逃げられたのです〟

ずい分頓馬《とんま》な人だと思って、維子はその男の顔をよく見る。あの頃は、何歳だったのだろう。今は四十近い筈である。

〝では、猫啼で叔母さまが死ぬときは、傍にいなかったのね〟

〝僕が猫啼の井筒屋へついた時、丁度、玄関から、あの人のお棺が運び出されるところでした……脩吉さんの顔も見えました……それから、一ト月ほどは、虚脱したようになって、只無為に暮しました。猫啼から母畑へ行き、それから矢祭へ行き、また猫啼へもどったりして、……心中の片割れにはちがいないから——〟

〝……お帰りになって頂戴……住職との面会を終って、泉中が戻ってきますわ〟

〝わかっています……僕がここへ出て来たことは、仰有らないで下さい〟

〝それは当然よ……あなたのことを知ってるのは、父とあたしだけですから……泉中へは日記のことも云ってございません〟

〝すみません〟

〝あなたのためじゃアない。死んだ人のためなんですよ〟

維子はそんな空想に耽《ふけ》りながら、が、若し現実にN男に会ったら、先ず第一に念を押したいのは、N男も一緒に死のうとして、伊勢子だけを死なせ、彼は死に損って、逃げたのではないか。或いはまた、若し伊勢子が猫啼で死ななかったら、彼は無理心中を図ったか、の二点だったが、そのとき、庫裡のほうで人声がしたので、維子は、忽ち空想を破られた。

泉中は住職と共に、墓地のほうへとって返してきた。住職は、袈裟をかけ、丸い鉦をささげていた。

「九谷さんのことは、前の住職からの引継ぎで、よく承っていましたが、泉中先生とも御縁のある仏さまとは存じもよらなかったものでして――」

住職は甲高い声で話した。泉中は時計を見い見い、

「維子……和尚さんが、ごく短く、お経を上げたいと仰有るから……」

内心迷惑なのを押し殺している彼は、維子をその住職に、これが故人の姪に当る、と紹介した。

「あなたがよく、墓参に見えることは、墓守たちから、聞いて存じ上げて居りました。ご信心なことで――」

住職は会釈してから、墓にむかって、読経をはじめた。いくら短いといっても、十分やそこらはかかり、すでに境内は、人の顔を弁じないほど、暗くなっていた。

その間も、維子は自分より先に墓参して、亡き人にスノー・ドロップを供えた何者かのことが気になった。しずまり切った墓地の空気を流れる僧の声は、段々に抑揚がつき、抒情的にも聞えだしたが、恐らくその謎の人は、まだどこかの墓のかげに隠れていて、固唾を呑んでいるのではないか。

やがて読経がすみ、鉦が鳴った。住職はふところから、香木を出して、一つ焚く。

「ありがとうございました」

と、維子が礼を云った。

やがて、井筒のところで、その僧と別れると、

「あなた、早く行きましょう、暗くなっちゃったわ」

「思わぬことで暇どったな」

彼は彼の留守の間に、維子が怪しい空想に耽って、その超現実の中で、稲妻のような対話を交わしたことには気のつく筈もない。

山門の外に、車が待っていた。

「お待ちどおさま……袋田までの道は、どうですって？」

「ハイヤー会社に聞きましたが、よくないそうです」

と運転手が答えた。

「時間はどう」

「一時間四十分位だそうで」

「では、行って頂戴……あなた、いいんでしょう……サア早く」

と、彼をせき立てた。車は走り出した。那珂川を渡って、一旦田見小路へ出て、谷中から、もう一度川を渡り直し、千歳橋から瓜連経由、常陸大宮へ抜けるコースが、まだしも道がいいのだと、運転手は説明した。が、橋を渡ると、もう道に鋪装はしてなかった。

維子は背ろをふり返り、山門のところに、N男が立っているのではないかと、目を凝らしたが、すでに誓山寺の前景は、闇に没して見えなかったし、川のほとりの土手にも、伊勢子の日記に出てくるような痩牛はいなかった。

「何を見てるのだよ」

と、泉中は怪しむが、

「いいえ……只、伊勢叔母さまの大好きだった川だからよ」

「そうか」

「惜しいわ。何んにも見えないわ。もう少し、夕景色が見たかったのに……でも早く、袋田へ行きましょう」

——背ろのほうで、ヘッド・ライトが光ると思ったのは、気のせいで、やがて瓜連の町を外れると、ますます道が悪くなった。

「背ろから、何ンにも来ないわね」

勝手に空想しておいて、それがやっぱり可恐いのだった。

「来やアしないよ、……どうかしたの。君は？」

「何んでもありません」

「おかしいな」

「疲れたの……少し眠っていい」

「大分、揺れるが、眠れるなら……」

維子はズルズルと首を倒し、泉中の膝へうなじを当てて、横になった。まだ、長襦袢の裾が濡れたまま、乾いていないのに、今、気がついた。然し、彼の膝に首をのせると、急に心がおちついてきて、とろとろ仮眠が出来そうに思われた。

泉中のもう一方の手に、いつ境内で手折《たお》ったか、あじさいの花の一枝が握られているのが、その匂いのために、せっかくの眠気が妨げられるばかりでなく、大好きな泉中の匂いがうち消されると思い、

「あなた……その花、捨ててよ」

と云おうとするうちに、維子は睡魔に引きこまれ、口をきくのも億劫になっていた。

P+D BOOKS ラインアップ

東京セブンローズ（上） 井上ひさし ●戦時下の市井の人々の暮らしを日記風に綴る

東京セブンローズ（下） 井上ひさし ●占領軍による日本語ローマ字化計画があった

天上の花・蕁麻の家 萩原葉子 ●萩原朔太郎の娘が描く鮮烈なる代表作2篇

海軍 獅子文六 ●「軍神」をモデルに描いた海軍青春群像劇

若い人（上） 石坂洋次郎 ●若き男女の三角関係を描いた〝青春文学〟の秀作

若い人（下） 石坂洋次郎 ●教師と女学生の愛の軌跡を描いた秀作後篇

P+D BOOKS ラインアップ

終わりからの旅（上）	辻井 喬	●異母兄弟の葛藤を軸に、戦後史を掘り下げた大作
ある女の遠景	舟橋聖一	●時空を隔てた三人の女を巡る官能美の世界
居酒屋兆治	山口 瞳	●高倉健主演映画原作。居酒屋に集う人間愛憎劇
父・山口瞳自身	山口正介	●作家・山口瞳の息子が語る「父の実像」
硫黄島・あゝ江田島	菊村 到	●不朽の戦争文学「硫黄島」を含む短編集
十字街	久生十蘭	●鬼才・久生十蘭が描く傑作冒険小説

P+D BOOKS ラインアップ

子育てごっこ	三好京三	● 未就学児の「子育て」に翻弄される教師夫婦
喪神・柳生連也斎	五味康祐	● 剣豪小説の名手の芥川賞受賞作「喪神」ほか
宣告（上）	加賀乙彦	● 死刑囚の実態に迫る現代の〝死の家の記録〟
宣告（中）	加賀乙彦	● 死刑確定後独房で過ごす青年の魂の劇を描く
宣告（下）	加賀乙彦	● 遂に〝その日〟を迎えた青年の精神の軌跡
フランドルの冬	加賀乙彦	● 仏北部の精神病院で繰り広げられる心理劇

P+D BOOKS ラインアップ

女誡扇綺譚・田園の憂鬱　佐藤春夫　●廃墟に「荒廃の美」を見出す幻想小説等5篇

サムライの末裔　芹沢光治良　●被爆者の人生を辿り仏訳もされた〝魂の告発〟

津田梅子　大庭みな子　●女子教育の先駆者を描いた〝傑作評伝〟

四季　中村真一郎　●失われた青春を探しに懐かしの地へ向かう男

白く塗りたる墓・もう一つの絆　高橋和巳　●高橋和巳晩年の未完作品2篇カップリング

誘惑者　高橋たか子　●自殺幇助女性の心理ドラマを描く著者代表作

P+D BOOKS ラインアップ

時の扉（上）	辻 邦生	●自己制裁の旅を続ける男が砂漠で見たものは
時の扉（下）	辻 邦生	●愛のエゴイズムを問い続けた長篇完結へ
ばれてもともと	色川武大	●色川武大からの〝最後の贈り物〟エッセイ集
エイヴォン記	庄野潤三	●小さな孫娘が運んでくれるよろこびを綴る
鉛筆印のトレーナー	庄野潤三	●庄野家の「山の上」での穏やかな日々を綴る
さくらんぼジャム	庄野潤三	●小学生になったフーちゃん。三部作最終章

P+D BOOKS ラインアップ

海市 福永武彦 ● 親友の妻に溺れる画家の退廃と絶望を描く

風土 福永武彦 ● 芸術家の苦悩を描いた著者の処女長編作

夜の三部作 福永武彦 ● 人間の〝暗黒意識〟を主題に描く三部作

夢見る少年の昼と夜 福永武彦 ● 〝ロマネスクな短篇〟14作を収録

加田伶太郎 作品集 福永武彦 ● 福永武彦〝加田伶太郎名〟珠玉の探偵小説集

廃市 福永武彦 ● 退廃的な田舎町で過ごす青年のひと夏を描く

（お断り）

本書は1971年に講談社より発刊された文庫を底本としております。

あきらかに間違いと思われるものについては訂正いたしましたが、基本的には底本にしたがっております。また、一部の固有名詞や難読漢字には編集部で振り仮名を振っています。

本文中に部落、芸者、芸者屋、娼婦、芸妓、舞妓、河原者、娼妓、馬つなぎ、四ツ足、年増、置屋、揚屋、そばめ、妾、外人、メード、破落戸、餓鬼、小僧、阿魔、野郎、俥夫、俥屋、それ者、女中、貰いっ子、側女、二号族、おメカケさん、女車掌、第三国人、片輪者、一季半季の傭人、雲助、奴婢などの言葉や人種・身分・職業・身体等に関する表現で、現在からみれば、不当、不適切と思われる箇所がありますが、著者に差別的意図のないこと、時代背景と作品価値とを鑑み、著者が故人でもあるため、原文のままにしております。

差別や侮蔑の助長、温存を意図するものでないことをご理解ください。

舟橋聖一（ふなはし せいいち）
1904年(明治37年)12月25日—1976年(昭和51年) 1月13日、享年71。東京都出身。1964年『ある女の遠景』で第5回毎日芸術賞を受賞。代表作に『花の生涯』『好きな女の胸飾り』など。

ある女の遠景

2020年11月17日　　初版第1刷発行

著者　　舟橋聖一
発行人　飯田昌宏
発行所　株式会社　小学館
〒101-8001
東京都千代田区一ツ橋2-3-1
電話　編集　03-3230-9355
　　　販売　03-5281-3555
印刷所　昭和図書株式会社
製本所　昭和図書株式会社
装丁　　おおうちおさむ（ナノナノグラフィックス）

ISBN978-4-09-352404-9

P+D BOOKS